西村 健

バスへ誘《いざな》う男

実業之日本社

実業之日本社文庫

目次

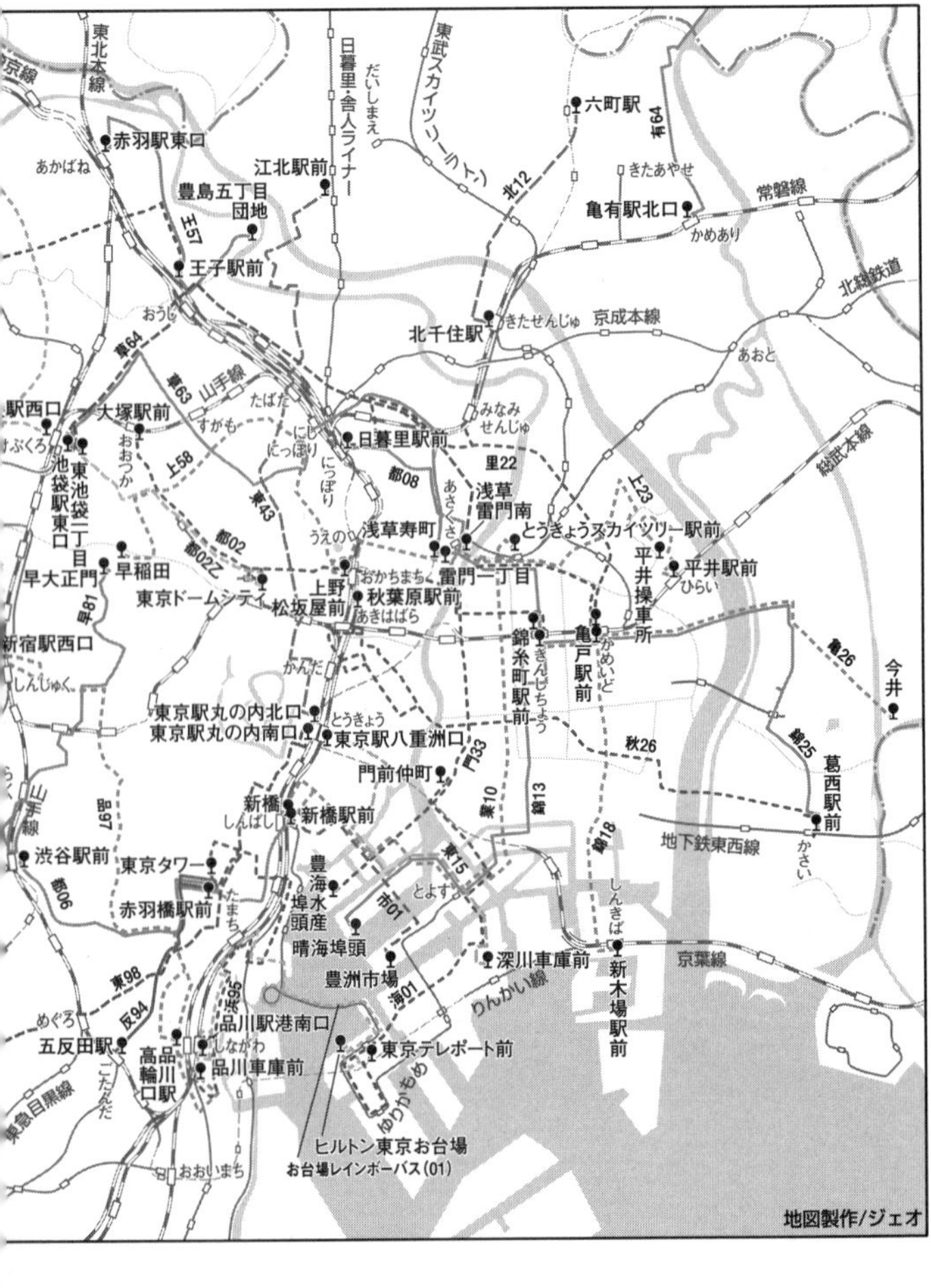
東北本線
京線
日暮里・舎人ライナー
だいしまえ
東武スカイツリーライン
六町駅
有64
きたあやせ
赤羽駅東口
あかばね
江北駅前
豊島五丁目団地
王57
北12
亀有駅北口
かめあり
常磐線
王子駅前
おうじ
北総鉄道
北千住駅
きたせんじゅ
京成本線
あおと
草64
草63
山手線
たばた
大塚駅前
駅西口
すがも
おおつか
ぶくろ
池袋駅東口
東池袋三丁目
上58
にし
にっぽり
にっぽり
日暮里駅前
都08
みなみせんじゅ
里22
総武本線
東43
あさくさ
浅草雷門南
上23
とうきょうスカイツリー駅前
うえの
浅草寿町
都02
都02乙
早稲田
早大正門
早81
おかちまち
雷門一丁目
平井操車所
平井駅前
ひらい
東京ドームシティ
上野松坂屋前
秋葉原駅前
あきはばら
錦糸町駅前
きんしちょう
亀戸駅前
かめいど
亀26
新宿駅西口
しんじゅく
かんだ
今井
東京駅丸の内北口
東京駅丸の内南口
とうきょう
東京駅八重洲口
秋26
錦25
門33
門前仲町
葛西駅前
山手線
品97
業10
錦13
錦18
新橋
新橋駅前
しんばし
地下鉄東西線
かさい
渋谷駅前
東京タワー
東15
豊海水産埠頭
とよす
市01
都06
赤羽橋駅前
たまち
しんきば
晴海埠頭
深川車庫前
新木場駅前
京葉線
東98
豊洲市場
海01
浜95
りんかい線
めぐろ
反94
品川駅港南口
五反田駅
高輪口
品川駅
しながわ
東京テレポート前
品川車庫前
ゆりかもめ
ごたんだ
東急目黒線
ヒルトン東京お台場
お台場レインボーバス(01)
おおいまち
地図製作/ジェオ

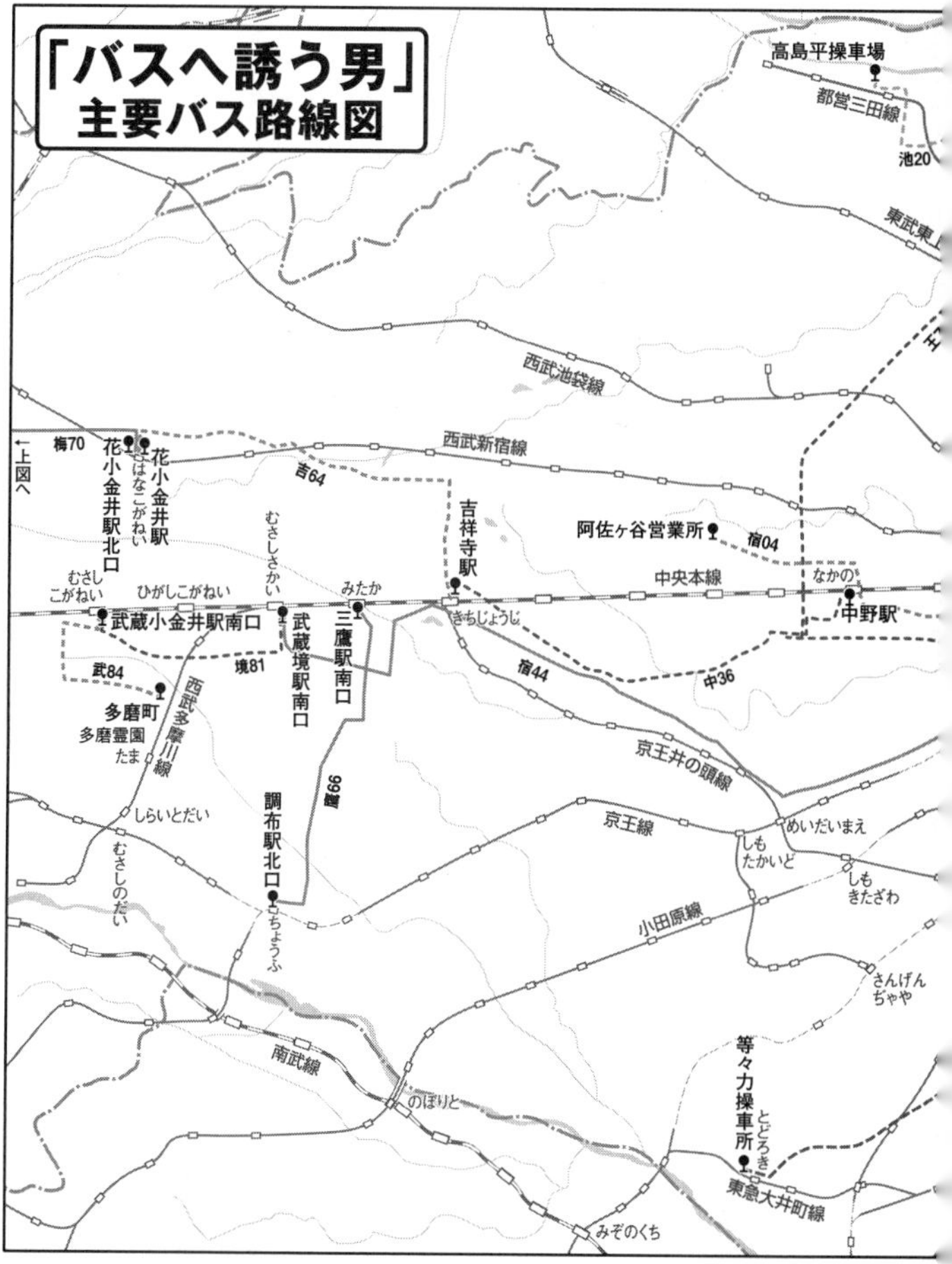
「バスへ誘う男」
主要バス路線図
高島平操車場
都営三田線
池20
東武東上
西武池袋線
西武新宿線
梅70
←上図へ
花小金井駅北口
花小金井駅
はなこがねい
吉64
吉祥寺駅
阿佐ヶ谷営業所
宿04
むさしさかい
むさしこがねい
ひがしこがねい
みたか
中央本線
なかの
中野駅
武蔵小金井駅南口
武蔵境駅南口
三鷹駅南口
きちじょうじ
宿44
中36
境81
武84
多磨町
多磨霊園
たま
西武多摩川線
京王井の頭線
鷹66
調布駅北口
しらいとだい
京王線
めいだいまえ
しもたかいど
しもきたざわ
むさしのだい
ちょうふ
小田原線
さんげんぢゃや
南武線
のぼりと
等々力操車所
とどろき
東急大井町線
みぞのくち

第一章　バスへ誘《いざな》う男

「まぁ。真正面の建物は、東京国際フォーラムですわね。あれ、元は東京都庁だったところですよね。そう言えば夫が昔、都庁の前を通ってた、って言ってましたわ」

「まぁ、こっちは日比谷《ひびや》公園。あっちは霞《かすみ》が関《せき》の官庁街ですわね。確かに夫が、そんなところも通るんだ、って言ってましたわ。本当に、あの人の言葉通り」

婦人は始終、上機嫌だった。著名な建物や施設の前を通るたび、心からの歓声を上げていた。

「まぁ、次のバス停は『東京タワー』ですって。でもよく見えないわね。どこに立っているのかしら」

「そちら、右手の高台に立ってるようですね」手許《てもと》のタブレット端末を覗《のぞ》き込みながら、私は答えて言った。「だからこの位置からは見えないのでしょう。東京タワーの足下まで行く路線もあるようですが、こちらはもっと先まで行く都合上、ここを最寄《もよ》りのバス停にしているのではないでしょうか」

「だから夫の話には東京タワーのことは出てなかったのね。あっ、次は『慶応義塾《けいおうぎじゅく》東門』、ですって。本当に色んなところを通る路線だこと。夫がこのバスの話を楽しそうにしてたの、気持ちが分かるような気がしますわ」

婦人の言葉通り、本当に多種多彩なルートを採る路線だった。東京駅丸《まる》の内《うち》南口前を出発して、既に二十分。東京国際フォーラムに突き当たって右折したり、日比谷公園を回り込むように走ったりして、今は慶應《けいおう》大学から白金高輪《しろかねたかなわ》駅前に出ていた。

この道は一般で言うところの、目黒《めぐろ》通りに当たる筈《はず》だ。今後、どんなところを走るんだろう。婦人ならずともつい、ワクワクしてしまうのも自然なように思われた。

「あっ、とっても賑《にぎ》やかなところに出ましたわね。ここは」

「目黒駅前ですね」同じくタブレットを見ながら、答えた。「このまま陸橋でJRの線路を渡って、駅の西口側に出るようですよ」

「あぁホント。この坂は目黒駅前の権之助坂《ごんのすけざか》ですわね。以前、こっちに住んでいた頃にはしょっちゅう来ていたものですわ。まぁでもお店は随分、変わったみたい。こんなに時間が経《た》っているんですもの。考えてみれば当たり前ですわよね」

目黒駅を過ぎると、後は目黒通りに沿って延々走り始めた。向かう先は等々力《とどろき》駅前なので以降、この通りから大きく逸《そ》れることはないのだろう。そういう意味ではこれまでのように、どこを通るのかも分からないワクワク感には欠けると言えるのかも知れない。

ただ婦人はその後も、上機嫌のままだった。あっここには来たことがある。この眺めにも見覚えがある。昔の思い出が次々、蘇《よみがえ》るのだろう。窓外《そうがい》のちょっとした風景に一々、反応していた。まるで子供のように、興奮を隠さなかった。

「あぁここのイオンは昔、ダイエー碑文谷《ひもんや》店だったとこですわね。まぁ、懐かしいわぁ。休みの日には夫と車で、日用品をたくさん買い込みに来ていたものですよ」

そうこうする内にバスは環7を突っ切り、東急東横《とうきゅうとうよこ》線の高架を潜《くぐ》った。目黒通りが東急大井町《おおいまち》線の線路を跨《また》ぐ陸橋に差し掛かると、高架には乗らず脇の側道に入り、線路前の信号で右折した。かくして目的の等々力駅前に到着した。

「本当に有難うございました」バスを降りると、頭を下げられた。「お陰様でとっても楽しい時を過ごせました。子供に返ったみたいにはしゃいでしまいました。傍《はた》からご覧になっていてさぞ、みっともなかったことでしょうね」

そんなことはありませんよ、と手を振った。「それに喜んで頂けたら、何よりです。私もこんなことをしている、甲斐《かい》があったというものです」

「ちょっとそこの、喫茶店に寄りませんか。以前、この辺りに住んでいた頃にちょくちょく通っていたお店ですの。久しぶりにそこで懐かしい味に会いたいわぁ。最後にもうちょっと、つき合って頂けません」

「あぁ、そういうことでしたら喜んで。私もこの後、別に用があるわけでもありませんので」

喫茶店で婦人の昔話につき合い、出て別れると駅前のバス停に戻った。帰りはどのルートを採るか。タブレットで調べれば最適な答えはあっという間に得られるが、それではつまらない。客のいない時くらい、行き当たりばったりの小さな旅を楽しみたい。

だから発車時刻だって、タブレットを調べれば一発だが見ることはまずなかった。実際に歩いてバス停まで赴《おもむ》き、時刻表を見てそれから検討を始めるのが常だった。

「やぁ、貴方《あなた》は」

目の前に、知った顔があった。つい、声を掛けていた。思わず笑顔を浮かべているのが、自分でも分かった。

正確には、知人ではない。ただこうしてバスを乗り回す中で、何度か見たことがあったのだ。歳《とし》や背格好も私と同じくらいで、印象に残っていた。ただし私と違い、彼の方は純粋に路線バスの旅を楽しんでいるだけ、と見受けられたが。

「あぁ、貴方もさっきのバスに乗っておられましたね」先方もぱっ、と破顔した。小さく会釈して、言った。「お連れだった、ご婦人は。もう、お別れになったのですか」

「以前、この辺にお住まいだったらしいのですよ。それで古いご友人に会いに行かれるということで。小さな旅の名残《なごり》を味わいたいと、ちょっと喫茶店でお茶をご一緒して。店を出たところで、別れました」

等々力の駅前とは言っても、周りは閑静な住宅街である。店舗は民家の間にポツポツと点在する感じで、行き交う人々は買い物袋をぶら提《さ》げていたり、と生活の匂いが濃く漂う。住民ではなくただぶらりと訪れているのは、我々くらいのものだ——もっとも彼も本当にそうなのか、はまだ断言はできないが。

駅前の狭い通りだが、バスも走る。そこをひっきりなしに乗用車も通るものだから、渡るのには少々注意を要する。自転車を避《よ》けるようにして追い越して行く車を、男は見るともなしに眺めていた。何か言いたいことがあるのだな。雰囲気で何となく、分かった。

「これまで何度か、お目に掛かりましたね」どこか言い難《にく》そうに、切り出した。「いつも、バスの中で。なのにお連れはいつも、違う方だった」

ええ、と頷《うなず》いた。

「大変、失礼ですが。もしかして貴方、路線バスの旅のお供をされていらっしゃるのでしょうか」

「いやぁ、お見事です」ははっ、と声を上げて笑った。「ご慧眼《けいがん》の通りです。私、勝手に路線バスの旅コーディネイター、なんて名乗っておりまして。もっともこんな仕事、職業一覧にも載ってませんしそもそもこんなこと、やっているのは全国でも私くらいしかいないのでしょうが」

「いやぁ、よかった」ホッとしたように苦笑した。「お見掛けするたびにお連れ様が違うので、もしかしてそうかなぁ、なんて勝手に想像していたのですが。どうも私、昔ながら野次馬気質《かたぎ》が抜けませんでいったん気になると、確かめたくてならなくって。いつかは訊《き》いてみたいなぁと思っていたのですが、今日は絶好の機会と見定めまして。失礼ながらつい、確認してしまいました」

「いえいえ」と手を振った。「別に失礼なことなんてありませんよ。確かに傍からご覧になったら、妙なことをしているなぁと映っていることでしょうし」

「それに、当たっていてよかった。これで外れていたら、大恥を掻《か》くところでした」

「失礼ですが、この後は」今度は私が、尋ね返す番だった。「何かご予定はありませんか」

「いやぁ。予定どころかご覧の通り、暇を持て余してる爺《じい》さんでして。あちこち路線バスを乗り潰しては、着いたところをウロウロ歩くのが楽しみという体たらくです」

だから今日も等々力駅周辺を歩き回って、いつの間にか時間が経っていたため、同じバスに乗って来た私とここで再会した、というわけだ。私も何だかんだでさっきの婦人と、小一時間は喫茶店にいただろうから彼もそれくらいの間、散策していたことになる。

あっちの、と彼は線路の向こうを指差した。等々力渓谷の方まで足を伸ばして来ましてね。こんな風に道草を食うのが、路線バスの旅の醍醐《だいごみ》味と開き直っておる始末です。

「それなら、どうでしょう」提案した。「実は駒澤《こまざわ》大学の近くに、とっても居心地《いごこち》のいいお店があるのですよ。そこで一杯、つき合ってもらえませんか。せっかくこうしてお近づきになれたんだ。そのささやかなお祝いに、ということで」

「駒沢」バス停までならここから乗り換えなしで、行ける。そして目的の店は、そこから歩いて程ない距離なのだ。

「あぁ、いいですねぇ」即、賛同してくれた。「ただそうなると、ちょっと待って下さい」

奥さんが家で夕食の用意を始めている恐れがある、というのだった。携帯を取り出し先方が出ると、今夜は外で食べて帰ることにしたから、と断っていた。幸いどうやら料理に取り掛かる前だったらしく、簡単に解放してくれたようだった。

妻を亡くした私にはこのような心遣いは必要ない。どこで食べようが二日酔いで朝食を抜こうが、思いのままである。ただし、「あぁ済まないな。じゃぁそういうことで」と携帯に告げている彼に、ちょっとした羨ましさは覚えた。胸を吹き抜ける寂しさを感じずにはいられなかった。

通話を終え、携帯を折り畳む彼に対し改めて、私は自己紹介した。

「私は、炭野《すみの》と申します」彼も応じて、名乗った。「これから、どうぞよろしく」

親しく握手を交わした。

「いやぁ、これは面白いなぁ」駒沢のバス停で降り、目的の店に着くと炭野が興味深そうな声を発した。「ラーメンの提灯《ちょうちん》がぶら下がってますが、呑《の》むこともできるんですか」

「ここ、以前はラーメンも食べられる居酒屋だったんですが」私は解説して言った。「今年になって二代目が跡を継ぎ、基本的にラーメン専門店になりました。ただ昔の名残で、お酒も楽しめるわけで」

「ははぁ、そういうことですか。ま、まずは入りましょう」

店に入って互いに生ビールを注文した。出会いを祝して乾杯し、つまみに餃子と自家製メンマ、炙りチャーシューを頼んだ。

「いやぁ、これは美味《うま》いなぁ」餃子を口にして炭野は感嘆の吐息を漏らした。「本体も美味いが、タレが格別だ。これは、普通の醬油《しょうゆ》ではありませんな」

「煎《い》り酒を使ってあるのですよ」

「ほほぉ。煎り酒、とは」

「日本酒に梅干しなどを入れて煮詰めた、昔ながらの調味料です」初代とその奥さんと共にカウンターの中で働いていた二代目が、身を乗り出すようにして説明してくれた。「醬油の普及する江戸時代中期までは、万能調味料として利用されていたんですよ」

いやいや成程、この独特の味わいが堪《たま》らん。メンマとチャーシューもお気に召したようだった。炭野は美味い美味いを繰り返していた。既に彼はビールを呑み終え、ホッピーに切り替えていた。

「いやぁ、しかし」腹が一段落したので、本題に入ることにしたようだった。自称「野次馬気質が抜けない」彼。私のやっていることに、興味津々らしいのだ。「路線バスの旅コーディネイター、とは。また、面白いお仕事を始められたものですなあ」

「仕事、という程のものではないんですよ。別に対価を求めているわけでもありませんし。どうしても払いたい、と仰《おっしゃ》るお客さんがあればあくまで拒否というのも、なかなかに難しいんですけど。まぁそれでもちょっとしたお気持ちまでに留《とど》めておいてもらいます」

だからさっきのケースでも、喫茶店代はご婦人に払ってもらった。これくらいは私が、と言い張るので甘えることにしたのだ。つまりは頂くにしてもその程度の金額、ということである。

それに最近、旅行サービス手配業（ランドオペレータという）の営業活動を行うには都道府県への登録が必要になった、という面もある。まぁ路線バスをちょっと乗り継ぐ旅を提案したからと言って、業者とは見なされないだろうと思いはするけれども。行政は時々、いきなり規制を厳正に掛けて来ることがあるので用心に越したことはない。その点、対価さえもらっていなければ営業ではないとして、いくらでも抗弁できるわけである。ただそこまで説明する必要はないだろうと思ったので、炭野には黙っていた。

「まぁお互い、この歳だ」炭野が日本酒に口をつけて、言った。やはり、だった。オペレータへの規制云々《うんぬん》なんて解説、彼は求めてはいなかったのだ。「東京都シルバーパスを使えば、移動代は掛かりませんからなぁ」

東京都シルバーパスは都の福祉乗車証である。都内在住で七十歳以上であれば、希望して交付を受けることができる。年収にもよるが基本一年間、有効で二万五百十円。あまり動き回らない人からすれば結構な出費かも知れないが、これで都営の交通全般、更に都内の民営バスの全てに乗り放題なのだから使い様によっては、かなりお得と見てよいのではないだろうか。特に、私のような使い方をするのであれば。

「定年退職して妻にも先立たれてしまいますと、家に一人でいるばかりで何もすることがありませんで」私も黒ホッピーに口をつけた。ホップの苦味が口の中、一杯ににじんわり広がる。香りが鼻腔《びこう》に抜ける。たっぷりと味わってから、続けた。「どうせやることがないのなら、とことんな酔狂を始めてしまいました」

「私も同じようにパスを使って、都内をウロウロするのを趣味のようにしています。でもまさか貴方のように、人のお役に立とうとまでの発想は、なかなか」

「元々は東京都の交通局におりましたので。それでふと、こんなことをやってみようかという思いつきも出て来たのかも知れません」

ははぁ、成程なぁ。炭野は納得したようだった。それで、と続けた。本当に好奇心旺盛な人のようだ。「それで、失礼ですがお客さんはどのようにして集めておられるのです」

「一応、ウェブサイトを開設はしていますけども」ウェブサイト、にピンと来ていないようだったので慌てて説明を差し挟んだ。「一般に言う、インターネットのホームページですよ」

今では各ウェブサイトの表紙に当たるページやそのものを、ホームページと呼ぶのが一般的になっている。だが本来はブラウザの起動時や、ホームボタンを押した際に表示されるよう設定されたページを指す用語だったのだ。とは言えそこまで、細かい説明をするのは避けた。その必要もなかろうと判断した。

「ははぁ。成程ホームページ、ですか」頻《しき》りに感心していた。やはり余計な説明は必要なかったな、と胸の中で首肯した。「コンピュータなんかとても扱えない私には、縁遠い技術ですなぁ」

慌てて手を振った。「私にもそんなの、とても作れませんよ。実は娘がそういうのに長《た》けてまして。それで頼んで、作ってもらいました」

「あぁ、そういうことですか」得心したように大きく頷いた。「あのような技術にはむしろ、女性の方が向いてたりしますからなぁ。我が家でもコンピュータを扱うのは専ら、妻の方で、して」

途中で思い至ったように、言葉が小さくなって、消えた。私が妻に先立たれた、と話していたのを思い出したのだろう。持ち出してよい話題なのか、どうか。判断をつけ兼ねると思ったのに違いない。確かにまだそこまで、お互いを打ち明け合っていない。

　だが彼に気を遣わせてしまうのは、私としても本意ではない。そもそも妻の死は私の中で、今となっては冷静に振り返られるようになってもいるのだ。ただそんなことを一々、説明しても仕方がない。だから、冗談めかして話を続けた。「しかしまぁそうしてウェブサイトを作ってはみましたが、あまり効果はないようなんですよ。やはり私のような者にバス旅をコーディネイトしてもらおうなんていうのは、圧倒的に同年代が多いようでして。するとＩＴを駆使して、そういう情報を検索しようという動きにも、なかなか」

「あぁ、まぁそりゃそうなのかも知れませんなぁ」話題が換わってくれて、ホッとしたようだった。苦笑するようにして、言った。「私も何か、そういうようなサービスはないか探そうとしたとしてもコンピュータの前に座ってどうこう、なんて発想にはなかなか至らないように思います」

「そうそう。それで結局、口コミということになってしまうらしいのです。今ではそれなりに、コーディネイトの依頼も来るようになりましたが。元は誰彼さんから聞いて。そのまた知り合いからの伝手《つて》で、というように回り回って情報を得た、というお客さんが大半です。だから考えてみますと、これまでのお客さんのほぼ全てがどこかで繋《つな》がってるのが実情ですよ」

現に今日のご婦人も、と話を続けた。

「小寺《こでら》さんと仰る方なんですけどね。以前に依頼を受けたお客さんの、友達だったそうなんです。それで話を聞いて、私もこんなバス旅をしてみたい、とご依頼が来まして」

「それで」身を乗り出すようにして来た。本当に好奇心旺盛な人だ。「どんな依頼だったのです。どういうご要望で、今日の路線をご紹介することになったのです」

「実は小寺さん、昨年ご主人を亡くされたらしくて、ですね」

小寺さんのご主人は定年まで、都内の大手建設会社に勤務していたそうだった。本社は、東京駅の近くにあった。

住まいは今は他所《よそ》に移っているが、以前は炭野にも説明した通り等々力駅の近所だった。ご主人はサラリーマン時代そこから毎日、東京駅まで通っていたわけだ。

朝は出勤時間が決まっているから、正確が期せる鉄路を使う。東急線で大井町駅に出、JR（おっと当時はまだ国鉄か？）京浜《けいひん》東北線に乗り換えるのが常だったそうだ。帰りも遅い時間帯だったり、何か家で用がある時などは同じコースを遡《さかのぼ》っていた。

　ただ逆に早目に会社が終わり、別に急いで帰る用もない時などには路線バスを使うことも多かったのだという。

「その時のことを夫は、とても楽しそうに私に話してくれるんですのよ」小寺さんが振り返って言っていた。「『東京駅を離れて直《す》ぐ、都庁の前に出て来るんだ』とか、『日比谷公園を回り込むように走って、霞が関の官庁街との間を抜けるんだ』とか。『本当に色んなところを走る路線で、乗っていて飽きないんだよ』って。私、そうして話してくれる夫を見ているのがとても好きでしたの」

　まさに今日、小寺さんの示していた反応は話に出て来た車窓の確認だった。本日の旅は、夫の思い出を辿《たど》る道程であったのだ。婦人があんなにはしゃいでいたのも、当然だった。

「成程なぁ」聞いて、炭野は感心したように何度も頷いていた。「それは、よいことをされましたねぇ」

「私もあんな風に喜んで頂けると、こんなことをやっていてよかったなぁとしみじみ思います。また、本当に仲のいいご夫婦だったんだろうなぁ、って」

「そういう一端に触れられるのも、嬉《うれ》しいことですよね」

「そうそう。こんなことをやっている醍醐味のようなものです」

「でも」疑問が差し挟まれた。「これも失礼なのですが何故そのご婦人は、貴方のコーディネイトを必要としたんでしょう。東京駅から等々力駅まで行く路線バス、と最初から分かっているんだ。別に誰かに頼まなくとも、自分一人で乗ることはできたんじゃないでしょうか」

「あぁ、そのことですか」本当に鋭い男だな。つくづく感じながら、答えた。質問が一々、核心を突いて来る。「小寺さんの旦那さん常々、乗っているのは都営バスと伝えていたらしいんです。だから彼女、都バスの路線ばかりを探していて」

「あぁ、成程」さすがは路線バスの乗り回しを趣味にしている男だ。これだけの説明で直ぐに分かったようだった。「そうか、そういうことですか」

都営バスとその他の民間バス会社とは、営業エリアに大まかな棲《す》み分けがなされている。東は荒川《あらかわ》、西はＪＲ山手線《やまのて》（環状線の内側を含む）とに挟まれた一帯が基本的に、都バスの運行エリアだ。ただとは言っても、例外は多々存在する。例えばこの棲み分けに従えば、山手線の西側には都バスは存在し得なくなってしまうが実際には、何本もの路線が走っている。過去の様々な経緯から、一つの路線を民間と共同で運行しているケースもある。

今日の「東98」系統がまさにそうだった。かつては都バスと東急バスとで共同運行されていた。都心部と郊外とを直接、結ぶ路線で以前はいくつもあったが最近では、貴重な存在となっていたのだ。都バスと東急バスの互いの運行エリアに乗り入れているような形で、ファンの間では人気の路線でもあった。

だがこれも二〇一三年、都バスが撤退して風向きが変わる。今では東急バスが単独で運行するようになったのだ。路線は同じだが以降、都バスはこのルートを走ることはなくなった。

「お陰で東京二十三区では唯一、目黒区だけが都バスの走らない区になってしまいましたからね」

炭野の指摘する通りだった。実はこの「東98」系統と、「宿91」系統とが目黒区内を走る希少な都バスの路線だったのだ。ところが時を同じゅうして「宿91」系統の方も先端部分、京王井《けいおうい》の頭線《かしらせん》の「新代田《しんだいた》駅前」から「駒沢陸橋」までの区間をカットしてしまった。かくして目黒区は、都バスの全く走らない区となってしまったのである。

ちなみに同「宿91」系統の、残る「代田橋《だいたばし》」～「新代田駅前」間は、世田谷《せたがや》区内を走る都バス唯一の路線である。もしこの区間がカットされるようなことでもあれば、世田谷区もまた都バスの走らない区と化してしまう。

つけ加えて言うとJR目黒駅の東口側に出れば、バス停には都バスがいくつも並んでいる。品川《しながわ》駅や東京タワー方面などとを引っ切りなしに往復している。ただし住所的に言うと目黒駅は、実は品川区内に位置するのだ。だからいくらここを出入りする路線があろうと、目黒区内を都バスが走っていない事実は変わらない。

ともあれそんなわけで小寺さんの旦那さんは、都バスがまだ「東98」系統を頻繁に走っていた頃にこの路線を利用していた。東急バスも走っているなどと余計な説明はせず、単に「都営バス」とだけ妻に話していた。

「私と初めて会った時、小寺さんは都バスのルート図をわざわざ持参して来られてましてね」私は言った。「指差しながら、『夫は確かにそう言っていたのにホラ、どんなにこの図を見てみてもそんな路線が見当たらないんですの』と途方に暮れたように話していた。そこで私が、いや実は、と説明して差し上げたのです。過去の経緯などあまりダラダラ話すことはせずただ、今は東急バスがそのルートを走ってますよ、と。そんなわけで今日、改めて東京駅前で待ち合わせてこの路線に実際に乗ってみたという次第です」

「いやぁ、成程なぁ」炭野は頻《しき》りに感心していた。「言われてみればその通りだ。普通の人に共同運行がどうの、なんて言ってもピンと来るわけがない。単に『都バス』と聞いていればその路線図を見てみて、なければ途方に暮れる。その路線は廃止になったのかしら、なんて思い込んだとしても無理はない」

「ねぇ、そうなんですよ」私も頷いた。「ただ今回の場合、共同路線から都バスが撤退しても東急バスが運行を続けていたから、まだよかった。旦那さんの思い出のルートを、今も辿ることができた。でも実際には、本当に廃止になってしまう路線だって多々ありますからねぇ。もしそうなっていたら、と思うとゾッとしますよ。今は続けていてくれた東急バスさんにただただ感謝、です」

「全くですなぁ」炭野が言った。「あれはいい路線だ。都心部と郊外との雰囲気をどちらもたっぷりと味わうことができる。ただしあれだけの長距離ルートを維持するというのも、経営としては苦労があるのかも知れませんからなぁ。我々のようなファンの声だけに応えようとしても、赤字続きではどうしようもないでしょうからし」

「しかしまぁ今日、乗っていて乗客が絶えることはどの区間においてもないようでしたね。最初から最後まで乗り続ける、我々のような道化は抜きにしても。地元の足としてニーズのあるコースを採っていることは、間違いのないところなんでしょう。こういう路線は、これからもずっと残って行って欲しいと思いますなぁ、心から」

「全くです」

路線の永続を祈念して再び乾杯した。既にどちらもホッピーを何杯もお代わりしていた。同じ、バス旅を愛する者どうし。話題は尽きず、酒と料理は次々と腹に消えて行った。

「私のやっていることについてはこれまで、縷々《るる》打ち明けて来ましたが」楽しい時間を過ごし、かなり酒も入れてしまった。酔いが回り、調子にも乗って来た。私はついつい、突っ込んだ質問に移る気になった。好奇心旺盛は先方だけの専売特許ではない。「貴方のことについてはまだ、何も聞いてないままだ。これまでの感じだとかなり、観察眼の鋭い方だとお見受けしましたが。少し、貴方のこともお聞かせ下さいよ」

「私のことなんかどうでもいいですよ」炭野の方もかなり酔いが回って来たようだった。少し覚束《おぼつか》ない感じで、手が振られた。「ただ定年退職して暇を持て余し、路線バス旅に僅かな楽しみを見出《みいだ》しているしがない爺《じじ》ぃに過ぎません」

「定年退職して暇を持て余している、というのなら私もご同輩ですよ」譲らなかった。「単にバスに乗って回る中で私を何度か見掛けた、というだけならいいのです。確かに私もこうしてしょっちゅう乗ってますから。それは、見掛けることだってあり得るでしょう。ただし貴方はその上、私の連れがいつも違うということにまで気がつかれていた。普通、そこまでは気が回らないというのが一般的ではないでしょうか、ねぇ」

バスに乗っていて、同乗者の中で気になる客がいる、ということはまま、ある。何か特別なことがあった、というわけではないのだ。大きな声で騒いだり、奇妙な言動を採ったりしたわけでも全くない。ただ何となく気になった、というだけである。

そしてそんなの、降りたら直ぐに忘れてしまう。後で、そう言えば気になる客がいたな、と思い出すことがあったとしてもどんな感じだったかも、もう思い出せない。顔や様子すら忘れている。そんなものである。翌日にでもなれば、気になる客がいたということ自体、頭の中から消え失《う》せている。

なのに炭野は、私の顔を覚えていたばかりか連れまでも記憶に留めていた。そうでなければ毎回、違うということにも気づきはすまい。それも、そう何度もというわけではないのだ。精々《せいぜい》が三、四回くらいたまたま同乗したに過ぎないのである。考えてみればかなりの観察眼だと言えるのではないだろうか。

「いやぁ、ははは」指摘すると、頭を掻いた。「まぁ、白状しますが実は私、かつては警察に勤めていまして。そんなこともあってか一般の方よりは、人をじっと観察してしまう癖が染み込んでいるのかも知れません」

「ははぁ、刑事さんですか」先ほど自分の性格を、野次馬気質と評していた。人のちょっとしたことに興味を抱く。あれこれと想像を巡らせる。刑事としては求められる資質なのかも知れないな、という気がした。「それなら鋭い観察と分析も、お手の物なのかも知れませんな」

「それ程のことはないとは思いますけど」謙遜して、言った。まだ、軽く頭を掻いていた。「ただお陰で、気になることがあると追及しないではおれない癖がついているのかも知れません。傍からすれば、迷惑以外の何物でもないんでしょうけど」

殺人事件担当の刑事として長年、警視庁に勤めたのだそうだった。ところが仕事人間だったお陰で、定年退職してみるとやることが何もない。家にいても手持ち無沙汰で、奥さんの友達が集まる日には実質、邪魔者扱い。ほとほと困り果てたようである。妻のいない私だって一日、家にばかりいると気が滅入《めい》るのだ。奥さんがいればさぞかし、居《い》た堪《たま》れないことだろうと察しがついた。

「それで、ね。妻からシルバーパスのことを教えられたんです。これでバスに乗って小さな旅でもして来たらどうか、と。やってみたらこれが思いの外、楽しくって、ね。すっかり病みつきになってしまいました」

刑事として都内をあちこち、歩き回っていた身である。行き当たりばったりでバスに乗っていると、あぁここは捜査で来たことがあるぞと思い当たることもしばしばだった。ここが現場で、怪しい人物が目撃されたのはあっち。重要な証言はここで得られたんだったなぁ、とか何とか。

時間が経って建物も変わり、街の様子も違っていてもまだ同じものも残っている。昔の記憶を頼りに歩いてみると、あぁここは変わっていないなという風景に何度も出会った。以前の面影が蘇って来た。そんなことをしている内すっかり、虜《とりこ》になってしまっていたというのである。

「成程ねぇ」大きく頷いている自分がいた。「そんな風に以前、街を歩いていたからこその楽しみもあるんでしょうなぁ」

今は柔和に微笑《ほほえ》んでいるが、じっと見詰められれば落ち着かなくなるような眼光を放つのだろうか。心の底まで抉《えぐ》られるような目つきになるのだろうか。今の柔和さからはちょっと、想像もつかなかった。ただしきめ細かい観察眼と洞察力は現に、見せてもらった通りである。刑事だったと打ち明けられると、素直に受け入れている自分がいた。

「ただこっちは事件、絡みですので」炭野が話題を私のことに戻した。「人が殺された場所だったりと、元々があまりいい話じゃない。それに比べると貴方の方が、いい意味で街を知り尽くしておられるわけじゃないですか。東京都交通局なんですから。さぞかし都内をあちこち、動き回られたことでしょう」

「あぁ、え、いえいえ」慌てて手を振った。「交通局と言っても、管轄が分割されてますんで。一つの営業所に行くとその範囲内だけで、とても広く都内を動き回るような、わけでは」

「でも異動だってあるでしょう。都内のあちこちの営業所を、動いたりされるんじゃないんですか」

「あぁ、え、いえいえ。私の場合は、その」そこで、いいことが頭に浮かんだ。何物をも見落とさない眼と推理力を有す元刑事が相手なら、尋ねてみたいことがあったのを思い出したのだ。「それより、貴方の洞察力を見込んでお願いしたいことがあるのですよ」

洞察力なんて、などと謙遜している彼を半ば強引に遮って、続けた。「実は今日、ご一緒していたご婦人、小寺さんのことなんですが」

「あぁ、さっきのご婦人」また身を乗り出して来た。どうしても好奇心が勝ってしまう質《たち》らしい。お誂《あつら》え向きだった、こちらからしたら。「あの方にまだ何か、ありましたか」

「実はもう一度、依頼を受けたのですよ。バス旅に同乗してほしい、ってね。さっきの、小さな旅を終えた後で喫茶店に入っている時に、のことだったんですが」

彼女は往時《おうじ》、この店に来た時はいつも頂いていたというショートケーキを口にし、私はホットコーヒーを飲んでいた。その日の旅を振り返り、あそこは面白かったなあそこは興味深かった、などと話し合った。あれは前は別な店だった、云々と婦人の想《おも》い出話も多々飛び出した。私としても楽しい時間に他ならなかった。

そもそも具体的にどういうルートを辿ったのか。タブレット端末を取り出して、説明した。まずは東京駅を出てこう行った。国際フォーラムにぶつかってこちらに曲がった。霞が関から虎《とら》ノ門《もん》に抜け、愛宕《あたご》下から御成門《おなりもん》をこう行って東京タワーの足元を通ったわけです……

実際に乗っていると自分が今、どこを走っているのか分からなくなることもしょっちゅうである。ここを走っている時、実は正面には東京プリンスホテルがあったんですよ。後で振り返ってみると改めて、こんなところを通っていたのかと分かって楽しめることも多い。終点まで来てちょっとお話をしようと客から誘われることはよくあり、そういう時は私はこのように路線図を見せながら、説明するのが常だった。

「あぁ、ここを走っていたわけですねぇ」小寺さんも高揚している風だった。「こっちが高台になるわけか。それじゃ乗っていて東京タワーが見えなかったのも、無理はなかったのねぇ」

「それで国道1号線に乗って慶應大学前を回り込み、ここから目黒通りに入ったわけです。まぁ後は延々、同じ通り沿いに走ったわけですから。それまでのような多彩さはあまりなかった、とは言えるのかも知れません」

「でも私、この辺に住んでいたお陰で目黒通り沿いを動き回ることが多かったものですから。今日は久しぶりに走って、懐かしかったわぁ」

小寺さんは嬉しそうに振り返っていた。こんな風に喜んでもらえれば私としても、達成感を覚え嬉しいのは間違いなかった。

そうして路線図をあれこれ、眺めていた時だった。

「あら、これ」小寺さんが興味を抱いたように指差した。「こんなところを走る路線があるのね。この後、どっちへ行くんですの」

「あぁ、これですか。こちらも面白い路線でしてね。それこそ今度は都バスですから。貴女《あなた》が持って来られた、路線図にも載ってるんじゃないんですか」

テーブルに紙の路線図を広げて見て、「あぁ、これかぁ」と納得したように頷いた。「本当に。こっちにも載ってたわ。まぁここからこっちへ行くの。あぁそして、ここの前に。わぁ面白い。本当に素敵なところばかりを走る路線ですのねぇ」

「それは」最早、溢《あふ》れる好奇心が抑え切れないようだった。炭野は急《せ》かすように尋ねた。「いったい、どの路線なんです」

「それが、ね」私の話に乗せられて、先を聞きたくて仕方がない様子。どことなし優越感のようなものを覚えて一瞬、間を空けた。わざと焦《じ》らしているようなニュアンスが少なからず含まれていた、我ながら。「『業10』系統なんですよ、それが」

「ははぁ、あれですか」

納得したように頷いた。

確かに魅力的な路線であることは間違いなかった。新橋《しんばし》の駅前からスタートし、銀座《ぎんざ》のど真ん中を抜けて築地《つきじ》へ。旧市場前を通り抜けると勝鬨《かちどき》橋で隅田《すみだ》川を渡り、都営大江戸《おおえど》線の勝《かち》どき駅の上で清澄《きよすみ》通りへ左折する。

ただ、この路線の真骨頂はここから、と言えるかも知れない。銀座の真ん中を抜ける路線には他に「都03」や「都04」系統などもあり、珍しいわけでは決してないからだ。

このまま清澄通りを月島《つきしま》駅まで行くのかと思いきや突如、右折して小さな路地に入る。一方通行の細い道である。小さな橋を渡って月島総合運動場の前を通ると、大通りに出て左折。今度は大きな春海《はるみ》橋を渡り、近代的な建物が立ち並ぶ豊洲《とよす》に至る。銀座のど真ん中から路地を抜けて再開発、著しい最新都市へ。このギャップが楽しい。

同じことはこの後も続く。豊洲を出たかと思うと今度は、古い町並みの残る枝川《えだがわ》をぐるりと回り込む。首都高深川《ふかがわ》線に出会うと左折し、高架の下を沿うように走って下町の代表、木場《きば》へ。三ツ目《みつめ》通りをひたすら北上し菊川《きくかわ》、本所《ほんじょ》といった墨田《すみだ》区の下町を貫いて浅草《あさくさ》通りに達する。ここを右折したかと思うと直ぐにまた、左折。東京の新名所、東京スカイツリーの足元に着いて、ゴールとなる。

繁華街と下町とを交互に縫うように走り、東京の新旧を味わい尽くせる路線と言えようか。豊洲やスカイツリーといった、新名所をも巧みに繋ぐ。まさに観光のために新設された路線のようにも思えるが、実際には違う。それはバス系統名の「業」に端的に表されている、と言えるかも知れない。

実はこの「業」、東京スカイツリーが出来る前の東武伊勢崎線《とうぶいせさき》「業平橋《なりひら》」駅にちなんでいるのだ。平安時代の歌人、在原《ありわら》業平が没した地に建てられたという業平塚（諸説あり）と業平天神社に由来する橋の名前で、大横川《おおよこ》（現・大横川親水《しんすい》公園）に架けられていた。駅の名もこの橋から取られた。

なのにスカイツリーが出来たものだから駅名も「とうきょうスカイツリー」、路線名の愛称も「東武スカイツリーライン」に改められた。こうして東武の鉄路からは業平橋の「な」の字すら消え失せてしまったのである。ただし今も親水公園には、同名の橋が架けられている。

そんな中、都バスの系統名には未《いま》だ「業」の字が変わらず使い続けられている。新しい駅名など関係ない。この路線はあくまで新橋と業平橋とを繋いでいたものだと主張し続けているようで、ファンにとっては嬉しい限り。都バスの心意気のようなものを感じずにはいられない。

「確かにファンの間でも根強い人気を誇る路線であることは、疑いを容《い》れない」炭野は言った。「それに、車窓の風景が目紛《めまぐる》しく変わる。ファンでなくても乗っていて、楽しいことに変わりはないでしょう」

「その通りです」私は頷いた。思わせ振りな間を措《お》いた。「ただし、です」貴方が先程、最初に呈した疑問と相通じるんですけどね。言外に、匂わせた。

「成程、そういうことか」思い至ったように、腕を組んだ。詳しく説明せずともこちらの言いたいことを鋭く察する。さすがだった。「私が最初に、訊いたのと同じだ。今日の路線。乗るのは初めてとは言え、どこからどこまで行くのかは最初から分かっていた。貴方の助けなしでもどう乗ればいいのか、は分かっている筈と私も訝《いぶか》った」

　そう、その通りだ。ただ実際には、こっちのコースには都バスと東急バスの共同運行というちょっとした捻《ひね》りが混じっていた。都バスが撤退した現在、東急バスの路線として探してみなければ見つかるわけがなかった。少々の事前知識がなければ、戸惑っても仕方がなかったのだ。

「なのに、今回は違う」炭野は続けた。カウンターには呑み掛けのホッピーが放置されていた。さっきからすっかり、手をつけるのも忘れているようで中の氷は溶け切ってしまっていた。「はっきりと都バスと分かっている。路線図を見て確認したし、系統名まで判明している。どこから乗って、どこで降りればいいのか、も自明だ」

「そう、そうなんです」最後にもう一度、私は大きく頷いた。「なのに小寺さんは私にもう一度、一緒に乗って欲しいと依頼して来た。今回ばかりは一人で、さっさと乗ることができる筈だというのに。何故なんでしょう」


家に帰って来て、ほっと息をついた。

誰もいない暗い家に帰り着き、灯《あか》りをつける時くらい虚《むな》しいものはない。俺を待っている者は誰もいない。独りなんだとつくづく思い知る。

だが今日はいつもとは違った。炭野という新しい友人が出来た。楽しく呑み交わすという時間も持てた。バス旅をコーディネイトして客に喜んでもらい、充実感を味わうというのはこれまでも体験しているが、友人と心置きなく酒を酌み交わすのは久しくなかったことだった。

勿論《もちろん》、楽しければ楽しいだけ終わった後の寂しさが募るという面はある。特に、別れる時だ。炭野の自宅は錦糸町《きんしちょう》だという。だから居酒屋を出て、渋谷《しぶや》までは東急バスに同乗した。

しかし、そこからは違った。炭野は「早81」系統で早稲田《わせだ》に向かい、最終的には「都02」系統に乗る。これだと本数も多いし、終点が錦糸町なので途中で寝込んでも安心なのだという。

「結構お宅は遠かったんですな」私は言った。「こんなに延々つき合わせて、申し訳ないことをしました」

「いえいえ」炭野は笑って手を振った。「楽しさの余り引き延ばしたのは、私の方です。大丈夫ですよ。まだまだ終バスには時間がありますので。ちゃんと帰れます」

「それに錦糸町なら、もう鉄路を使われた方が早いのでは。山手線で新宿《しんじゅく》まで出て、中央線の各駅停車に乗り換えられたら一本じゃないですか」

これにも炭野はいえいえ、と手を振った。「私にとってのちょっとした、けじめのようなものです。遊びでこんなことしているんですから。なるべく余計なお金は掛けないで。できる限りシルバーパスだけを使って、一日の旅を終える」

分かるような気がした。私の中にも似たようなルールが芽生えつつある。ある意味、ちょっとした意地のようなものでもあった。

「しかしまぁ」笑って突っ込みを入れた。「酒代はそれに含まれないわけですな」

「そうそう」炭野の笑顔も続いていた。「酒代は決して、余計なお金ではありませんからな」

「それはそうだ」

逆に呑み代はそれなりに使うからこそ、交通には余計な経費をできるだけつけないというルールでもあるわけだ。ますます分かるような気がした。

ともあれ炭野が「早81」で帰途に就く一方、私は「都06」系統で新橋方面に向かえば我が家までは一本である。このためいずれにせよ、渋谷で別れることになった。寂しくなかった、と言えば嘘《うそ》になる。

ただ、今回はいつもとは違った。

「ここ、普通の醬油ラーメンも出してますが」お店での締めの段階で、私は炭野に言っていたのだ。「さっきの煎り酒を使った、特製ラーメンもあるのですよ」

「ははぁ、それは珍しい。いや、食べてみたいがただ今夜はもう、呑み食い過ぎて腹が一杯だ。せっかくだがとても食えそうにない」

「ならば、どうでしょう」私が提案した。「今日の、疑問。見事、解明されたらまたここに来るということで。お祝いに今度こそ、締めの煎り酒ラーメンを味わうことにしましょうよ」

小寺さんと「業10」に乗ってみれば、疑問の答えは自《おの》ずと得られよう。だからそれまでに解き明かすことができなければ、炭野の負け。彼にラーメンを奢《おご》ってもらう。逆に見事な推理で答えを導き出せば、私が払う。そんなゲームにしようということになったのだ。

いずれにしても楽しみだった。いつものようにただ寂しい、というだけではなかった。楽しく酔って帰って来たこともあり、私は布団に潜り込むとあっという間に寝入っていた。

夢も見なかった。

だから電話の音で起こされると、少しばかり戸惑った。時計を見るともう結構な時間である。こんなに深く眠っていたのか。自分でも驚くくらいだった。

「あぁ、まだお休みでしたか」出ると、炭野だった。声から高揚が感じられた。

「済みません。どうやら昨日の疑問、答えが得られたように思いまして」

「ほら、あれが歌舞伎座。最近、建て直されたのよ。昔ながらっぽい建物の裏に、大きなビルが立っているでしょう。あれ、お祖父《じい》さんの会社が造ったものなのよ」

小寺さんと約束通り、「業10」系統の都バスに乗っていた。ただし、二人だけではない。息子さん夫婦、更にそのお子さんも一緒だった。小寺さんの孫に当たる、小学三年の男の子だった。

総勢五人、となかなかの大所帯ではある、路線バスの客としては。小寺さんはお孫さんと並んで座り、窓の外を指差しては説明していた。

あの日、炭野からの電話で、仮説を告げられた。もしこれが正しいのなら本当は、できればご家族と一緒にこそ乗りたい筈だ。だから確認して欲しい、と頼まれた。

「えぇ、息子夫婦が仙台《せんだい》におります」電話を掛けて失礼ですが、と尋ねると小寺さんは、戸惑ったように答えた。「向こうが本社の会社に就職しまして。何かと忙しいようでなかなか、こっちの方には帰って来れないんですよ。えぇ、孫も男の子が一人。向こうの小学校に通ってましてね。だからますます、こっちの方へは、なかなか」

忙しい息子さんに遠慮して、たまには帰って来て一緒に過ごそうとは言い出し辛《づら》いのだそうだった。ただ別に、仲が悪いわけでも何でもない。お嫁さんもとてもいい人で、会うと何かとこちらを気遣ってくれるというのだった。

「ならば、どうです」提案した。元々は炭野の発案なのだが、そこまで説明することはない。「今度、こんなことをしようと計画しているからたまには帰っておいで、と誘ってみられたら。勿論、お孫さんもご一緒に。別にいいではないですか。急ぐわけでもないんですから。半日、こちらで過ごせる時間があればいい。そんな休みが取れることがあったら、帰っておいでと誘ってみたら」

かくして今日のツアーが実現した、というわけだった。

息子さん夫婦も忙しさにかまけて、父親の葬式以来なかなか実家に帰れずにいた。心苦しく思っていたところに届いた提案だったから、これ幸いと乗って来たらしい。

「豊洲二丁目」のバス停でいったん、下車した。ここには大型ショッピングモール『ららぽーと豊洲』がある。中に子供が職業体験できる施設があり、親子連れに人気なのだ。ここで遊ぶ、というのも最初から計画されていたツアーコースだった。

施設では将来、就きたい職業を選んでそれにちなんだ実体験ができる。お孫さんは現代の男の子らしく、サッカー選手に憧れているそうでスタジアムのアクティビティを選んだ。

子供の自主性を重視するため大人は一緒にアクティビティを体験することはできない。保護者はガラスやモニター越しに子供の様子を見学したり、ラウンジで寛《くつろ》いだりして過ごす。私は外で待ったが、小寺さんや息子さん夫妻は当然、ガラスに張りついて見学する方を選んだようだった。

職業体験が終わり、『ららぽーと』を出てバス停に戻った。乗って動き出すと直ぐ、右手に東京臨海新交通「ゆりかもめ」の豊洲駅が見えて来る。

「ほら、あそこに大きな駅があるでしょう」すかさず小寺さんが指差した。「あれもお祖父さんの会社が造ったのよ。実はさっき、サッカーの体験をした『ららぽーと』。あれを建てたのも、そうなの」

バスは枝川を通って木場を抜け、三ツ目通りを北上する。木場公園を過ぎると右手に、近未来的なデザインの建物が現われる。

「あれは東京都現代美術館」小寺さんが説明して、言った。「あの改修工事にも、お祖父さんの会社が関わったのよ。残念ながら完成を見ることはなかったんだけどね。でも最初の頃のデザインには関わった、って言ってたわ。完成したあれを見ることができたら、さぞかし喜んだことでしょうね」

そうしていよいよ終点、東京スカイツリーだった。バスを降りると、目の前に世界一の高さを誇る塔が聳《そび》え立っていた。

「うわー、すっげぇー」子供、特に男の子は、こういうのには目がない。お孫さんは純粋に、興奮していた。「今からあれに登るんでしょ。早く行こうよ。早く早く」

「実はこれを建てたのも、お祖父さんの会社なの」

小寺さんが言うと、さすがにお孫さんもド肝を抜かれていた。「えぇっ、これもそうなのぉ。すっげぇ。お祖父ちゃん、ガチすっげぇなぁ」

「勿論、お祖父さん一人で建てたわけではないのよ。会社全体で、ね。ただお祖父さんは、設計の責任者だったから。とても大切なお仕事をしたのだけは、間違いない」

皆でスカイツリーの足元を固める総合施設『東京ソラマチ』に入った。ツリーに登るチケットカウンターのところまで来て、「それじゃぁ私はここで」と頭を下げた。

「えぇっ、お帰りになるの」小寺さんは驚いたようだった。当然、一緒に登るものと思い込んでいたらしい。「ここまでつき合って下さったんだもの。上まで行きましょうよ。失礼ながらチケット代くらい、持たせてもらいますから」

息子さん夫婦もそうしましょうよと誘ってくれたが、せっかくですが、と首を振って辞退した。こうするべきだ、と最初から決めていたので迷いはなかった。「私の役目はバスに同乗させてもらう、ここまでです。チケット代、云々ではありません。ここから先はご家族、水入らずで楽しまれるべきだと思います。せっかくのお誘いで、有難いのですが。やはり私は、ここまでで」

「ねぇねぇ、早く登ろうよ」お孫さんが痺《しび》れを切らしたように、言った。『ソラマチ』に入ってからも、凄ぇ凄ぇを繰り返していた。興奮はとうに、頂点に達していたのだろう。「こんなの造っただなんて、お祖父ちゃんガチすげぇ。ここだけじゃない。カブキザだか何だか、ここまで来る途中の色んなものも、みーんなそうだったよね。ねぇねぇさっきの『らららぽーと』、帰りも通るんでしょ。僕もう一度、体験してみたいな。お祖父ちゃんと同じような建物を造る仕事、僕もやってみたい」

小寺さんの眼がうっすらと潤んでいた。息子さん夫婦の顔も晴れやかに輝いていた。

いいことをした。実感して、その場を後にした。

「いやぁ、お見事でした」例の駒沢のラーメン店で、疑問を鮮やかに解き明かした炭野と再会した。まずは祝いの意味を込めて、乾杯を交わした。「貴方の読み通りでした。ご家族を誘われたら、と提案したのも大成功でした。小寺さん、本当に喜んでおられましたよ」

あのバスに貴方の同乗を望まれたのは、こういうことではないでしょうか。最初にここで呑んだ翌朝、掛けて来た電話で炭野は言った。路線図を改めて見てみて、そうじゃないかと思ったんですけどね。

小寺さん夫婦は生前、とても仲がよかった。その日の路線バスも、旦那さんとの思い出を辿る旅だった。ならば次の旅も旦那さんに関わるのではないか、と思いついたのだという。

「確か旦那さん、定年まで大手建設会社に勤めていたと仰ってましたよね。『業10』系統は再開発の進む街と、下町とを繋ぐ路線だ。だからその沿線には、旦那さんが建設に関わった施設があるのではないかと見当をつけたのです」

調べてみると、予測の通りだった。建て替わった歌舞伎座。「ゆりかもめ」の豊洲駅。東京スカイツリー……。どれも旦那さんの会社が建設に携わっていたことが、判明した。これだ。これに違いない。

「旦那さんが建てた施設を眺めながらバスに揺られる旅がしたい。これは自然な心理ですよね。ただそうすると、一人で乗るのは寂しい。誰かと一緒に、『あれも夫が造った』『これもそう』なんて話しながら乗った方が楽しいに決まってる。だから貴方を誘ったんじゃないか、と」

ただしそうであるならば、本来なら親族と乗った方がより楽しいに決まっている。では何故そうしないのか。子供との仲がギクシャクしている。あるいは死別してしまって、願っても叶《かな》わないなんて最悪のケースもあり得る。ただ逆に、単に遠慮している、ということだって考えられるではないか。だからダメ元くらいの積もりで、確認してみたらどうかというのだった。結果から言えば全て、大正解だったわけである。

「小寺さん、お孫さんと並んで座ってましてね」まずは報告した。「所縁《ゆかり》の建物の前を通るたび、『あれもお祖父さんの会社が造ったの』と説明してましてね。やっぱりどこか誇らし気でしたよ。お孫さんも最初は『ふぅん』くらいの反応だったのが、だんだん興味が湧いて来たみたいで。特に東京スカイツリーもそうだと知った時には、興奮も一入《ひとしお》でした。最初はサッカー選手になりたいと言っていたのに、『お祖父ちゃんと同じような建物を造る仕事、僕もやってみたい』なんて言い出しましてね。いやぁ小寺さん、眼が潤んでましたよ。本当にいいことをしたなぁとしみじみ感じました」

「そうですか、それはよかった」炭野も嬉しそうだった。「お役に立てたとしたら、私も余計な提案をした甲斐もあったというものです」

「いやぁ。しかし、さすがですなぁ。観察眼だけじゃない。見事な推理力です。疑問をズバリ、解き明かして見せた。さすがは元刑事さん。私の完敗です」

「あぁ、いえ。実はそのことなんですがね。私は全然、大したことはなくて、その」

「約束通り、今夜の煎り酒ラーメンは私の奢りです」まだ余計な謙遜を続けようとしている。炭野をさっさと遮って、本日の本題に入った。「まぁ、大した出費じゃありませんけどね。見事な推理を見せて頂いた、せめてものお礼の印ということで」

「いやぁ、ですから。私のお手柄じゃないんですけどね。実は白状しますと……え、もうラーメン、注文された？　確かにこの前みたいに調子に乗って呑み食いし過ぎると、ラーメンまで手が届きませんから。早目に頼んでおくというのはいい手なのかも知れませんけども」

注文して十分くらいで、黄金色に透き通ったスープのラーメンが出て来た。あぁ、芳しい香りだ。炭野は湯気の匂いを嗅いだだけで、陶然とした表情を浮かべた。ごくりと喉を鳴らしていた。

次いで箸で麺を摘《つま》み、ずずっと一啜《すす》り。「美味い！」

第二章　墓石と本尊

元、足立《あだち》区の職員だと聞いていた。だから待ち合わせは足立区役所の庁舎前あたりかと思ったが、違った。彼、乙川《おとかわ》の指定して来た場所は区内最大のターミナル、北千住《きたせんじゅ》駅前だった。

「今ある庁舎は、移動して来たものなんですよ」電話口で、乙川は説明した。「私の勤めていた頃の大半は、区役所は北千住駅の近くにあったモンでして」

ネットで確認してみると、確かにその通りだった。足立区役所が今の場所に移って来たのは、一九九六年のことだったらしい。

なので北千住駅前で待ち合わせ、会った時に言った。「あの後、調べてみて知りました。庁舎は今の場所に移って、まだ二十年ちょっとなんですね」

「そうなんですよ」乙川は頷《うなず》いた。「お陰で今のところにはどうも、あんまり馴染《なじ》みがありませんで」

「それに今の庁舎は、駅からは遠い。この後あちこちぐるぐる回る予定からすれば、待ち合わせ場所はこっちの方が効率的でずっとよかったです。ルートも設定し易《やす》かった」

実際、今の足立区役所はお世辞にも交通の便がいいとは言い難い。大きなターミナルから向かおうとすれば、バスに乗り換えるしかない。最寄《もよ》りである東武伊勢崎線の梅島《うめじま》駅からでも、歩けば十分以上は掛かるのだ。もっともここまででも延々、バスを乗り継いで来た我が身からすれば後一つ乗り換えが増えるくらい、大した手間ではないのも事実だが。これからも動き回ることを考えれば、北千住駅前からスタートした方が便利なのは間違いなかった。

「やっぱりこっちに勤めていた期間の方が、ずっと長かったですからなぁ」乙川が駅前の雑踏を見渡しながら、言った。しみじみと、という表現そのものの口調だった。「この雑駁《ざっぱく》な街並みを眺めていると、懐かしさが込み上げて来る。ただ昔に比べればこれでも随分、上品になりましたけどなぁ」

北千住駅はJR常磐《じょうばん》線、東武伊勢崎線、東京メトロの日比谷線と千代田《ちよだ》線につくばエクスプレスまでが乗り入れる、まさに一大ターミナルである。駅前は通行人が引っ切りなしで、バスやタクシーも途切れることなく行き交い、常に騒然としている。ルミネやマルイといった大型商業施設が駅に接続して立ち、小売りや飲食店も隙間なく並ぶ。繁華街の熱気がむんむんと漂う。雑駁、という乙川の表現になるほど然《しか》り、と頷けた。

元々ここには江戸時代、奥州《おうしゅう》街道と日光《にっこう》街道の第一の宿場町、千住宿があった。その頃から人の行き来する交通の要衝《ようしょう》であったわけだ。歴史が違う。旧街道の名残《なごり》は今もあり、商店街として賑《にぎ》わっている。史跡もまた街興《まちおこ》しの一つとして、活用されているのだ。

ただし、昔を保存しているだけではない。以前はどちらかと言うと、治安の悪いイメージもあったが近年、大学が付近にキャンパスを構え雰囲気がかなり異なって来た。どことなし落ち着いた感じになって来た。乙川が「上品になった」と言うのは、その辺りのことを指しているのだろう。

確かに我々のような人種になると、あまり綺麗《きれい》な街では逆に落ち着かない。雑然としているくらいが丁度いい。そういう意味では北千住は、我々にとって居心地《いごこち》のいい街の雰囲気をまだまだ保っていると言ってよかった。

「さぁさぁ思い出に浸っているのも、それくらいにしときましょう」促した。「今日のバス旅は長い。あんまりのんびりしていると、回り切れなくなってしまう」

「あぁ、そりゃそうだ」乙川も同意した。「ぼんやりしていてツアーが中途半端に終わってしまったら、元も子もない。さぁ、行きましょう行きましょう」

まずは東武バスの乗り場に行った。「北11」と「北12」、どちらの系統でもよかったが丁度、12の方がやって来たのでそれに乗り込んだ。

「これは、六町《ろくちょう》駅へ向かう便ですな」乙川が指摘して言った。「つくばエクスプレスに乗り換えるわけではないでしょうに、はて」

「終点まで乗るわけではありませんよ」乙川の言う通り、六町はつくばエクスプレスの駅である。私はちょっと勿体振《もったいぶ》るように、続けた。「この後、色々と趣向を凝らしているのです。あぁ、もう次だ。次で降りますよ」

「末広町《すえひろちょう》」のバス停で降りた。

「ここからちょっと歩きます。少しの間、ご辛抱を」

「何の、昔は区内を隅々まで動き回っとった私だ。歩くのは欠かせない仕事の一環だった。一向に苦にはなりませんよ」

バスを降りた目の前に、線路の高架が見えた。「あれは、東武線ですな」さすが。初めて乗ったバス路線でも、自分の居場所の位置関係は正確に把握しているようだ。その通りです、と私は頷いた。

来た道を少し戻り、左に折れた。歩いていると左手に、高架駅が覗《のぞ》いた。「あれは、五反野《ごたんの》駅か。成程、駅前まで歩いてからバスを乗り継ぐわけか」

「ご明察。勿論《もちろん》、全てのルートをバスを降りることなく、走破することも不可能ではありません。ただそうすると、乗り継ぎでダイヤが上手く嚙《うまか》み合わず時間のロスになってしまう場合も多い。バス路線なので大回りして、時間を浪費してしまうことも。なので短絡《たんらく》できるところはこうして歩いた方が、効率的に動けるかと思いまして」

「いやぁ、成程なるほど。いえいえ全く結構ですよ。今も言った通り昔の仕事柄、歩くことには慣れてますので。貴方《あなた》にお任せしたんだ。こちらが効率的でよかろうと判断されたのなら、私もつき合いますよ。またこうして街を歩いてみるのも、それはそれで楽しい」

「恐縮です。では、そういう方針で。何かトラブルでも起こらない限り、私が検討したルートで今後も進めさせてもらいます」

「えぇえぇ。どうぞどうぞ」

「五反野駅入口」で、新たなバスに乗り換えた。

「おぉおぉ、これは『はるかぜ』ではないですか。成程、コミュニティバスまで駆使して、区内を回る趣向というわけですな」

「この方が面白いかなと思いまして」

「えぇえぇ。これは楽しいです。いやぁやっぱり、貴方にお願いしてよかった。本当によかった」

「恐縮です」

乙川とは以前、同じように私のコーディネイトしたバス旅で初めて会った。その時は別の客からの依頼で、参加者は八人という大人数だったのだが中に乙川もいたのだ。依頼者本人よりも旅を楽しんでくれたようで、終わると「いやぁ、よかったよかった」と満面の笑みで繰り返した。「貴方には是非また、コーディネイトをお願いしたい」と言って別れた。そうして先日、本当に連絡があって依頼を受けたというわけだった。

「実は私、元々は足立区に勤めてましてね」電話口で、彼は言った。「主に町づくり関係にずっと従事しておったものですから仕事上、区内を隅々まで動き回ったモンですよ。ただ今は仕事を離れ、自宅も別の区なのでずっと足を踏み入れていない。先日のバス旅で行く先々の町の風景を見ていると、昔のことをふと思い出してしまいまして。久しぶりに行ってみたいなぁ、なんて思ったわけです」

バスに乗って足立区内をぐるりと回りたい、というのだった。ルートは任せるからなるべく広く、色んなところに行ってみたいという依頼だった。そこであれこれと事前調査を尽くし、今日のルートを案出した次第なのである。

コミュニティバスまで活用する、というのも思いついた趣向の一つだった。一般の公共交通だけでは不便な地域の住民に、移動手段を提供するため主に地方自治体が実施しているのが、コミュニティバスである。民間のバス会社に運営を委託し、経費の赤字分を補填するなどの方式が一般的だが足立区の「はるかぜ」の場合は、ちょっと違った。区の支援は運行開始前の協力レベルで留《とど》まり、基本的には事業者に対して補助金は支出しない。それぞれの会社が独立採算で運行するのが前提となっているのだ。

そのため一般のコミュニティバスだと料金はどこまで乗っても百円など、安目の運賃が設定されているケースが多いが「はるかぜ」は基本、各社の既存一般路線と同一の扱いとなっている。事業者によってはちょっと割安な場合もあるが、他と比べれば高目に感じてしまう。まぁ我々にすれば東京都シルバーパスを使うので料金、云々《うんぬん》はあまり関係ないのは確かだが。

それでも地域住民のきめ細かい移動手段として、充分なニーズがあるのだろう。「はるかぜ」運営に参加しているのは東武バスなど五企業で、十二の路線が運行中である。今、乙川と乗っているのはその中の12号、東武伊勢崎線の西新井《にしあらい》駅とＪＲ常磐線の亀有《かめあり》駅とを繋《つな》ぐ路線だった。

「おや、そろそろ綾瀬《あやせ》駅ですね」外を見ていて、乙川が言った。綾瀬も、ＪＲ常磐線の駅である。進む方向の位置関係から言えば、亀有駅より手前に当たる。「ここでは降りないんですか。この駅前からもいくつもの路線が出ていると思うんですが」

「いや、せっかくですからこのまま乗り続けましょうよ」私は言った。「ちょっと大回りしてしまう部分もありますが、あまり頻繁に乗り降りしているとそれだけ時間を食ってしまう」

病院前や中学校の入り口など、いかにも住民の足らしい停留所を過ぎていよいよ亀有駅に着くという、手前。後二つで終点に至る「中川四丁目《なかがわ》」のバス停で、私達は降りた。

「実はこの先に行ってしまうと、葛飾《かつしか》区内に入ってしまうんです」悪戯《いたずら》っぽい笑みを浮かべて、私は説明した。「ですから今日のテーマでは、乗るのはここまでということで」

「いやぁ、成程。それはそうだ」乙川は大いに賛同してくれた。「今日の趣旨からして、区外に出たのでは意味がない。いやぁさすがです。よぅし今日は本当に全面的にお任せだ。貴方の判断を信頼します。お好きなように、リードして行って下さい」

「そう言って頂ければ、私もない知恵を絞った甲斐《かい》もあります。さぁさぁここからもちょっと歩きますよ。一歩でも区外に出ないように、注意して」

歩いて、大通りに出た。都道318号線、通称「環7」である。右手に行くと亀有駅の北口へ繋がるが、私達は左に向かった。東武バスの「中川四丁目」バス停から、「有64」系統に乗った。少々歩くことになったが、仕方がない。

「実はさっき降りたところから最寄りのバス停は、ここより一つ亀有駅に近い『亀有五丁目』なんですが」私は説明して、言った。「調べてみるとそのバス停は、亀有駅方面はギリギリ足立区内にあるのに我々の行く方向は、逆にギリギリ葛飾区内に入ってしまうんですよ。なので余計に歩くことになりましたが、やっぱり乗るのはこちらから」

「それはそうです」大いに頷いて、賛同してくれた。「ルールはルールです。こういう遊びだからこそ逆に厳密に守らないと、心から楽しむことができない」

「ご理解、頂き有難うございます」

こんな感じでバスを乗り継ぎ、区内をぐるりと一周した。基本的には区境の内側を、なるべく沿うようにして移動するがあまり無理もしない。そちらのルールにばかり囚《とら》われていると、時間のロスになってしまう場合も多いからだ。

足立区は北で埼玉県と接しているため、八潮《やしお》や草加《そうか》など向こうの県内のターミナル駅とこちらとを結んでいるバス路線も多い。すると迂闊《うかつ》にそれに乗り続けていると、足立区どころか東京都から飛び出ることになるわけだ。今日のルールからは外れてしまう。またバスの路線は区の外縁部を選んで走っているわけでもないので、ギリギリまで区との境まで乗ることばかり優先すると、同じルートを行って引き返すしかないことも多々ある。

だからここはショートカットした方がいい、と判断すれば外縁部から離れることもあった。臨機応変にコースを組み、一日で回り終えることを最優先した。

「あぁ。ここは一時期、しょっちゅう来ていた地区ですよ」ずっと区内で仕事をしていたのだ。回っている最中に各地で、乙川の思い出が蘇《よみがえ》るようだった。「古い木造家屋が密集していて、災害時には危険度が高い。路地も細く折れ曲がっていて、家が倒れると緊急車両が入れなくなってしまう。何とか区画整理したいんですが、なかなか言うことを聞いてくれない地主さんも多くって。説得するのに、足繁《あししげ》く通いました」

「あぁ、ここの辺りも随分と変わったなぁ。古い家並みが残っていた地区なんですが、新しい交通システムが出来て便利になって。地価もぐんと上がった。再開発の話は私の頃からありましたが、いやぁこんな風に生まれ変わったんだなぁ。綺麗になったなぁと思う反面、昔ながらの町並みもよかったのに。勿体ないなぁとも感じてしまいますね。ちょっとした、ジレンマです」

こういう話には私としても「あぁ、そうでしたか」「成程そうでしょうねぇ」なんて無難な答えを返すしかない。また向こうとしても、さしたる返答など期待してはいない。聞いてくれる相手がいさえすればいいのだ。基本的には独り言の延長線のようなものである。

　ただそうではなく、店の紹介のような話題も出て来る。鹿浜《しかはま》の辺りを通り掛かった時だった。

「あっ、その先。とっても有名な焼肉屋さんがあるんですよ。いつも待ち客がズラリと列を成すことで、有名な」

「あぁ、テレビか何かで見た覚えがあります」こういう話題であれば、私も反応できる。「今時、無煙ロースターも使わない昔ながらの店で、煙がもうもうと立ち込めることでも有名な。そうか。こんなところにあったんですね」

「そうそう。そこです。新鮮なホルモンと丁寧な仕込みで、確かに美味《うま》い。でもそんな人気店なのに予約は一切、受けつけてないんですよ」

「ははぁ。だから毎回、お客が延々と並ぶことになるわけですか」

「そうそう。私も何度か行ったことがあって、店主とも顔馴染みになりましたけどね。いつも凄《すご》い行列ですよ。ただ食べてみれば、『並んだだけのことはあったなぁ』としみじみ感じます」

「成程、美味そうですねぇ。私も今度、行ってみますよ」

「えぇ、是非ぜひ。ただ、今も言った通り予約は不可ですので。いかに元区役所職員の知り合いだと言ってゴリ押ししようとしても、優遇はしてくれません。他の客と一緒に並ぶしかありません」

「この歳《とし》だともうホルモンなんか、そんなに食べられませんから。延々並んだ挙句にちょっとしか味わえないのなら、釣り合わないのかも知れませんねぇ」

「まぁまぁ。そう仰《おっしゃ》らず。よかったら私とご一緒しませんか」

「あぁ、それはいいですねぇ」

そんな風にワイワイ言っている内に、区の外周部はほぼ回り終えた。今度は中心部に向かって、区内を一気に突っ切った。

西新井大師《だいし》へ行った。ここには是非、立ち寄るコースを設定して欲しいと最初から依頼されていたのだ。確かに区を代表する名刹《めいさつ》であり、広く全国から参詣客の訪れる有名スポットである。観光コースであれば外すということはあり得まい。役所の人間としても思い出深いところなのだろう、と勝手に解釈していた。

環7沿いのバス停で降り、参道の商店街を抜けた。歴史のありそうな店舗が多く並んでいた。飲食店や仏具店、土産《みやげ》の小間物屋などいかにも参道らしいものばかりでなく、時計店や靴屋など地元民の生活を支えるような商いも見受けられた。煎餅を焼く香ばしい匂いが、どこからかふわりと漂って来た。

正面に、立派な山門が見えて来た。

「江戸時代後期の建立《こんりゅう》です。区の指定文化財になっています」乙川が解説してくれた。「この先の本堂は戦後になって火事で焼けてしまい、再建されたものなんですが。ただし中の御本尊は無事だったそうですよ。さすがは弘法《こうぼう》大師のご加護、と改めて評判になったとか」

その御本尊と、弘法大師を祀《まつ》る大本堂に手を合わせた。戦後の再建とは言うがやはり荘厳そのものの建物で、頭《こうべ》を垂れているだけでどこか心が洗われるような心地になれた。

改めて境内を見渡した。かなりの広さである。都内にいることが信じられないように感じた。吹き抜ける風もどこか、外とは違う爽やかさだった。

「このお寺は正式には、『五智山遍照院總持寺《ごちさんへんじょういんそうじじ》』といいます」乙川が解説してくれた。「弘法大師が関東巡錫《じゅんしゃく》の際、この地を通った時に観音菩薩《ぼさつ》の霊託を聞き十一面観音像を彫って祀ったのが始まり、とか。古くから『関東の高野山《こうやさん》』と呼ばれ信仰を集めているんですよ」

「ははぁ。弘法大師の彫ったというその十一面観音が、さっきの話で出て来た焼け残った御本尊なのですか」

「そうそう。そういうことです」

本堂の左を向いた。三重の塔が立っていた。指差すと乙川は、「あれは正確には、

『三匝堂《さんそうどう》』といいます」と教えてくれた。「山門と同じく江戸後期の建立で、都内に残る唯一の栄螺堂《さざえどう》なんですよ」

「ははぁ、栄螺堂と言えば」会津若松《あいづわかまつ》の飯盛山《いいもりやま》で見た覚えがあった。サラリーマン時代、社員旅行で行ったことがあったのだ。「中の回廊が螺旋《らせん》構造になっている、あれですね。傾斜を登って行くと頂点から下りに転じる。二重螺旋になっているので、登って来る人と出会うこともない」

「そうそう、あれです。ただしここ、以前は登ることができたんですが今は内部は非公開になってます」

「しかし」つくづく、感心した。「乙川さん、本当によくご存知ですねぇ。勿論、職員として区内をあまねく担当しておられたんでしょうけども。それにしてもお寺の由来から、何も彼《か》もを本当によく押さえておられる」

「いやぁ」頭を掻《か》いた。「実はこれ、単なる受け売りなんですよ。役所時代、とてもお世話になった蓮間《はすま》という先輩がいましてね。この方が、本当にこのお寺が好きでした。一緒に仕事で区内を回った後、ちょっと時間があるとここに立ち寄って一休みしてました。広いし落ち着いているので気分転換には最適で、ね。仕事の疲れも忘れるような心地でした。その時、寺の由来からあれこれ教えてもらったんです」

さぁさぁこっちにも行ってみましょう、と誘われた。小さな四阿《あずまや》に「加持水《かじ》」と書かれた金属製の樽《たる》のようなものが置かれていた。

「ここ、井戸なんですよ。『加持水の井戸』といいましてね。これも弘法大師が齎《もたら》したものだというんですが。この井戸が本堂の西に位置したことから『西の新しい井戸』、西新井の地名の元になったと言われています」

「あっ、そうなんですか」私は思わず、ポンと手を打ってしまっていた。「中野区《なかの》に有名な『新井薬師《あらいやくし》』があるでしょう。でも方位からすれば、あっちの方が西に位置する筈《はず》なのに。何でこっちが『西新井』なんだろう、とずっと不思議に思ってたものですよ」

「その疑問をお持ちになる方は多いようですね」いかにも何人にも説明済みだ、というように乙川は頷いた。「また向こう――正式には新井山梅照院薬王寺《あらいさんばいしょういんやくおうじ》と言いますが――もここと同じ真言宗豊山派《しんごんしゅうぶざんは》に属するので、ますますややこしい。でもつまり、そういうことなんです。両寺を比べてどちらが西か、という話ではないのですよ。ただ単にこちらの井戸が、お堂の西に位置していたからこの名になったわけで」

「いやはや、そうだったんですね。長年の疑問が解消されたようで、何だか胸の支《つか》えが下りたような」

笑いながら更に境内を回った。本堂の左手奥には池があり、大師の立像などがあった。敷地が本当に広いので、ぶらぶら散策するのに丁度いい。仕事の帰りに立ち寄って疲れを癒していた、という乙川の言葉に納得できた。こんな場所が区の中心にあるというだけで、贅沢《ぜいたく》なように感じられた。

池の向こうに小さなお堂が三つ並んでいた。一番、右手が「奥の院」だった。

「ははぁ。『奥の院』とは、あれですね。弘法大師、空海《くうかい》が入定《にゅうじょう》したという。以前、高野山を取り扱ったテレビ番組で見た覚えがありますよ」

「即身仏《そくしんぶつ》となって永遠の瞑想に入ったとされてますね。大師は今も生きていて、瞑想を続けている、と。ですから高野山の奥の院では一日二回、食事が届けられる『生身供《しょうじんぐ》』という儀式が続けられているそうですよ」

ここの「奥の院」は江戸後期、その高野山から勧請《かんじょう》したものだという。即身仏となった空海は、今も衆生《しゅじょう》救済のため各地に顕現《けんげん》する、とか。ここは関東において空海が現われる、出入り口のようなものなのだろうか。そんな馬鹿な、と思う反面どこか本当にありそうな気にもなってしまうのは、やはり聖地であるが故なのだろう。

思いの外、西新井大師で時間を費やしてしまった。まぁこれで本日、設定していたコースはほぼ終わりである。後は北千住駅前に戻るだけである。

「どうしましょうか」乙川に尋ねた。「まだ少し、時間がないわけでもない。今の足立区役所に、最後に立ち寄ってみられますか」

「いや」ちょっと考えて、首を振った。「やはり、止《や》めときましょう。まだあっちには、勤務している後輩もいますので。下手《へた》に立ち寄っていると、見られてしまい兼ねない。そうなると『あいつはあっちには顔を出したのに、こっちは無視した』なんて。言われてしまうことも、あり得ないではない」

元組織人ならではの悩み、と言えた。私にもよく理解できた。日本社会における独特の組織感覚では、辞めた後もこうして何かと気を遣うことが多い。余計な波風を立てないためにも、と自然と足が遠退《とおの》きますます顔を出し辛《づら》くなってしまうことも往々にして、ある。

そこで西新井大師から北千住駅に直行した。区内を走る路線バスは都バスや国際興業など、「はるかぜ」の運営会社まで含めると八団体・企業。その内、東武と国際興業とを主に乗り繋ぐことになった。選《え》り好みしたわけでも何でもない。ただなるべく大回りを、とコースを組んだら結果的にそうなってしまったというだけだ。

「お疲れ様でした」

駅前でバスを降り、握手を交わした。一日、区内を乗り尽くした充足感が満ちていた。疲れもあったが微々たるものに過ぎなかった。むしろそれが、心地よくもあった。

小さな旅の終わりの記念に、写真を撮りませんか。提案した。毎度のことだった。客の方から誘われる場合も多々あるが、そうでない時はこちらから振ってみる。断られることは、あまりない。

駅を背景に二人、並んで立ってタブレット端末を翳《かざ》した。今の若い人の言う、「自撮《じど》り」である。いつもやっていることなので慣れたものだった。何枚か撮って確認してみたが、どれもよく撮れていた。私の胸のバッヂも綺麗に写っていた、いつもの通り。

「どうですか」乙川が駅に向かって右側の方向を指差した。「あちらに区役所勤務時代、よく行っていた居酒屋があるのです。今日の祝杯をそこで、というのは」

「あぁ、いいですねぇ」ただしそこで、断るのを忘れなかった。こういうのは最初に明言しておいた方がいい。なぁなぁで後回しにしていると、切り出し難《にく》くなってしまう。「ただ、料金は割り勘ということでお願いします。これは私が趣味でやっていることですので。奢《おご》られると、その趣旨に反してしまいます」

「いいではないですか」案の定、だった。なかなか譲ってはくれなかった。だからこそ最初にきっぱり、言っておくことが大事なのだ。「今日はお陰様で心から、楽しませてもらったんだ。それに安い呑《の》み屋だから大した払いでもない。これくらいお礼の気持ちで、払わせて下さいよ」

「いえいえ」手を振った。「これは他のお客様にも、お願いしていることですので。今日、奢ってもらったらこれまで断って来た人達に、申し訳が立たなくなってしまう」

　料金をもらうと旅行サービス手配業者として、行政の規制を受け兼ねない云々の説明は省いた。呑み代を奢ったくらい、料金とは見なされないでしょうと反論されてしまえば話が長くなる。元、行政側の判断だ。こちらとしても抗弁がし辛い。

　それに他でもそうお願いしている、という主張は日本人には通じ易い。横並びの価値観が根強く腹の底にあるからだ。特に我々のように、歳をとっていればいる程そうである。

「そうですか。どうせ大した額でもないんですけどねぇ」少し考えて、ポンと手を打った。「分かりました。ただ、お礼の気持ちだけは何としてでも示したい。それで、どうです。乾杯の最初の一杯だけは、私に持たせてもらうということで」

「あぁ、いいですねぇ。ではそこまでは甘えさせてもらうことにしましょうか」

「さぁさぁ。そうと決まったら、行きましょう行きましょう」

　駅前のロータリーに差し掛かる手前を、右に折れると細い路地があった。通りにはびっしり、呑み屋が連なっていた。昔からここはそうだったんだろうなと思われる雑駁さが溢《あふ》れていた。区役所がまだこの近くにあった頃、仕事帰りによく来ていたという乙川の言葉も成程と頷けた。

これだけ店があるのだ。探そうと思えば選《よ》り取り見取りだった。また適当に選ぼうとすれば、かなり迷ってしまったことだろう。

ただ乙川には、当時から通っていたという目当ての店があった。路地に入って直《す》ぐのところで、二階まである店構えのようだった。既に客は大勢、詰め掛けており店内は活気に満ち満ちていた。

二階に案内されてテーブルに着き、まずは生ビールで乾杯した。

「今日は充実した、素晴らしい一日でした。本当に有難うございました」

「いえいえ。そう言って頂けると私としても、感無量です」

店を選ぶのに迷いは不要だったが、つまみとなるとそうはいかなかった。とにかく料理の種類が多い。カウンターの上空には料理名を書いた短冊《たんざく》が、びっしりと並んでいた。メニューを開いてもありとあらゆるつまみのオンパレードだった。あまりにあれこれあり過ぎて、目眩《めまい》がしそうだった。

「まぁここ、何を食べても美味いですけどね」今回も乙川に頼るだけだった。「まずはこれだけは欠かせない、というお勧めがありますんで」

「えぇ。お任せします。これだけ色々あると、どれにするか悩んでいるだけで夜が終わってしまいそうだ」

乙川は店員に手を挙げ、マグロのブツにポテトサラダ、牛の煮込みに千寿揚げの「にんにく入り」を注文した。

「千寿揚げ、というのは」

「まぁまぁ。百聞は一見にしかず。口で説明するより食べてみるのが一番です。この店の名物なんですよ。まぁ、お楽しみに」

程なく、出て来た。見た目にはさつま揚げのようだ。試しに口に入れてみた。

「おおぉ。これは」

魚のすり身を油で揚げている。つまりさつま揚げの一種であることは間違いない。ただし手作りの揚げ立てなので、風味が違う。ふわふわのすり身が口の中でとろけ、混ぜられた刻みネギのシャキシャキ感が後を追う。次いでニンニクの香りが鼻に抜け、お陰でビールが進む、進む。

「成程。これは美味い！」

「でしょう。ここに来たら、これは食べなきゃ」

「酒のつまみに最高ですね。あぁこっちの煮込みも美味いぞ。モツの香りが、堪《たま》らない」

「ここ、地酒も充実してるんですよ」

メニューを覗《のぞ》き込んだ。「あぁ本当だ。種類がたくさんある。しかも、安い」

「ついつい呑み過ぎてしまいそうですな。でもまぁいいや。今日は特別だ」

「楽しい一日の締め括《くく》りですからな。大いに行きましょう」

地酒の後は酎ハイに切り替えた。言葉通り、楽しい一日の締め括りにこれほど相応《ふさわ》しい店はないと感じた。口に出して伝えると、乙川も嬉《うれ》しそうに微笑《ほほえ》んだ。

「そう言って頂けると、誘った甲斐もあったというものです」グラスを置いて、店内を眺め渡した。「でも、あぁ。本当に懐かしいなぁ。今日は区内をぐるりと回って、久しぶりに当時を思い出すことができたんですが。締めにここに立ち寄ると、あの頃が蘇って来るようだ」

「仕事帰りによく来られてたという話でしたものね。確かにここに立ち寄れば、仕事の疲れも吹き飛んだことだろうなと想像がつきますよ」

「ええ。その通りです」もう一度、店内を見渡した。「さっき、西新井大師で蓮間という先輩の名前を出しましたよね。一緒に仕事で区内を回った後、時間があるとあそこで一休みしてた、って」

頷いた。「西新井大師が本当にお好きな方で、あれこれの知識も皆その方の受け売りだ、って仰ってましたよね」

「仕事を一から教えてくれた先輩でした」今度は乙川が頷く番だった。「人との接し方も全部、教わった。区画整理なんて仕事をやっていると、なかなか言うことを聞いてくれない地主さんともぶつかることになる。こちらもついカッと来て、感情的になりそうになる。そういう時、戒めてくれました。『短絡的になったら負けだ。こういうものは時間が掛かると最初からその積もりで、じっくりと当たらなきゃ。誠意を以《も》って人と接するんだ。そうすればいつか、気持ちが通じる。きっとこちらのことを分かってくれる』って。実際そうして、いくつもの仕事を成功させました。蓮間さんの言う通りだなぁ、ってそのたび感じたものです」

グラスの中身を呑み干し、店員にもう一杯と注文した。ホッと息をついてから、続けた。「その人とここにもよく来てました。あぁ、懐かしいなぁ。西新井大師といい、ここといい。本当にあの頃が蘇って来るようだ」

言葉の感じから、何となく察しがついた。「立派な方だったんですね」

「あれくらいお世話になった先輩は、いません」新たに運ばれて来た酎ハイを一口、喉に放り込んだ。呑み下してから、続けた。「何とか恩返しをしなきゃ、ってずっと思ってたんです。でも、叶《かな》わなかった。何もできない内に亡くなられてしまいました。半年前のことです」

察しはついていた。が、応えた。「そうでしたか。それは、お気の毒に」

「まぁ、お互いにこの年代ですから。天に召されても不思議ではありませんよね。ただ最近の平均年齢からすれば、まだまだ。あんなにバイタリティに溢れた人がなあ、って信じられない気持ちでした。実はそれは、今になってもあまり変わりません」

「急なことだったんですか」

「私には、寝耳に水でした。ただ後で奥さんや、ご遺族に聞いてみると蓮間さん、元から心臓に持病があったんですって。だから万が一のこともあり得る、と前々から心の準備はされていたそうで。今になってみればそう言えば、と思い出すことも確かにあります」

それは何か、と尋ねようとして、止《や》めた。そこまで踏み込んでよいものなのか、どうか。まだ計り兼ねたからだ。結局は一日二日、共に過ごしただけの相手に過ぎない。心のどこまで踏み入るのを許されるか、見当のつく間柄ではない、まだ。

そこから乙川は、蓮間先輩の受け売りという大師様の蘊蓄《うんちく》を傾け始めた。「関東三大師」と「関東の三大師」って、違うんですよ。ご存知でした？

「いや」首を振った。正直なところだった。「そういう言葉を聞いたような覚えはありますが、そこまでです。そもそも『の』が入るのか、入らないのか。そんなことも意識すらしてはいませんでした」

「まぁ、そうでしょう。私だって蓮間さんから教わるまでは、同じでした」笑ってから、続けた。「『関東三大師』とは『関東厄除《やくよ》け三大師』を指します。今日の西新井大師の他、『川崎大師』と呼ばれる『平間寺』、千葉県香取市の『観福寺』がこれに当たります」

「川崎大師は有名だから私もさすがに知ってます。でも、あれですね。『厄除け』というからにはもう一つ、有名な栃木県佐野《さの》市の『佐野厄除け大師』があるじゃないですか。あれも入ってるのかと思ったんですが、違うんですね」

「そうそう。そこなんですよ」乙川はもう一度、笑った。「ややこしいから皆さん、勘違いするのも当たり前ですよね。そう、『佐野厄除け大師』の『惣宗寺《そうしゅうじ》』は今、言ったもう一方の『関東の三大師』の方に入るんです。他の二つは『青柳《あおやぎ》大師』こと群馬県前橋《まえばし》市の『龍蔵寺《りゅうぞうじ》』、『川越《かわごえ》大師』こと埼玉県川越市の『喜多院《きたいん》』とされます。まぁどれを入れるか、は諸説もあるんですけどね」

「ははぁ」混乱して来た。知らない寺名も次々、出て来て頭の整理がつかなくなって来た。酒が入っているのだから、尚更《なおさら》だ。「それらと前の三つと、どこが違うんですか」

「そこなんですよ」悪戯っぽく、笑った。「どっちも『大師』がついているから弘法大師を祀っているのかと思うでしょう。でも違うんです。実は『関東の三大師』の方は、天台宗《てんだいしゅう》なんですよ」

　さすがに虚を突かれた。弘法大師であれば真言宗であろう。なのに天台宗と来れば、開祖は最澄《さいちょう》ではないか。

指摘すると、乙川は首肯した。「そうなんです。比叡山延暦寺《ひえいざんえんりゃくじ》を開いた、あの最澄ですね。実は『関東の三大師』の方に祀られているのは延暦寺、中興の祖と言われる第十八代天台座主《ざす》の良源《りょうげん》なんですよ。彼は『慈恵《じえ》大師』『元三《がんざん》大師』などの呼び名もあって、『関東の三大師』はこっちの方なんです。また今では全国の社寺で売られる『おみくじ』も、創始者はこの人だと言われています」

本当に頭がこんぐらかって来た。「ちょっと待って下さい。そうなると『厄除け大師』と呼ばれるのはそっちの、良源の方ということですね」

「そうです」

「なのにさっきの話だと、『関東三大師』の方は『関東厄除け三大師』とも呼ばれる。こっちは空海なんですよね」

笑いが大きくなった。「そうです」

「いや、もう。考えるのは止《や》めにします。混乱して、酔いが回ってしまいそうだ」

乙川の笑いが続いた。「蓮間さんも同じことを言ってましたよ。実は彼、生まれは調布《ちょうふ》市の方でしてね。あそこで有名なお寺と言えばご存知、『深大寺《じんだいじ》』ですがここに祀られているのは、良源なんです。なので毎年、三月には『厄除元三大師大祭』が行われているくらいで」

「では蓮間さんは出自からすれば元三大師の方なのに、お好きだったのは弘法大師だった、と」

「そうそう。そういうことなんです。なので生前、言ってましたよ。俺は天台宗と真言宗の板挟みだ、って。もっとも七人兄弟の末っ子なので、宗門なんかにあまり囚われる必要もないだろうけどな、と笑ってましたけど」

あぁ、そうそうと手を打った。

「さっき、言いましたよね。蓮間さん心臓に持病があって、以前から万が一の心の準備はしていたみたいだ、って。今になってみればそう言えば、と思い出すことも確かにある、って」

ええ、と頷いた。実はそれは何か、と尋ねてみたかったことだった。が、そこまで踏み込むのもどうかと遠慮した。もしかしたらあまり触れられたくない話題なのかも知れないではないか。そうしたらその話を向こうの方から、再び持ち出してくれたような格好だった。

「蓮間さん、新たにお墓の用意をしてたんですよ。実家の調布の墓に俺まで入ると窮屈だから、って。中野区の方に小さな墓苑《ぼえん》があって、そこを購入したんだって言ってました。『俺もくたばったら、御本尊に向かって眠りたい』って。ここなんかで一杯、傾けていた時にそんなことを口にしてました。今になって思えばあれは、持病のことも考えて万が一の準備をしてたんですねぇ。半年前に急死された、って報《しら》せを受けるまですっかり忘れてしまってたんですが」

「そうでしたか」墓まで用意していたとなれば、心のどこかで死の覚悟をしていたということだろう。自分もそこまで恐怖を克服して、達観できるだろうかと思うと心許《こころもと》なかった。さぞやしっかりした精神を保った人だったんだろうな、と納得した。

乙川が先輩の思い出を懐かしそうに振り返るのも、当然なのだろう。「ではその蓮間さんは今では、大好きだった御本尊を向いて安らかに眠っておられるわけですね。亡くなったのはお気の毒ですがきっと今は、満足されているのではないですか」

「いや、それがそうではないのです」乙川が首を振った。思えば彼が否定の仕種《しぐさ》を見せるのは本日、初めてのことだったかも知れない。「墓地は購入したのですが、墓石はまだだった。漸《ようや》く石も買ってさぁいよいよという時に、蓮間さんは急逝してしまった。だからどちらに向けてお墓を立てたらいいものか、ご遺族としても決め兼ねているのですよ」

「しかし」思わず反論した。「さっき仰ったようにその方は生前、『御本尊を向いて眠りたい』と願っておられたのでしょう。ならば墓石は、御本尊に向ければいいのではないですか」

「そう。そこまではその通りです」乙川は言った。「ただ、ではその『御本尊』は、どれを指しているのか。絶対にこっちで間違いない、という決定打がないのです」

「あっ、そうか」

先程も説明があった通り、墓苑は中野区にあるという。ならば本来なら、区内最大の寺院である「新井薬師」の御本尊と見るのが自然ではあろう。深大寺とは違い、こちらは真言宗なのだから生前の言動とも合う。新井薬師の本尊が祀られる本堂に墓石を向ければ、遺言にも沿うことになるのでは、と思える。

ただ一方、あれだけ好きだった西新井大師の存在もある。もしかしたらあの言葉は、こちらの御本尊を指していたのではないか。迷い始めると決定打がなく、どちらか決め兼ねているというのだった。確かに分かるような気もした。いったん、石塔を立ててしまうと容易には動かせないのだから最初が肝心なのだ。こちらに向けたのではもしかして、生前の願いに反してしまうのかもと思えばなかなか踏ん切りがつかない。

「一般的な墓石の向きというのは、どうなのです」尋ねた。「私はそういうのにはとんと疎いのですが。一般的にこちらの方位は縁起が悪い、とされる向きはないのですか。それらと兼ね合わせれば、どちらに向ければいいのかも見えて来るのでは」

「実際それもちょっと、調べてみたのです」乙川は言った。「例えば神棚などは、南向きや東向きがよいとされているようです。それは主に日当たりの問題ですね。朝日が昇って来るのを正面から受けるから、そちらに向けるのは吉とされているそうです」

ただこれも、色々な考え方があって一概には言えないようだった。例えば墓を北に向けると、自分の影が正面に出来ることになる。それはあまりいいものではない、との考え方もある。しかし一般的なものではないようで、例えば「北枕」を縁起が悪いとするのもお釈迦《しゃか》様が入滅した時にそうだったから、とされているだけで墓の向きには関係ない。むしろ風水的には北向きはいいと言われており、あくまで考え方によるらしい。

西向きについてもそうで、「西方浄土《さいほうじょうど》」という言葉があるように仏教では仏様は西にいるとされる。だから生きている時はあまりいい方位ではないが、亡くなったのだから仏様の方を向かせるのがいいのだという考え方もあるそうだ。

「ただ逆に、墓が東を向いているとお参りする者は西、仏様を向くことになりますよね。これがいいのだとする考え方もあるそうで、結局は人それぞれ。こちら向きが絶対にいい、というものはないようなのですよ。だから方位論から推測しようとしてみても、どうにも上手くいきませんで」

「そうですか」

「あぁ」途方に暮れたように首を大きく振った。「この疑問に何とか、決着がつかないかなぁ。そうすればご遺族の方達も安心されるし何より、蓮間さんへのご恩返しにもなる。せっかく静かに眠りたいと言っていたのに墓の向きも決まらないままじゃ、気の毒ではないですか。生前、何もお返しができなかったのだからせめて、これくらいでも解決してあげたいのに。考えても考えても、これだ、という結論には辿《たど》り着けませんで」

　そうですか、と繰り返すしかなかった。長年、共に時間を過ごした家族や乙川だって決め兼ねているのだ。今ちょっと、話を聞いただけの私に判断などつくわけがない。常識的に考えれば新井薬師の方じゃないですか、程度の見解は述べられようが、それくらい彼らだってとうに考慮していよう。でもやはり迷う、と言っているところに、私などが嘴《くちばし》を突っ込める隙なんてない。

「あ、あぁ、済みません。せっかく楽しい一日の、締め括りだったのに。最後に、モヤモヤした思いをさせてしまいましたね」

「いえ、そんなことはありません。でも確かに、それが決まらないのではご遺族の方も気分が収まりませんよね。何とか結論が出ると、いいですね」

「そうなんですよ」

　別れる前に最後の乾杯を交わした。乙川の言う通り楽しい一日と最高の吞み屋だったのに、最後にどうにも胸に引っ掛かるものが残った。モヤモヤした気分が晴れないまま、帰途に就いた。

家に帰り着くとコンピュータを立ち上げた。今日の模様をブログにアップした。このようにツアーを終えると客の許可を得て、どんな模様だったかをできる限りブログに書き込む。途中で撮った写真もいくつも貼りつける。客がいいよと言ってくれれば、顔写真も出す。ツアーを楽しんでもらえればそのまま表情に表れ、見る者にもストレートに伝わるからだ。

いつものことだが最後に並んで記念に撮った写真も、いい出来栄えだった。改めて確認してみたが私の胸のバッヂまで、模様がはっきり見えるくらい綺麗に写っていた。これも乙川にちゃんと許可を得ていたので、迷うことなくブログに貼りつけた。掲載した写真の中でも特に目立つところに貼った。

私のサイトに来ればこのブログに飛ぶことができ、具体的にどんなツアーをやっているのか第三者にも分かる。記事を見た客が「この日は本当に楽しかった」「有難うございました」なんて感想を書き込んでくれることも多々あり、そうなると効果は倍増する。何よりの宣伝になる。そしてこんなことをする理由は、もう一つ……

ブログを書いていて、ふとキーボードを叩《たた》く指を止めた。乙川の最後の言葉が胸に沈んでいた。お墓をどの御本尊に向けてあげればいいのか。結論が得られれば何より、生前のご恩返しになるのに。本当にその通りだろうと思えた。

壁の掛け時計を見上げた。

他人の家に電話するには、ちょっと非常識な時刻だろうか。ただ彼は、夜は遅い方だと言っていた。

長年、刑事をやっていた〝職業病〟のようなものだろうか。事件の発生に時刻なんて関係ない。こちらの都合を勘案して事件を起こす犯人なんていない。だから何時だろうが即座に飛び起きる習慣がついてしまった。

逆に昼間でも寝られる時は、直ぐにうたた寝する癖もついた。そうしていざという時、寝不足で不覚をとらないよう身体《からだ》を準備しておくのだ。だから仕事を辞めてそんな必要がなくなっても、ちょっと空き時間が見つかれば寝てしまう。お陰で睡眠時間が足りてしまい、今度は夜になってもなかなか寝付けないのだ、と。以前、口にしていた言葉がはっきりと蘇った。

一人でも乗れる路線の筈なのに何故、小寺未亡人は私の同行を求めたのか。以前、抱いた疑問をズバリ彼は解き明かしてくれた。だから今回の件でも彼に尋ねてみれば、何か分かるのではないか。少なくとも何らかの光明が見えて来るのではないか。

おぼろげながら、期待があった。

常識的に遅いのではないか。やはり失礼に当たるのではないか。迷いはあった。ただ気がつくと、私はスマホを取り上げていた。住所録を開き、彼の番号に掛けた。

あぁは言っていたがやはり、もう寝ているのではなかろうか。不安はあった。だが呼び出し音が一つ鳴り終わるか終わらない内に、先方は出てくれた。

「はい、炭野です」


「私です」翌日、乙川に電話を入れた。今朝になって炭野から、返信があったのだ。それだ、間違いない。確信したので早速、乙川に確認することにしたわけだった。

「昨日の疑問、蓮間さんのお墓をどちらに向ければいいのか、が分かるかも知れない。まずはその墓苑の位置です。正確にどこにあるのか。地図を見て確認したい。今日、お時間はありませんか。ちょっと会ってお話ができませんか」

乙川も興奮していた。ずっと見当もつかず、悩んでいたのだ。そこに答えが得られるかも知れない、という。気分が昂《たか》ぶるのも当然なのだろう。暇を持て余している身の上だ。そちらがよろしければ今直ぐにでも、お伺いしたいと言い出した。

「いえいえ。私がそちらの方に伺っても構いませんよ」

「いえ、私がそちらへ伺います。先輩へのご恩返しができるかも知れない、瀬戸際だ。示唆を頂こうというのに、礼を失するわけにはいかない」

私の方が折れるしかなかった。我が家の近く、都営地下鉄大江戸線赤羽橋《あかばねばし》駅近くの喫茶店で待ち合わせることにした。

乙川の自宅はかなり離れている。時間に余裕はある筈だった。私はゆっくり外出着に着替えると、のんびりと待ち合わせ場所の店に向かった。途中、本屋に立ち寄ったりして時間を潰した。コンピュータ関係の最新刊をいくつか手に取り、パラパラと捲《めく》って中に目を通した。

ＩＴ技術の進展は文字通り、日進月歩だ。ちょっとでも油断をしていると、取り残されてしまう。最新の情報を仕入れておきたかった。今となってはさして、そんな必要性はなかろうものなのに。これも暇を見つければ寝て体力温存を図ろうとする、炭野の元〝職業病〟の比類だろうか。自然と苦笑が湧いた。

そろそろいいかな。見当をつけて、書店を出た。まだまだ時間は余るだろう。思っていたのに、店に着いてみると乙川はもう来ていた。

「いやぁ、済みません」頭を掻きながら、テーブルの向かいに腰を下ろした。「もうちょっと掛かるだろうと勝手に思って、その辺で時間つぶしなんかしてしまいまして」

「丁度、乗り継ぎもスムーズに行きましたので」前振りなんかどうでもいい、という物腰だった。店員にコーヒーを注文するとすかさず、テーブルに地図を広げた。「さぁさぁ。見て下さい。これが中野区です。新井薬師はここですね。そうして」指を滑らせた。「蓮間さんの墓苑は、この位置に当たります」新井薬師の真裏に当たる方角だった。

ホッ、と息をついた。やはりそうだった。確信があった。ただ一応、念のため。私はタブレット端末を立ち上げて、テーブルに置いた。地図アプリを開いた。

「広域図にしてみましょう」蓮間家の墓と新井薬師の位置にピンを立てて、地図を動かした。足立区までが一望できるよう、ズームアウトした。「ここが西新井大師、と」そちらの位置にもピンをつけた。こうして見ると、墓の位置からは西新井大師は、かなり北東に当たることが分かった。

「さて、問題はこういうことです。本堂の中で御本尊は、どちらを向いているか。普通、参詣客に向き合うように置かれていますよね」

「それはそうです」乙川は頷いた。「お参りに来たこちらを出迎えるように、置かれている。つまり、普通は本堂の入り口を向いているわけです」

「そう、そうですね。そこで蓮間さんの、あの言葉です。『御本尊を向いて眠りたい』。その場合、普通に考えれば御本尊に面と向かいたいと願うものではないでしょうか。位置関係的に不可能でないのなら、できれば御本尊の背中ではなく、お顔を見られる位置を向きたいと思うのではないでしょうか」

あっ、と乙川が声を発した。店内の何人かが、こちらを向いてしまうくらいの音量だった。が、本人は気にしてもいなかった。

「そうだ。その通りだ。そうすると」地図の上に指を滑らせた。「お墓がこの位置にあると、新井薬師だと御本尊の背中を向いてしまうことになる。するとやっぱり、西新井大師の方か」

ところが西新井大師は、墓からはかなり北東に離れている。本堂は南を向いているので、そちらに墓石を向ければ御本尊の顔と相対しないでもない。少なくとも横顔くらいは望めるだろう。背中を向いている新井薬師に比べれば、まだ面と向かっていると言えなくもない。

「でもやっぱり、かなり斜めだな。それにもし面と向かいたいと思っていたのなら、どうしてこんなところの墓苑を買ったのかという疑問も残る。何と言っても、距離があり過ぎる。どうせならもっと西新井大師の近く、本堂の正面に位置するお墓を選べばよかったわけじゃないですか」

「そう、そうなんです。そこで事前にちょっと、調べてみたんですけど」タブレット端末で今度はウィキペディアを立ち上げた。ウィンドウを二つに増やして、寺の公式サイトも開いた。「新井薬師の御本尊は秘仏《ひぶつ》なんですが、どうやら空海作の伝承も有する二仏一体の像らしいんですよ」

「何ですって」

焦ったようにサイトの説明文に目を走らせていた。私も改めて、読んでみた。それによると御本尊は鎌倉《かまくら》時代に活躍した武将、新田義貞《にったよしさだ》ゆかりの守護仏だったとされ、表が薬師如来、裏が如意輪《にょいりん》観音の二仏一体、高さ一寸六分のご尊像だという。

「裏が如意輪観音」乙川はまたも店内に響く声を上げた。「すると墓の位置からそちらを向けば、観音様と面と向かうことになる」

「そう、そうなんです。蓮間さんはまさに、これを望まれていたのではないか、と」

「その通りですよ。間違いない。西新井大師の御本尊は前にも言った通り、空海作とされる十一面観音。同じ観音様だ。つまりこの位置で眠れば新井薬師と同時に、西新井大師とも繋がることになる。蓮間さんはそこまで考えた上で、ここの墓苑を買ったのに違いない。そうだ、そうですよ。いかにもあの人の考えそうなことだ」

本当に有難うございました。深々と頭を下げられた。両手で熱く握手された。

「このことを早速、ご遺族に伝えて来ます。いやぁ絶対、奥様も賛同されると思いますよ。絶対にそうだと言ってくれますよ。これでお墓の向きが決まる。僅かでも、あの人へのご恩返しができる。本当に、有難うございました」

このお礼はまた、改めまして。あ、それからここの支払いも。これくらいは持たせてもらわなければ、気が収まりません。とにかく今日のところは失礼いたします。一刻も早くこのことを、ご遺族に伝えたくって。

伝票を引《ひ》っ手繰《たく》るように取ると、レジに向かった。代金を払って、店から飛び出して行った。後には呆然《ぼうぜん》と見送る店員や客と、私だけが残された。

テーブルには手つかずのコーヒーが二つ、静かに湯気を立てていた。私は中腰になると、店内を見渡して会釈した。「いやぁ、お騒がせしました。失礼しました。ちょっと彼、嬉しいことがありまして。それであんなに興奮してしまったんです。どうか、許してあげて下さい」

椅子に腰を戻すと、コーヒーを口に運んだ。この上この場で、どこかへ電話を掛けることなんてできない。これ以上、店内でお騒がせするわけにはいかない。

だが、掛けたかった。炭野と話したかった。

まずは貴方の推理はやはり、正解だったという報告。乙川が喜んで飛び出して行った、その一部始終を伝えてやらねばなるまい。それくらいの礼儀は要る。昨夜、遅くに電話を掛けたにも拘《かか》わらず親切に応対してくれた。そして今朝、見事な推理を示してくれた。乙川のみならず私の胸にも溜《た》まっていたモヤモヤを吹き飛ばしてくれた、その礼を尽くさなければならない。

ただ、もう一つ。どうしても訊《き》きたいことがあった。

では何故、一晩かかったのか。疑問をぶつけた昨夜の内にではなく何故、今朝になって見事な推理が開陳されたのか。そこのところがどうしても分からない。

振り返れば前もそうだった。一人でも乗れる筈の路線なのに何故、小寺さんは私の同行を求めたのか。あの時も疑問を解き明かすのに、一晩を要した。いったいどういうことなのか。

早く聞きたい。電話して、問い質《ただ》したい。

でも、ここではできない。コーヒーを飲み終え、外に出てからだ。

私は何とか急いで、飲み干そうと努めた。ところがコーヒーは思った以上に、熱かった。舌を火傷《やけど》しそうになりながら、私は早く電話をと気ばかり焦らせていた。

第三章　さらされ布団

バスは朝日新聞本社と浜離宮《はまりきゅう》との間の道を抜け、大きく左折した。途端に眼の前に、白い巨大な金属製の塀が現われた。

「おやおや」今日の客、芦沢《あしざわ》が素っ頓狂な声を発した。「何ですかな、あれは」

「どうやら工事現場のようですな」私は言った。「これは中には、立ち入り禁止になっているような」

「新たな施設をどうするか、の方針はまだ迷走中でしたよね。なのに解体工事は始まっているのか。いやぁ、早いモンだ」

「移転決定まで擦《す》った揉《も》んだありましたからな。せめて決まってからは、善は急げで工事に突入したのかも」

「成程。まぁ気持ちは分かるような気もしないではありませんが」

少なからず、残念そうだった。少々、気の毒にも感じたが仕方がない。こればかりは一個人には、どうしようもない。

都バスの「市01」系統に乗っていた。以前はＪＲ新橋駅前から築地市場までを結んでいた路線だった。それが市場の豊洲への移転を機に、コースも変更になったのだ。今では旧市場を回り込むようにして勝鬨橋に至り、埋立地をいくつか突っ切って新市場に向かう。

芦沢は引退するまで長年、魚の仲卸として築地に通っていたという経歴の持ち主だった。そこで新旧二つの市場を、バスで巡りたいという依頼を受けたのだ。久しぶりに昔の職場を覗《のぞ》いてみたいし、新しいところがどうなっているのかも見てみたい、と。自宅は大井町《おおいまち》ということで、ならばと新橋駅前で待ち合わせこのバスに乗ったのだった。

ただ行って見ると、築地では既に解体工事が始まっていた。敷地は白い巨大な矢板で囲まれ、立ち入り禁止になっていた。

「どうします」私は訊《き》いた。昔の職場を覗きたいも何も、これでは中には入れない。

「まぁ一応、降りてみましょうか。どうやら場外市場は相変わらず、やっているみたいですし。場内のどこまで覗くことができるか。周りをちょっと確かめてみたい」

「国立がん研究センター前」のバス停で降りた。新大橋《しんおおはし》通りを渡るとそこはもう、旧市場の目の前だった。

「ははぁ、これは」聳《そび》え立つ矢板の前で立ち尽くした。以前はここから場内に入ることができ、バスも乗り入れていたという。「これはもう、敷地全体がすっぽり囲まれている感じですな。一歩も中には入れそうにない」

「残念でしたね」

「まぁ、しょうがないですよ。せっかくなんでちょっと、場外の方をブラついてみましょうか。波除稲荷《なみよけいなり》神社にも手を合わせておきたいし」

旧場内は全体が工事中だが、場外市場は昔ながらの賑《にぎ》わいのようだった。物凄《ものすご》い人出で、歩くのにも苦労するくらいだった。外国人観光客の姿も多く見られた。

「いやこれは、大変な人通りですな」

「元々はここは、市場で働く我々のような人間のために物を売ったり、食べさせたりといった店が並んでいたのですが。一般の方でも買い物ができるということで、どっとお客さんが来るようになって。私のいた頃からこんな賑わいでしたよ」

実は私は、こうして築地に足を運ぶのは初めてである。魚市場の隣接地ということで、魚介類を買ったり食べさせたりの店があるのは当然として、お茶屋や雑穀を売るところ等々まであるのは意外だった。

「築地は魚市場のイメージが強かったかも知れませんけども」指摘すると、芦沢は笑って答えた。「実は、青果市場も併設していたわけですから」

「あぁ、そうなんですね」

包丁などの調理道具や、食器類を売る店もあった。白衣や長靴など、衣料品まで売っていた。ここに来れば日用品は全て賄うことができそうだ。元々は市場で働く我々のために売ったり食べさせたりの店が並んでいた。先程の、彼の言葉に素直に納得できた。

「いよぉ、芦沢さんじゃねぇですか。久しぶりですねぇ」場外の人ごみを歩いていて、どうやら旧知の人に出会ったようだった。破顔して、話し掛けられていた。

「どうしたんですぃ、今日は」

「いやぁ、懐かしいんで久しぶりに足を伸ばして来てみたんだけどね。こんな工事になってるとは思わなかった。中に入ることもできず、寂しい限りさ」

「引越しが終わったら即、工事開始でしたからねぇ。慌ただしいったらありゃぁしませんや。場内の人は向こうぃ移っちまって、顔ぉ合わすこともなかなかなくなっちめぇましたし。寂しいってのぁこっちからしても、正直なところですなぁ」

手を振って、別れた。道の突き当たりに小さな神社があり、そこが目指す波除稲荷だった。賽銭《さいせん》を入れ、柏手《かしわで》を打って頭《こうべ》を垂れた。

「さて、と」境内を出た。「どうします。さっきのバス停に戻りますか」

「それよりも、先に進むんでしたらそっち側のバス停に出た方が、早いのじゃありませんか」

指摘されたのでカバンからタブレット端末を取り出し、路線図と時刻表を見てみた。「あぁ、仰《おっしゃ》る通りですね」私は言った。「そっちに行けば『築地六丁目』のバス停がある。もう直《す》ぐ次の便も来るみたいだ」

晴海《はるみ》通りの方に出た。道を渡ると直ぐ斜め前が、目指すバス停だった。予定よりさして遅れずにバスがやって来たため、有難く乗り込んだ。

勝鬨橋で隅田川を渡った。地下鉄都営大江戸線の勝どき駅を跨《また》ぎ、清澄通りを真っ直ぐ突っ切って更に二つの運河を越えた。まぁ運河と言っても元は海で、先に埋立地が出来たため河のようになっているだけだが。

東京臨海新交通「ゆりかもめ」の新豊洲駅前で直角に右折した。そのまま「ゆりかもめ」の高架軌道に沿って進み、市場前駅の先を左に折れて、駐車場のような敷地に回り込んだ。そこが終点「豊洲市場」バス停だった。

近代的な建築物が周囲に立ち並び、どちらへ行けばいいのか迷うくらいだった。同乗して来た観光客が何人かおり、彼らについて歩いた。まずは手前のビルに入った。「管理施設棟」と書かれていた。

観光客の後ろに黙って従い、エレベーターで三階に上がった。飲食店が何軒か入るフロアで、建物の外に出るとペデストリアンデッキに繋《つな》がっていた。これを通ればゆりかもめ」の駅や、他の棟にも地上に降りることなく渡ることができる構造らしい。

「いやぁ、これは」つい感想を漏らした。「築地場外の昔ながらの雰囲気を見た目からしたら、未来の街並みみたいですなぁ」

「全くです」芦沢も同じ思いのようだった。「築地の雑多な感じとは、真逆だ。整然と構成されていて、最先端の市場といった雰囲気ですな」ははっ、と笑ってつけ加えた。「ただ個人的な好みからすれば、私は雑多な方が落ち着きますなぁ。こんなところに来てしまうと何だか、場違いな気になってしょうがない」

「私も実は同感です」

まずは「水産卸売場棟」に行った。マグロの競《せ》りなど魚介類の取引が行われる、まさに水産市場の顔のようなところだ。

ペデストリアンデッキから建物内に入ると、そのまま「見学者コース」に繋がっていた。側面にガラス窓が並び、一階の競り場を見下ろせるようになっていた。既に時刻的に取引は終わっており、階下は無人だった。ただ、あそこでこんな風に競りが行われるんだろうな、と想像することは難しくはなかった。

「いやぁ、これは」今度は溜息《ためいき》を漏らした。「まるで工場の見学コースですなぁ」

ガラスで隔てられているため、卸業者らと見学者とが接することは一切ない。それはそれで衛生的にはいいし、トラブルを避けることもできようが、味気ないという感想が浮かんでしまうのはどうしようもなかった。築地におけるマグロの競りの模様を、テレビなんかで見た覚えがあるから尚更《なおさら》だ。

「今はもう仕事は終わってますが」芦沢が言った。「あそこで競りをやっていても、何だか見世物にされたような気分じゃないですかなぁ。こんなところからガラス越しに見下ろされたんじゃ。確かに築地の頃は観光客がギリギリまで入り込んで、はっきり言って仕事の邪魔だったこともありますよ。でもねぇ。だからと言ってここまで、隔離してしまうというのもどうなんでしょうかねぇ」

衛生面と効率ばかりが重視されて、何だか非人間的な感じが否めなかった。あまり長居する気になれない、という彼の本音も窺《うかが》えて、早々にその場を退散した。あっちの卸売場棟にも行ってみますか、と水を向けてみたのだが、いやもう引き上げましょう、という答えが返って来た。即答だった。

そこでさっき降りた「豊洲市場」バス停ではなく、二つ手前の「市場前駅前」まで戻った。同じルートを逆に辿《たど》るだけでは、芸がない。この後、ちゃんと趣向を凝らしてあったのである。

「待ち合わせ場所は新橋駅前にしましたが」私は言った。「帰りはちゃんと、ご自宅の近くまで行ってしまおうと思いまして」

「『りんかい線』にでも乗るんですか」

「りんかい線」は江東区《こうとう》の新木場《しんきば》駅と品川《しながわ》区の大崎《おおさき》駅とを結ぶ、東京臨海高速鉄道の路線である。そのままＪＲ埼京《さいきょう》線などに直通しているため、この区間を乗ったことはなくとも車両は見たことがある、という人も多かろう。確かにこの線は大井町駅も通る。普通ならそのルートを選ぶだろう。だがそれでは、面白くない。

「いえいえ」小さく手を振った。「このままバスで、大井町まで行ってしまおうという趣向で」

「えっ、そんな路線があるのですか」

今度は頷いた。「そうなんです」

都バスの「陽12－３」系統がやって来た。東京メトロ東西線の東陽町《とうようちょう》駅と、りんかい線の東京テレポート駅前とを繋ぐ路線である。実は土日しか運行されておらず、だからこそ土曜の今日にツアーを組んだのだ。日曜だと今度は、市場そのものが開いていない。

バスは先程の「水産卸売場棟」などの前を通り抜け、橋を渡った。「有明《ありあけ》テニスの森」の交差点を右折し、「ゆりかもめ」の高架軌道下に合流して、フジテレビの前を走った。そのまま「ゆりかもめ」と共に埋立地をぐるりと回り込んだ。「台場《だいば》」

と「東京国際クルーズターミナル」駅の下を潜《くぐ》り、直ぐ先の信号で左折した。「青《あお》海《み》一丁目」の交差点と次のT字路をクランク状に曲がり、ロータリーに滑り込むとそこが終点の「東京テレポート駅前」だった。

「何だか一区画を、ほぼぐるりと一周したような感じですな」彼が言った。

「その通りです」私は頷いた。「そこをもうちょっと真っ直ぐ行くと、さっき目の前を通ったフジテレビですよ。さぁさぁここで乗り換えだ。次のバスがもう来てますよ」

京浜急行《けいひんきゅうこう》バスの「井32」系統だった。

「あっ、これは」行き先表示を見て、驚いていた。「本当だ『大井町』行きになってる。しかしいったい、どこを通って」

「まぁまぁ。それは乗ってのお楽しみ、と。さぁ急ぎましょう」

私達が乗り込むとバスは間もなく発車した。先程のフジテレビ前の道に合流する手前、次の信号で左折した。首都高速に沿って走り出した。国道357号線、通称「湾岸道路」である。

「これをこっちへ向かう、ということは」彼は言った。「まさか、東京港トンネルを潜るんですか」

「そうなんです。私も調べてみて、こんなところを通る路線があるのかと知りましてね。それで面白いな、と今回はこのコースに」

「しかし東京港トンネルは、首都高専用ではありませんでしたっけ。そしたらこれは、路線バスなのに高速に乗るってことなのか」

私も同じように思っていた。ところが乗ってみると、違った。

確かにトンネルは潜った。東京港トンネルは海底を潜る隧道《ずいどう》である。お台場などのある東京湾埋立地13号地と、品川区の大井埠頭《ふとう》とを海の底で結ぶ。ただし首都高速に乗ることはなかった。一般道のままトンネルに入り、対岸に出て来た。

「東京港トンネルに一般道も出来た、ってことですかね」タブレットを取り出して、ウィキペディアに繋げた。「ちょっと、調べてみます」

トンネルを抜けると道は立体交差して複雑に絡まり、バスはくねるようにして走り始めた。方向感覚は一気に失われた。どうせこの辺に土地勘はないのだ。見たってどこを走っているのか、よく分からない。ネットで情報を検索する私を横目に、芦沢は車窓を興味深げに眺めていた。

「どうやら二〇一六年に、一般道のトンネルも開通していたみたいです」端末から顔を上げて、私は言った。「ただそれは、西行きのものだけ。東行きの一般道はまだ、出来ていないみたいだ」

「するとこの路線を逆に乗れば、あのトンネルを潜るために首都高速に乗ることになるわけか」

「高速を走る一般路線バスなんて珍しいと思って、このコースを採ってみたのですが。ちょっと残念な気がしないでもないですね。次回は、逆に辿るツアーでも組んでみますか。あっ、待って」

更に調べてみると、「東行きは未完成」というのも古い情報だったらしいと分かった。「二〇一九年に、反対側にも一般道が開通していたようですよ」

「それじゃもう、この路線で首都高を走ることはできないわけか。そうと分かると確かに、残念な気もしないでもないですな」

それはそうと普通の乗車料金で首都高を走っていたのなら、京急さんもかなり自腹を切ってたんじゃないですかね。他人事ながらちょっと気の毒にも思えますね、などと笑い合った。ふと気づくともう、京急本線の青物横丁《あおものよこちょう》駅に差し掛かっていた。

高架の線路を潜ると国道15号線、通称「第一京浜」である。渡って「仙台坂《せんだい》」を上がれば、そこはもう大井町駅前だった。賑やかな商店街の中を抜け、ＪＲ東海道本線を跨ぐと終点「大井町駅西口」に滑り込んだ。

「いやぁ今日は楽しかった」降りて、握手を交わした。「記念にちょっとその辺で、一杯やって行きませんか」

ところがそこで、芦沢の携帯が鳴った。ふんふんと話して通話を終え、済まなそうに私の方を向いた。

「女房からでした。ベランダに布団を干したまま、外出してしまったらしいんですよ」

空を見上げてみた。いつの間にか分厚い雲が垂れ込めていた。確かにこれでは、今にも降り出してしまいそうだ。

「大井町にいるのならさっさと帰って、布団を取り込んでおいてくれと頼まれました。そうなるとちょっと、その前に一杯という、わけには」

「いやぁ、しょうがないですよ」私は言った。あまりに済まながられても、こちらとしても心苦しくなってしまう。「打ち上げは後日、ということで楽しみに取っておきましょう」

「本当に申し訳ない。この穴埋めは近い内に、必ず」

心から済まなそうに、また残念そうにして、彼は帰って行った。見えなくなるまで手を振って、さてどうするかと逡巡《しゅんじゅん》した。こんなに早く解放されるとは、私としても想定外だったのだ。家路に就くにしても、どう帰るか。

我が家は赤羽橋である。普通なら大井町からＪＲ京浜東北線に乗る。田町《たまち》駅で降りれば、家まで歩いて歩けない距離でもない。疲れているなら都営浅草《あさくさ》線に乗り換え、大門《だいもん》駅で大江戸線に乗り継げばいい。

だがそれでは、面白くない。

ふと見ると東急バスが停車していた。「渋41」系統。山手《やまのて》通りを北上して、渋谷に向かう便である。

あれなら大崎広小路を通る。そしてそこから、五反田《ごたんだ》までは歩いて直ぐである。

再び空を見上げてみた。今にも泣き出しそうな雲行きだった。どうするか。更に迷った。降り始めたら散歩はさして楽しくはない。しかし降ってなければ、ぶらぶら歩くのに程よい距離なのだ。

タブレット端末を取り出し、時刻表を検索してみた。ドンピシャ、だった。あれで大崎広小路へ行き、五反田まで歩くとちょうど発車時刻くらいになるだろう。

えぇいままよ。行ってみよう。腹を決めた。雨になったところでさして大降りにはなるまい。歩いたってびしょ濡《ぬ》れの不快な思いを味わわされることはないだろう、と自分に言い聞かせた。

乗り込むと直ぐにバスは発車した。来た時のルートを戻るように東海道本線の線路を跨ぎ、商店街を抜けた。ただしここからは仙台坂へ向かわず、その前に左折してゼームス坂を下る。「第一京浜」に合流し、京急新馬場《しんばんば》駅前で左折した。山手通りに入った。

後はこの通り沿いに北へ向かう。ずっと乗っていれば渋谷に至る。途中、ＪＲ大崎駅の横を走って高架橋で山手線を跨いだ。警察署の前を抜ければ次が目的の「大崎広小路」だった。

幸い、雨はまだ降り出してはいなかった。バスを降りた私は大通り沿いにのんびり歩いた。目黒《めぐろ》川を渡るとそこはもう、五反田駅だった。

停留所に着いてみると、間もなく目的のバスが滑り込んで来た。調べておいた通り、ドンピシャだった。

都バス「反94」系統は本数が少ない。一日に十本も走ってはいない。だから一つ乗り過ごすと、大変なのだ。特に昼間だと六時間、以上も空白時間帯が出来てしまう。プライヴェートな移動では極力、事前調査は避けるようにはしているがこういう場合には特別、である。時刻表を調べておかないと、行き止まりになり兼ねない。

動き出したバスは大通りに出、右折して都心部へ向かった。国道1号線「桜田通《さくらだ》り」だった。

このままずっと通り沿いに走れば慶應大学の前を回り込み、赤羽橋を通る。だが路線はそのようには設定されていない。白金高輪で国道1号と別れ、古川橋《ふるかわ》を渡る。「三の橋」「二の橋」「一の橋」と古川伝いに北上し、麻布十番《あざぶじゅうばん》を目指す。

実はこの古川沿いを走る都バス路線は、多い。特に渋谷と新橋とを結ぶ「都06」

系統は、最多の時間帯だと一時間に十四本もの通行量を誇る。「赤羽橋駅前」も通るし、終点にしている便もある。

ただそれらは麻布十番の交差点に出る手前、「一の橋」の信号で右折する。国際医療福祉大学三田病院や、済生会《さいせいかい》中央病院前の道を走って赤羽橋に達する。

ところがこの「反94」系統だけは一つ先、「新一の橋」の信号まで行ってから右折するのだ。首都高の高架下沿いに東へ走り、国道1号にぶつかってUターンする。他の都バスの走る道に逆方向から侵入するようにして、赤羽橋に達するのだ。だから一つ手前の「中ノ橋《なかのはし》」バス停など、他の路線の同停留所からは大きく外れている。

実は私の自宅に距離的に最も近いのは、この「反94」系統の「中ノ橋」なのだった。本数が少なく滅多に乗れないこともあって、今日はちょっと遠回りをしてでもこれを選んでみたのだった。

空はとうとう、涙を流し始めていた。ただし号泣には程遠くどちらかと言うと、忍び泣きといった感じだった。折り畳み傘は持っていたが足早に家に向かえば、使わなくても何とかなるくらいだった。

だが私はバスを降りると、傘を開いた。

芦沢、布団を濡らさずに済んだだろうな。車内、窓ガラスにポツリポツリと当たり始めた雨垂れを見ながら、思いを馳《は》せていたのだ。彼の自宅が別れた駅前からどれだけ離れているのか、は知らない。ただ私が大崎広小路に辿り着き、五反田まで歩いている最中にも降り出すことはなかったのだ。きっと間に合ったに違いない。思いたかった。バス旅を締め括《くく》る乾杯を犠牲にしてまで、別れたのだから。せめて目的は果たしていてもらわなきゃ。願うのは、人情と言えた。

　そうしてつらつら考えている内、思い出したのだった。そうだ。あの部屋は今夜も、いつもの通りだろうか。確認してみたい衝動に駆られた。ならば我が家に直行してはいられない。傘を濡らさねばならない道理だった。

大通りから路地に入った。我が家へ向かうのとはちょっと違う方向だった。以前、近所をぶらぶら散歩している時に、見つけたのだ。あの日も多少、雨が降っていた。ただし歩いて裾が濡れるのを気にしなければならないような降りではなかった。今夜のような、しとしとと、といった感じだった。

だから一日中、家に閉じ込められるよりはちょっと歩いた方が気分転換になろうと思って、散歩に出たのだ。芝公園の方をぐるりと回り、家に戻ろうとして途中で歩いたこともない一画に足を踏み入れた。そこで、見つけたのだった。

　路地を抜け、角を曲がった先だった。ここで道幅はちょっと狭くなる。それでも向かいの建物が、壁が傾斜したデザインになっているため各部屋の日当たりはそれなりに悪くはなかろうと思われる。恐らくマンションの日照問題に対処するため、あの壁はあんな角度になっているのだろう。

ああ、やっぱり。見て、思った。

マンション、三階の部屋だった。今夜もベランダの手摺《てす》りには、布団が干されたままだった。

炭野《すみの》に誘われ、八重洲《やえす》のホールに落語を聞きに行った。吉住《よしずみ》という男も一緒だった。

吉住とは炭野を介して、会った。共にあちこち、バスに乗って楽しんでいる仲間だと紹介された。既に私も、この三人でバス旅を楽しんだことが複数回あった。

その吉住はバスだけでなく、落語も大好きなのだという。炭野も誘われて寄席に通う内、すっかり虜《とりこ》になってしまったのだという。そんなわけで一度、貴方《あなた》も聴きに行ってみないかという話になったのだった。

実は落語を生で聴くのは初めてである。テレビでもあまり聴いた覚えはなく、精々《せいぜい》『笑点』で軽い噺《はなし》に触れた程度だった。だから本格的なものを聴いて、笑いが通じるだろうかと少々不安が胸にあった。

が、杞憂《きゆう》だった。気がついてみればすっかり噺の世界に入り込み、純粋に笑っている自分がいた。特に最後に出て来た、古近亭志ん粋《こきんていしすい》師匠の噺は面白かった。『百《もも》川《かわ》』という演目で、腹が痛くなるほど笑ってしまっていた。

落語を聴き終え、近くの居酒屋に入った。東京駅から歩いて直ぐの店で、まだ夕方にも拘《かか》わらず客が大勢、詰め掛けていた。場所柄、出張帰りの新幹線までここで時間を潰している、という客もいるのだろう。背広姿が多かった。二階に通され、そこで生ビールで乾杯した。

「いやぁ誘ってくれて、有難うございました」ジョッキを傾けた後、私は言った。心からの感想だった。「あんなに笑ってしまうとは、自分でも不思議なくらいでした」

「ねぇ、そうでしょう」炭野が頷いた。「私もこの吉住さんに誘われて、聴き出したんですけども。今ではすっかりハマってしまいました。特に今日もトリで出た志ん粋師匠のファンになりまして。師匠が寄席に出る時は欠かさず通ってるくらいです」

「本当にあの師匠は面白かったですね」頷いてから、吉住を向いた。「今日の、『百川』という演目。師匠が噺の始めに『実在した店だ』と言っていましたが実際には、どの辺りにあったんですか」

「噺の中でも『日本橋《にほんばし》の浮世小路《うきよこうじ》』と地名が出て来ますし」吉住が教えてくれた。さすが年季の入った落語好きだけあって、蘊蓄《うんちく》もかなりのものらしい。「続いて

『福徳稲荷の傍《そば》』とまで具体的に言及されてるわけで、実はこのお宮は今も残っているんですよ。社《やしろ》は建物の上に移されたり、また地上に戻ったりと紆余曲折《うよきょくせつ》を経て来たようなんですけど。最近、日本橋界隈《かいわい》の再開発がありましたよね。『コレド室《むろ》町《まち》』なんて最新の商業施設が立ち並ぶようになった。それと、福徳稲荷の間の路地が『浮世小路』と示されています。かつての『百川』もこの辺りにあった、ということなのでしょう」

「やはり日本橋に実在したわけですね」

「江戸時代には『江戸で一、二』と言われる程の懐石料理屋だったそうで。明治の始め頃まで残っていたみたいです。黒船が来た時には『百川』の料理人が横浜《よこはま》まで出掛けて、乗組員全員の料理を受け持った、とか」

「日本橋と言えばここからも直ぐのところだ。自分が実際にいる場所を舞台にした噺を聴くと、面白さも一入《ひとしお》ですね」

「師匠としてもそこのところまで考えて、今日はこの演目を選んだのでしょう」

　噺の中でも触れられていたがこの『百川』は、同名の店で実際にあった出来事が元になっているらしい。

　ある日、奉公人として田舎者《いなかもの》の百兵衛《ひゃくべえ》さんが『百川』にやって来る。ところが主人への自己紹介もそこそこに、二階で手が打ち鳴らされ百兵衛さんが御用を聞きに行くことに。客は魚河岸《うおがし》の若い衆達だった。当然、気が荒く口調も「べらんめぇ」である。

二階に上がった百兵衛さん。訛《なま》りが酷《ひど》く「わしは主人家《しじんけ》の抱え人《かけにん》」と名乗ったものだから堪《たま》らない。若い衆は「四神剣《しじんけん》の掛け合い人」と聞き違えてしまう。「四神剣」とは玄武《げんぶ》、白虎《びゃっこ》、青龍《せいりゅう》、朱雀《すざく》という四方の神を描いた旗をつけた鉾《ほこ》で、祭り道具の一種。実は彼ら、前年の祭りを担当していたのだが金を使い過ぎ、この四神剣を質に入れていた。それを咎《とが》め立てに来た人、と勘違いしたわけだ。

そこで若い衆が「何とかこの場はこれで飲んでくれ」と言うと百兵衛さん、その場にあったクワイのきんとんを目を白黒させながら丸呑《まるの》みに。そんなこんなで訛りの酷い百兵衛さんと、江戸っ子の若い衆達とのチグハグな遣《や》り取りが続く。聴いているこちらは腹を抱えて笑わされることになる。

「聴いていてふと思い至ったんですが」私は言った。「彼らは魚河岸の若い衆。あの頃は魚河岸は、日本橋にあったんですね」

「そうそう」炭野が言った。ビールは呑み終え既に全員、日本酒に手をつけていた。テーブルに供されたつまみは煮付けやエイヒレ、ネギぬたといったものだった。文字通り「つまみ」は酒を呑む際に、ちょっと口に含むものがあればそれでいいのだ。

「関東大震災で壊れたんで、復興の際に築地に移された。つまりそれまでは、日本橋にあったということです」

「『目黒のさんま』だってそうですからね」吉住が言った。やはり彼の口から出ると、例えば落語に関するものになりがちらしい。「あの中でも殿様が『これはどこの秋刀魚《さんま》だ』と訊くのに対し、従者が『日本橋でございます』と答える。現代が舞台だとあそこは、『築地でございます』になってしまう。いや、最近だと『豊洲』と答えなきゃならないわけか」

『目黒のさんま』ならさすがに私だってストーリーくらいは知っていた。

鷹狩《たかが》りで目黒に来た殿様。腹が減ったと困っていたら、近くからよい匂いが流れて来る。地元の農民が秋刀魚を焼いていたのだ。食べてみるとこれが殊《こと》の外《ほか》、美味だった。

以来、城に戻っても殿様はあの秋刀魚の味が忘れられない。食べたくて仕方がない。ある時、招待された先で「何なりとお好みのものを」と言われたので早速、秋刀魚を所望した。

ところが台所では大騒ぎ。殿様の喉に小骨が引っ掛かっては大変、と一本ずつ毛抜きで抜き、脂っこさで腹を壊されては、と蒸してしまう。これでは美味《うま》いわけがない。一口、食べて殿様は渋い顔。

「この秋刀魚はいずれから取り寄せたか」

「日本橋魚河岸にござります」

「うむ。それがいかん。秋刀魚はやっぱり目黒に限る」で、オチになる。たまたま食べたのがそこだったというだけで、海のない目黒に元々秋刀魚なんてない。殿様の無邪気っぷりが可愛《かわい》らしさと共に、可笑《おか》しさを醸し出す。

確かに吉住の言う通り、舞台が現代なら魚河岸が日本橋から築地、更に豊洲に移ることになるわけか。

「この秋刀魚はいずれから取り寄せたか」

「豊洲魚河岸にござります」ではあまり様《サマ》にならないな。先日、訪れた工場のような魚河岸を思い出しながら、想像に耽《ふけ》った。いや、あの未来空間的な市場だからこそ逆に、庶民的な秋刀魚の塩焼きとの落差が浮かび上がるのかも知れないぞ。

気がつけば一人、想像を膨らませ頬を緩めていたらしい。「どうしたんです」と炭野から突っ込まれた。

「あぁ、いや」慌てて我に返った。「実は先日、こんなことがありまして」説明した。

「成程。それは面白いですね」さすがはバス旅を趣味とする面々だ。新旧の市場の落差より、通うのに使った路線の方により興味を引かれたようだった。「路線バスツアーのコーディネイターを名乗られるだけある。市場を回るのにそのコースを選ぶというのは、確かに面白い」

「帰り道のルートも興味深いですね」吉住に続いて、炭野も言った。「東京港トンネルを潜る路線かぁ。私はまだそれには、乗ったことがないですね」

「私はあるけど、何年か前のことでした」吉住が応じた。「だからまだ、首都高を通っていた頃でしたよ。今は一般道で東京港トンネルを潜れるのか。それは知らなかった。是非、そちらにも乗ってみたいものですなぁ」

「ちょっと前までは行きと帰りで」先日、タブレット端末から得た情報を思い出しながら、言った。「それぞれ一般道も首都高も乗れたらしいんですよ」

「そうか。じゃぁ今となってはどちらに乗っても、一般道だけか」

「ちょっと寂しい気もしますね。それじゃまた、何か別のツアーを考え出してもらわなくては」

コーディネイトを依頼されそうになった。既にあちこち路線バスを乗り尽くした猛者に、私ごときが提案できるコースがあるのだろうか。やる気よりも尻込みの方が先に立った。

「そのルートだけではないですよ」私は言った。ちょっと酔いが回って来たらしい。彼らにはまだまだ敵《かな》わないという負い目もあってか、自慢を重ねておきたい心境になっていた。「帰りも実は、ちょっと面白いことをしてみましてね」

そこで、あっ、と思い出した。そうだ、あの件があったんだ。疑問があったらこの炭野に訊けばいい。既に、分かっていることではないか。

「何です何です」ところが二人はバス路線の方に食いついて来た。一刻も早く例の疑問をぶつけてみたいのだが、仕方がない。この話題を持ち出してしまった責任は他ならぬ、自分自身にあるのだから。「いったい、どんな帰り方をされたんです」

そこで言いたいことを押さえ込んで、まずは大井町から家路に就いたルートについて説明した。

「ははぁ、成程なるほど」二人は大いに面白がってくれた。「『反94』系統とは、ねぇ。あれは確かに興味深い。本数も少なくて乗り難《にく》いし、『都06』系統なんかと逆方向から赤羽橋に達する、あのラストも堪らない」

「それで、ね」一頻《ひとしき》り、二人を喜ばせてから漸《よう や》く本題に入ることが叶《かな》った。「そこから我が家に帰ろうとして、ふと思い出したんです。前々から不思議に思っていたことがあったんですよ」

「謎、ですか」途端に吉住が反応した。「それならここに、最適の人がいる。まぁ実際には、疑問を解き明かしてくれるのはこの人ではなく、奥さんなんですが」炭野が苦笑いして頭を掻《か》いた。

そのことは実は私も、既に聞いて知っていた。炭野に疑問をぶつけるといつもその場ではなく、翌日になってから解き明かすヒントが伝えられる。それは何故なのか。先日、率直に尋ねてみたのだ。すると彼は照れ臭そうにしながら、打ち明けてくれた。実は推理しているのは私ではない。家内なんです……

「ただそれは」吉住がフォローするようにつけ加えた。確かにこのままでは、炭野を軽視して終わることになってしまう。「この人の鋭い観察眼あってのこと、なんですが。さすがは元刑事さん。周りを見る眼が違う。状況を事細かに伝えてくれるからこそ、奥さんも的確な推理ができるというわけで」

「確かにそうです」同意した。「私の場合も最初に話し掛けられた時、何度かバスの中で会ったがいつも連れが違う、と指摘された。人の同伴者なんてそもそも、そんなに気に留めるものではないのに。それで観察眼の鋭い人だなぁと感心したのを覚えてますよ」

「まぁまぁ、私のことなんかどうでもいい」炭野が遮った。「それよりどういうことなんです」私を向いて、続けた。「何が貴方を、不思議に思わせているというんです」

「えぇ、実は」

説明した。以前、小雨の降る日に散歩していてその部屋を見つけたこと。いつもベランダには布団が干されていること。それは先日、市場回りツアーの帰りに立ち寄ってみてもやはり、同じだったこと。

「無人というわけではないんです」私は言った。「夜になると窓に灯《あか》りがついている。逆につけっ放しというわけでもない。現に昼間も確かめてみました。明るい時にはちゃんと、電灯は消されていた」

「部屋の人、足が不自由ということはないんですか」吉住が確認した。「車椅子生活で、ベランダのちょっとした段差でも降りることができない、とか」

「夜、室内で歩き回っている人影も見掛けました。あれが部屋の住人だ、と断言はできませんけどね。でも少なくとも、歩き回れる人が室内にいるのなら布団も片づけてもらえる筈《はず》だ」

「住人が独り暮らしで足が不自由だとしても、訪問介護の人なんかはいるでしょうからね」吉住も納得したように頷いた。「週に一回とか定期的に来てくれる筈だから、そんな時には取り入れてくれなければおかしい」

「それにそもそも、最初にまず干しているわけでしょう」炭野が指摘して言った。

「だからベランダにも出られないという仮説は可能性が低いですよ。もし足が悪くて訪問介護の人が干してくれたのだとしても、それなら帰る時にその人が取り込んでいる筈ですし」

「するとやはり、雨の中でも干しているのは少なくとも、住人の意思に反しているわけではない、と」吉住が腕を組んだ。「布団を雨で濡らしたい、何らかの理由があるわけか」

　そうなんですよ、と頷いて私はグラスを空けた。既に日本酒から酎ハイに移っており、もう一杯、と店員に注文した。

「ちょっと待って下さい」炭野がまたも指摘した。「その人は布団を雨に濡らしたいのだ、と頭から決めて掛かるのもどうでしょう。晴れの日にも干されたままなんでしょう」

「あぁ、そうです」首肯した。「晴れの日も前を通って、確認してみたことがある。やはりその布団は干されたままでした。それどころか脇に、別な布団も干されてました」

「やはり当人の意思、ということですな」吉住も酎ハイを呑み干し、もう一杯と頼んでいた。「その、脇に干されていたという布団。そちらは雨の日には、取り込まれていたわけですね」

「そうなんです。日の差している間は干されて、夜には取り込まれていました。だからやはり、その人は足が不自由という仮説は忘れた方がよさそうですね。自分の意思で干したり取り入れたりしている。ただ真ん中の布団だけは雨だろうと晴れだろうと、昼も夜も手摺りに掛けられたままということで」

「いやぁこりゃ、難問ですなぁ」吉住が腕を組んだまま、眉も顰《ひそ》めた。「天気に応じて干したり取り入れたり、自由にできる。にも拘わらず真ん中の布団だけは、雨ざらし野ざらし、と。まるでその布団をボロボロにする、何らかの動機でもあるようだ」

「古い布団なんでしょうな」炭野がまたも確認した。細かく質問して状況をきちんと把握しようとする。そこの辺り、さすが元刑事だった。奥さんに正確に伝えるためなんだろうと思われた。「まぁそんな風に干しっ放しにしたから、汚れてしまったという面もあるのかも知れないが」

「三階に干されているので、しっかりとは確認できていませんが。ただ、新しいものでないのだけは、確かですね」

「古い布団だからと言って、敢《あ》えて汚さなければならない理由なんてなかなか思いつけない」吉住が最早、お手上げに近い表情で言った。「その布団に何か、恨みでもあるんだろうか。まぁここまで来ると、狂気の部類に入ってしまい兼ねないが」

「そっちの方面も確かに、仮説としては考えてみましたよ」私は言った。「言っては悪いがその住人は少々、認知症が進んでいる、とか。身体《からだ》は元気でも、ね。だから常人には想像もつかない心理で、その布団だけは干しっ放しにしている、とか」

「確かにそれが、思いつく限り最も安易な仮説ではありますが」吉住が言った。

「でもやはり、可能性としては低いですよ。だって認知症が進んでいるのであれば尚更、介護の人はいる筈ですから。その人が布団を取り込まないのは、おかしい」

「住人は布団を干し続けるのを強く望んでいる。介護人が取り入れようとしても強く反対するので、まぁそんなに害はないかと放っている、という説はどうでしょう」

「あぁ、そうか」吉住が再び、腕を組んだ。「それは確かに、あり得ないではないなぁ」

ふと見ると炭野が可笑しそうに微笑《ほほえ》んでいた。どうしたのか。尋ねると、いやこれは吉住さんには申し訳ないんですけどね、と断りながら説明してくれた。

実はこの二人、最初に出会ったのはＪＲ総武《そうぶ》線の平井《ひらい》駅前だったらしい。吉住が毎日、同じ時刻に停留所に座っているのだがバスが到着しても乗り込まない。発車するのを見送ってから、立ち去る。妙なことをしているなぁと炭野は気になったそうだった。そこで最初に浮かんだ仮説。やはりちょっと、認知症が進んでいるのかと疑ったらしい。

「ただし、ね」炭野が手を振って、言った。「そうじゃない、というのは直ぐに分かりましたよ。何と言っても眼の光が違う。明らかに何らかの、確固たる目的を持った人の眼でした。認知症なんて安易な仮説は当て嵌《は》まらないな、と直ちに打ち消しました」

　実はその謎も炭野の奥さんが見事、解き明かしてくれた。それが縁になってこの二人、つき合うようになったというのである。

　だが、と炭野はつけ加えた。「だが今回の場合、その応用も効きませんな。何と言っても住人の、眼を見ることができない。認知症なのかどうなのか。判断することができない」

「そうなんですよねぇ」私も腕を組んだ。少々、不安にもなっていた。これだけ判断材料が乏しいのだ。にも拘わらず炭野の奥さんは、この謎も見事に解決してくれるのだろうか。今回ばかりはさすがに、分からないままで終わりということにはならないだろうか。悶々《もんもん》としたものが胸の底に残るだけ、という結末はいかにもありそうに思われた。「何も知らない相手なんだ。いきなりドアのチャイムを鳴らして、『貴方いったい何をしてるんですか』と訊くわけにもいかない」ましてや眼を見せてくれ、なんてねぇ。つけ加えると二人、どっと笑ってくれた。

「まぁまぁ。後は明日を待つまでですよ」吉住が表情を輝かせて、言った。「今夜はもう遅い。炭野さんが明日、奥さんに謎について説明してくれるでしょう。そうしたら立ち処《どころ》に解き明かしてくれる。答えが分からず悶々としているのも、今夜までですよ」

私はまだ二回だけだが吉住の場合、もう何度も奥さんの名探偵ぶりを見せつけられているらしかった。だから今回も大丈夫。堅牢たる確信があるようだった。

私はまだそこまではいかない。さすがに今回ばかりは無理なんじゃないだろうか。疑念がどうしても、頭を擡《もた》げてしまう。胸の中に巣食う。

それじゃぁ明日の解決を祈念して、乾杯！　明るくグラスを持ち上げる吉住に同調しつつも、未《いま》だ半信半疑の本音は拭えなかった。

疑いは胸の底に澱《おり》のように沈んでいた。が一方、謎が解かれてくれるのではないかとの期待もあった。酔って帰ったお陰で夜も眠れないということはなかったが、目が覚めると電話を待ち焦がれた。結局、呼び出し音が一つ鳴るか鳴り終わらない内に、受話器を取り上げていた。

「あぁ、私です」期待通り、炭野だった。心臓が高鳴るのを抑えることができなかった。「お早うございます。昨日の件、家内に伝えました。そうしたところちょっと確認したいことがある、というのですが」

何なりと、どうぞ。促した。一刻も早く先に進みたかった。

「まずはその、布団の干され方です。手摺りに平行に、干されてますか。それとももしかして斜めに、一辺の角が下を指すように干されたりはしていませんか」

あっ、と声が出そうになった。既に何度も、前を通って観察しているのだ。あの光景は細部まで、頭の中で思い浮かべることができた。そうだ、確かにそうだ。布団は手摺りに平行にではなく、斜めに干されている。一辺の角が下に突き出すような干され方をしている。

「そうですそうです」即答した。「確かに仰る通りです」

「では干され方について、もう一つ。外側に長く垂れ下がるように、干されてはいませんか」

それもその通りだった。言われてみれば確かに、不自然なくらい外に垂れ下がっているのだ。布団の先端はベランダの床よりも下にまで達している。動悸《どうき》が早くなった。やはり奥さん、真相を見抜いたのだろう。だからこそ見てもいないのに、私が説明を忘れていた状況までも推察できるのに違いない。

答えると、納得したような炭野の声が返って来た。「分かりました。では最後の質問です。そのマンションの各階のベランダには、中央に何かありませんか。例えば、そう。作り付けの花壇みたいな」

電話を切ると早速、件《くだん》のマンションに駆けつけた。エントランスを覗くと、管理人がいたので話し掛けた。

「済みません。余計なお節介かも知れませんが、お宅の前を通って気になっていたのです。三階に、ベランダに布団を干しっ放しの部屋があるんですが」

「あぁ。そうですか。えぇとその部屋に住まれているのは、ご老人ですがとてもしっかりされた方ですけどね。布団を干したまま忘れるような方では、決して」

「いえ。いいんです。それでもう一つ、お尋ねしたいんですが。もしかしてその下の部屋に住まれている方、入院なんてされてませんでしょうか」


昨晩と同じ、八重洲の店に集まった。今夜も出張帰りらしい背広姿の客が多く詰め掛け、騒然とした中で席に着いた。まずは乾杯し、結果的に全て奥さんの推理通りでした、と炭野に報告した。

「やはりそうでしたか」炭野は頷いた。「家内が言うには話を聞いていて、その布団はそもそも濡らすことこそが目的なんじゃないか、と思いついたらしいんです。では、何のために濡らすのか。蒸してカビでも生えさせる、なんて仮説もあり得ないではないが、あまり可能性が高いとは感じられない。ならば濡らしてどうするのかと考えていて、下に水を垂らすためではないか、と。では何に水を垂らすのか。一番ありそうなのは花に、ですよね。そう考えて、布団は真っ直ぐ干されているのか、長く外に垂れ下がってはいないか、下に花壇があるのではないかという質問になったそうなんです」

「まさにその通りでした。ドンピシャ、ですよ」

下の部屋の住人は入院しているのではないか。私が管理人に指摘すると心底、驚いていた。ええ、その通りです。でもどうして貴方、そんなことご存知なんですか。「まぁまぁ」と押し留《とど》めた。「説明は後から致します。それより布団が干されたままの部屋の方。ちょっとお話はできないでしょうか。こんな人が訪ねて来ているのだが、と連絡をとってもらえないでしょうか」

件《くだん》の部屋の住人は名を垣園《かきぞの》といった。管理人が連絡を入れると部屋におり、驚いて降りて来た。こうして私との対面が叶った。

「このマンションの前を通り掛かって、不思議でならなかったのです」私は言った。「雨の日も晴れの日もベランダに布団が掛かっている。もしかしてあれは、下のベランダの花壇に水をやるためではないか、と思いつきまして」言うまでもなく実は思いついたのは、炭野の奥様だ。だがそんなことを一々、説明してもしょうがない。指摘すると垣園は、照れ臭そうに頭を掻いた。「ええ。実はそうなんです」率直に、認めた。

下の部屋の住人は、長部《おさべ》という老婦人らしかった。とても品のいい人で、会えばいつもにこやかに挨拶してくれた。「あぁ。あの方は本当に素敵なご婦人なんですよねぇ」管理人も同意した。ただ、ご主人を早くに亡くされたということで、独り暮らしだった。

「私も妻を亡くして独り暮らし。年齢も同世代ということもあって、長部さんには近しさを感じてました」垣園は言った。「最初は会えば挨拶を交わすだけの仲だったのが、少しずつ立ち話もするようになりまして。いえ別に、お互いの部屋を訪問するまでではないんですよ。ただ、廊下なんかで会ったら軽く世間話を交わす程度、といった感じで」

　そんな中で長部婦人の話題は、花について、になることが多かったという。本当に花の好きな人なんだなぁと思ったんですよ。垣園は言うのだった。今はベランダの花壇にあれとあれの種を植えている。とても素敵な花なので、咲くのが今から楽しみだ。話しながら、顔を綻ばせるのが常だった。花好きが言葉からだけでなく、全身から伝わって来るようだった。本当に心の綺麗《きれい》な人なんだなぁ。しみじみ、感じた。

「私は無粋な人間ですので」垣園は言った。「名前を聞かされても、それがどんな花なのか知らない。想像もつかない。でもそれでよかったんです。花の話をしているあの人を見ていると、こちらも心が和むようだった。それだけでよかったんです」

ところがある時から、長部さんの姿をとんと見掛けなくなった。同じ階の住人に聞いてみると急病で倒れ、入院しているということだった。命に別状はない。快癒《かいゆ》すれば退院できる。ただそれがいつになるかは分からない。そこそこ長期化する恐れもある、という話だった。

「命に別状はないと聞いてまずはホッとしたのですが」垣園は言った。「続いて即、心配になったのが花壇のことでした。あんなに大事にされていたのに。水をやることができないと、枯れてしまう。長部さんは娘さんはいるが、遠く離れて暮らしていて子供も小さく、そうそうにこちらに来ることはできないと聞いている。とても花に水をやるためだけに、通うなんてことは期待できそうにない。するとこのままだとせっかく退院しても、帰って来たら枯れた花を見るだけ。ガッカリされるだろうなぁと思ったら、居ても立ってもいられなくなりまして。何とか私の力で水をやることができないか。あれこれ、考えを巡らせてみたんです」

管理人に事情を告げて、合鍵を借りることも考えてみた。だが廊下で立ち話をする仲になったとは言え、逆に見ればそれだけの関係に過ぎない。どこまで互いの領域に足を踏み入れる間柄になったか。迷う程度の仲に過ぎない。すると彼女が嫌がることも予想された。相手は婦人である。自分がいない間に男に部屋に入られる、と思ったらいい気持ちにはならないだろう。せっかくですが、と断られる図が頭に浮かぶようだった。そうなったら今まで築いた間柄にも、気不味《きまず》い距離が空いてしまうのではないかと恐れた。

「それにそもそも、管理人さんに何と言って切り出すか。恥ずかしかったのも確かです。垣園さん、長部さんといったいどのような関係ですか、なんて突っ込まれるのではないか。恐れると、なかなか先に踏み出す勇気が湧きませんで」

そこで次善の策を練った。

幸い、自分の部屋は長部さんの真上に当たる。この位置関係を、何とか上手《うま》く利用できないものか。

そうして何らかの方法で、水を垂らせないかと思いついたのだった。最初はホースを使ってみたらどうかと考えた。ところがやってみるとなかなか上手くいかない。水を流すとその勢いで、ホースはあらぬ方を向いてしまうのだ。外に水を垂れ流したら、下を歩いている人に掛けてしまう恐れもある。諦めるしかなかった。

そこでアイディアが浮かんだ。我が家にはもう押入れに押し込みっ放しの、古い布団も多い。これをベランダに掛けて、水を染み込ませてやれば下に滴《したた》るのではないか……

「あれこれ、やってみたんです。布団の材質も関係する。それから干し方ですね。一番、効率的に水を滴らせるにはどうしたらいいか。あれこれやってみて、これが一番いいのではないかというやり方に辿り着きました。今はそうしている、というわけです」

マンション前の路地は、狭い。風がしょっちゅう、強く吹き抜ける。布団を外に長く垂らしておくと、上手い具合に揺れて下の花壇に滴り落ちてくれた。その具合を地上に降りて見上げてみ、何とか行けそうだと確信した。かくして現在、垣園家のベランダには真ん中に古い布団が干されっ放しというわけだった。

「いやぁそうでしたか」管理人がにこやかに笑った。「幸い数日後、長部さんの娘さんがこちらに来られます。着替えなんかを取りに来てその際、私にも近況の報告をしてくれることになってます。その時、この話を伝えておきましょう。そうしたら布団を干しっ放しなんて裏技ではなく、もっと簡単に花壇に水やりができる方法が見つかるんじゃないでしょうか」

「あ、い、いえ」垣園が途端に、恐縮した。顔を真っ赤にして、頭を掻いた。「私が余計なことをしてたなんて、長部さんには知られなくとも、その」

「いいじゃないですか」私が口を挟んだ。「貴方がご婦人の花壇を守るために、手を尽くされたのは事実だ。そんな話を聞かされて、気を悪くする人なんていませんよ。垣園さんこれを切っ掛けに、病院のお見舞いに行ける仲にまで発展するかも知れませんよ」

「あ、い、いえ」更に顔が赤く染まった。「わ、私は、その、そんな」

この人達、今後はきっとよりいい仲に発展するに違いない。確信した。とてもよい気分に包まれ、私はその場を後にしたのだった。


「それはいいことをされましたね」吉住が言った。「そのお二人の今後に幸あれ、だ。いやぁめでたいめでたい」

「間を取り持つ機会になったかも知れない。自分はいいことをした、と感じられるというのはとても有難いものですなぁ」私は言った。炭野を向いた。「そんな機会を与えて頂いて、感謝感激です。勿論《もちろん》、奥様にも」

「いやぁ」炭野が手を振った。「私らはただ、貴方のお手伝いをしたまでです。雨の日も布団が干されたままになっている。気づいた貴方の、観察眼の勝利ではないですか。私ら夫婦はそれに、追随しただけですよ」

「いやいや。しかし今回も、奥様の見事な推理を見せつけられましたな」吉住が言った。かなりいい心地《ここち》に酔っているようで、頬がほんのり染まっていた。ただし今朝の、垣園のものとは全くの異質だった。「ねっ、私の言った通りでしょう。炭野さんの奥さんは必ずや、どんな謎でも解き明かしてくれる、って」

「全くです」私は大きく頷いた。「白状すると今回は、私も半信半疑だったのですよ。何と言っても判断材料が乏し過ぎる。今回ばかりは解決は無理なんじゃないか、って。でも、間違ってました。吉住さんが正しかった。もう私も迷うことはありません。これからは何か不思議に思うことがあれば即、炭野さんに相談することにします」

「いやぁ、ははは」照れたように頭を掻いた。「ただまぁ、何ですな。今回は市場に始まり、市場に終わったということのようで」

「は」私と吉住は呆気《あっけ》にとられた。そもそもの始まりは確かに、市場回りだった。だがラストもそうだ、というのはどういうことか。

「だって結論は花、だったわけでしょう。花卉《かき》もまた市場から卸されて、我々の手《て》許《もと》に届くのですから」

「あぁ」手を打った。「そう来ましたか。成程ね」

「ただ今回、貴方が回ったのは築地と豊洲でしたよね」吉住が突っ込んだ。「魚介類と青果の市場はあるが、あそこには花卉はない。そのオチで行くのなら、大田《おおた》市場なんかも回っとかないと」

「しまった、そうだったか」炭野が悔しがった。額をパチンと叩《たた》いた。「上手くオチがつけられた、と思ったのになぁ。詰めが甘かった」

「古近亭志ん粋師匠の噺みたいに、見事なオチ、とまでは行かなかったようですな」

どっ、と笑い合った。心の底から晴れ晴れした気分で再び、乾杯を交わした。

第四章　二者択一

友人と浅草《あさくさ》で待ち合わせた。かつて私のツアーに参加して路線バスの魅力にとり憑《つ》かれ、以来あちこち乗って回るのが趣味となった砺波《となみ》という男である。のんびりした性格で私としても一緒にいて、落ち着く。時折こうして会っては、先日はあれに乗って来たなどという話題で盛り上がっていた。

待ち合わせ場所はデパート松屋《まつや》の前にしましょう、と言うのでピンと来た。彼の自宅は西巣鴨《すがも》である。都バス「草64」系統に乗って来るのだろうと見当をつけた。この路線には「東武《とうぶ》浅草駅前」停留所があり、そこで降りれば松屋も目の前だからだ。

早目に浅草に着いたのでそのバス停のところで待っていた。やって来たバスからは果たして、砺波が降りて来た。

「やぁ」私の姿を認めて、笑顔を浮かべた。「ここで待っていてくれましたか。見抜かれてしまったようですな」

「松屋で待ち合わせ、と仰《おっしゃ》いましたからね。ならばこの路線で来るのだろうと見当をつけたわけです」

「いやぁ、ははは。さすがです」

互いに用を済ませた後、神谷《かみや》バーに行った。まだ日が高い時刻だが、生ビールを注文して乾杯した。昼間っから呑《の》んでいる客は周りにいくらでもいる。ここでは別に不自然なわけでも何でもない。最近では外国人観光客の姿も多く見掛けるようになった。彼らもこんな時刻から呑むことに違和感は感じないのだろう。周りと溶け込むように、グラスやジョッキを傾けていた。

「さっき、『草64』系統に乗って来られましたが」軽いつまみも注文し、口に運びながら私は切り出した。互いにとって何より、盛り上がりそうな話題だったからだ。

「確かご自宅は西巣鴨でしたよね。ならば浅草に来るのなら、『草63』系統という選択肢もある筈《はず》じゃないですか。なのに何故、こちらと最初から決まっていたんです」

「いやぁ、ははは」頭を掻《か》いた。「そこが自分でも不思議なのです。浅草には用があってしょっちゅう来るのですが。ご指摘の通り、ならば『草63』を使ってもよい筈なんですが。何故か『64』に乗ってしまう頻度が高いようなんですよ。今日も多分そうかなと思って、待ち合わせ場所も指定してみたんですが。結果的にやっぱり、そうでした」

「草63」「64」共に池袋《いけぶくろ》と浅草とを繋《つな》ぐバス路線である。どちらも最初から最後まで乗るとほぼ一時間、とかなりの長距離を走る。ただ出発と終点は同じ場所、と言っても厳密には少々違う。更に途中では、大きく分岐して別のルートを辿《たど》る。なかなか興味の尽きない二路線なのである。

まず「63」の方だが池袋駅東口のショッピングビル・PARCOの前から出発する。一方の「64」は駅舎から正面の明治《めいじ》通りを渡り、超高層ビル・サンシャイン60へと向かう通り沿いにバス停がある。出発地点からして、ちょっと離れているのだ。

スタートが異なるため動き出して直《す》ぐのルートも微妙に違うが、どちらも基本的には明治通り沿いに目的地に向かって走り出す。ところが「64」が以降、延々と明治通り伝いに走るのに対して「63」の方は、西巣鴨の交差点で大きく右折する。「おばあちゃんの原宿《はらじゅく》」と称される〝とげぬき地蔵〟高岩寺《こうがんじ》やJR巣鴨駅前、西日暮里《にっぽり》駅前などを抜けてぐねぐね曲がりつつ、走る。

やがて荒川《あらかわ》四丁目で明治通りに復帰。再び「64」と同じルートを辿り始めるがそれも「大関横丁」までだ。東京メトロ三ノ輪《みのわ》駅前から国際通りに入り、鷲《おおとり》神社の前などを通って浅草へ南下する。行きと帰りとで違うが行きは雷門《かみなりもん》の前を通ることはなく、「かっぱ橋道具街」で有名な東京メトロ田原町《たわらまち》駅の手前、「浅草寿町《ことぶきちょう》」バス停でゴールとなる。

一方の「64」は「63」が国際通りへと分離した後も、もうちょっと明治通りをなぞる。その後、土手《どて》通りに入り吉原大門《よしわらおおもん》の前を抜けたりして、前述の通り東武浅草駅前に至る。ここで降りずに乗り続ければ雷門の前へ回り込み、その正面で左折。更にちょっと南下した「浅草雷門南」バス停が終点である。

このようにくっついたり離れたりして走る両路線だが、最初の分岐点は西巣鴨。なので近くに住む彼ならば、どちらを選んでも浅草に来られる筈なのだ。そしてもし「63」に乗っていれば松屋の前は通らない。待ち合わせ場所は浅草ビューホテル辺りになっていたことだろう。

「いやぁ、ははは」と彼は笑った。「その通りなんですよねぇ。『63』で来たとすれば松屋までは、ちょっと距離がある。待ち合わせ場所も変えていた筈です。でも今も言った通り、何故か『64』に乗る確率の方が高いように思うので。自分でも不思議なんですよねぇ。何でいつも、こうなってしまうのか」

池袋から浅草方面に向かう場合、両路線で「西巣鴨」バス停の位置はちょっと違う。「64」は交差点を真っ直ぐ突っ切った明治通り沿いだが、「63」はその地点で分岐するため、右折して白山《はくさん》通りに入った直ぐの左手にあるのだ。

「どちらのバス停がご自宅からは近いのですか」まずは、基本的な質問から始めた。「64」の方が近いのならこの話に謎はどこにもない。最寄《もよ》りのバス停に行っているだけなのだから、これに乗ってしまうのは自然であろう。

「それが、ねぇ。どちらかと言えば近いのは、『63』の方なんですよ」答えは予想通りのものだった。そうでなければ元々、「自分でも不思議」なんて言葉は出て来ない。「行き易《やす》いのも、そうです。『64』のバス停に行くには、我が家からだと明治通りを渡らなきゃならない」

「本数は、どうです」これもまずは押さえておくべき基本の質問だった。「64」の本数が「63」よりずっと多いのなら、そちらに乗ってしまう確率が高いのは当たり前である。あっちの方がたくさん走っている、と分かっているのなら通りを渡る面倒はあろうと、最初からそちらのバス停を目指すのも自然と言ってよかろう。

「それも、ねぇ。基本的には同じくらいなんですよ。『63』系統のバスの便数は多いんですが、半分くらいは途中の『とげぬき地蔵』止まりなんでして。なので浅草まで来るのであれば、一時間あたりの本数はどちらも同じくらいなんでして」

確認のために、タブレット端末を取り出して両バス停の時刻表を呼び出してみた。砺波の言う通りだった。「63」バス停を通る本数はかなりあるが、半数は途中止まり。一方「64」バス停を通るのも相当な数だが、それは西新井駅前行きなど別系統も頻繁に走っているせいだった。浅草に行こうと思えばどちらも、昼間は一時間に三本から四本、程度の便数だった。確かに基本的には同じくらいである。厳密に言うと一時間に四本、走る時間帯は「63」の方がやや多いくらいだった。つまり確率論からすればやはり、こちらに乗る方が多くて然《しか》るべきということになる。

「いやぁ、成程」タブレットの電源を落として、腕を組んだ。すでに二人とも生ビールは呑み終え、「デンキブラン」に移っていた。昔ながらの製法で作られる浅草名物である。アルコール度数が高いのでチェイサーとして、水を添えてもらっていた。「これは確かに、不思議ですなぁ」

「でしょ。私にもどうしてだかよく分からんわけでして」

自分の行動が分からない。のんびりしてどこか浮き世離れして見える、彼らしいエピソードとは言えそうだった。ついついくすりと笑ってしまっていた。

「家を出る段階で、事前に時刻表を調べたりはしないんでしょう」

「そんな面倒なこと、しませんよ。そもそも貴方《あなた》みたいに、インターネットを使いこなしたりもできませんし」これまた、彼らしいとは言えた。「それに調べて出たって、無意味な場合も多い。池袋の近辺は混みますからな。明治通りが渋滞して、バスが遅れて来ることはしょっちゅう。だから調べて行ったとしても、あまり意味はないんです」

おやおや、意外とまともなことも言うじゃないか。ちょっと感心している自分がいた。またもついつい、笑みが浮かんでいた。

「あ、そうだ」思いついて、膝を打った。「バス停は、どうです。今、バスの接近表示をしたりしている停留所もあるじゃないですか。片方に表示があって、もう一方はただの標柱だけだったとしたら。無意識にせよ表示のある方を選んでしまうのは、自然なのかも知れませんよ」

「いやぁ、それが」これにも意外なことに、細やかな答えが返って来た。「どちらにも接近表示があるんですよ。幾つ手前のバス停まで来ている、とか。発車予定時刻まで後、何分ですとか。だからこれも、決め手にはならんわけでして」

彼が言うにはまず最初には、自宅により近い「63」系統のバス停に行ってみるらしかった。そこで、次のバスが幾つ手前の停留所まで来ているか、の表示を確認する。近づいているのであればわざわざ「64」の方へ行くことはない。素直に「63」系統の浅草寿町行きに乗る。だがバス停の接近表示は、三つ後方までだ。それより離れていれば、何も表示されない。すると、「64」の方に行ってみる、というのだった。

しかし「64」だって、同じく接近していないケースはあるだろう。ならば再び、「63」に戻る選択肢だってあってよい筈ではないか。条件は同じなのである。なのに実際には、戻ることはない。そのまま「64」バス停でのんびり待ち、やって来たバスに乗り込んでしまう。これは、何故なのか。

「成程」またも腕を組んだ。「これはちょっと、分かりませんなぁ。どうしてそんな行動を採ってしまうのか」

「結局は私がズボラだから、ということに尽きるのかも知れませんなぁ。『63』から『64』に移動してみたけどもう一度、動くのは面倒臭い。なのでその場で留《とど》まって、のんびりバスを待っているのかも」

いったん動いたら戻るのは億劫《おっくう》になってしまう。そういう心理が人間には働くのだろうか。よく分からなかった。行動心理学なんて学問があると聞いたことはあるが、その権威にでも話を聞けば疑問は解消されるのだろうか。

結局その場で明確な結論には至らず、モヤモヤしたものが残ったまま砺波とは別れた。


「いやぁ、ここが有名な『恐れ入谷《いりや》の鬼子母神《きしもじん》』ですか。来るのは初めてです」

「七月にはここで、朝顔市があるんでしょう。テレビで見たことがある。朝顔の植木鉢がびっしり並んで、凄《すご》い人出らしいが。この境内にそれだけ人が押し掛けたんじゃ、大変でしょうなぁ」

「まぁ朝顔市は境内だけじゃなく、門前でも開かれますが。でも確かに凄い人出だから、大賑《おおにぎ》わいですよ。街が人と植木鉢で埋め尽くされる感じ」

台東《たいとう》区の真源寺《しんげんじ》に来ていた。厳密には住所としては台東区下谷《したや》に位置するのだが、江戸時代から「恐れ入谷の鬼子母神」として親しまれている。最寄り駅も東京メトロ日比谷線の入谷駅であるのは、間違いない。

私がタブレット端末を提示し、「正確には下谷に当たる」と指摘すると炭野は「やぁ、そうなんですね」と驚いていた。

「下谷と来れば『びっくり下谷の広徳寺《こうとくじ》』じゃないですか、ねぇ」吉住が合わせて言った。「ここは、やっぱり『恐れ入谷』じゃないと。格好がつかない。役所も無粋なモンだ。住所表示を定める時、それくらい融通を利かせればいいのに」

「役所ってのは小回りが利かない、というのはいつになっても変わらぬ真理なんですよ」と笑ったのは郡司《ぐんじ》という男だ。彼も炭野に紹介されたバス乗り仲間で、元は警察の同僚だったという。「元、宮仕えの私が言うんだから、間違いない」

「それに当の広徳寺は、昔は確かにこちらの方にありましたが今は練馬《ねりま》区内ですからねぇ」本当に吉住は物知りだ。皆、えっそうなんですか、と反応した。「関東大震災で寺域はほぼ、燃えてしまったらしいんです。跡地は今の台東区役所や、上野《うえの》警察署とかになっとるそうで。だからかつてはかなり、広い境内だったということなんでしょう。『びっくり下谷』なんて大田南畝《おおたなんぽ》の狂歌にも詠まれてしまうくらい」

「私も若い頃には上野署に勤めてたこともあったなぁ」炭野が言った。「そうか。あそこはかつて、お寺だったわけか」

「お陰で勤務中、『びっくり』するようなことでもありましたか」

「そう、そうですな」私の戯言《ざれごと》にも合わせてくれた。「確かに驚かされるような事件に、何度も遭遇したような」

「他に寺社を扱った江戸の地口《じぐち》と言えば」吉住が話題を換えた。私の戯言はあまり進展性がない、と見限ったのかも知れない。「『何だ神田《かんだ》の大明神』に、『情け有馬《ありま》の水天宮《すいてんぐう》』といったところか。確かに神田明神には地名がついているが、水天宮は有馬藩の屋敷の名前ですからな。正確には江戸の地名と言っていいのか、どうか」

「まぁ、いいんじゃないですか」郡司が突っ込んだ。「江戸の町名にも大名屋敷があったせいでついたもの、というのもいくつもあるんですから」

「しかし、あれだねぇ」炭野が再び、境内を振り返った。「前、三人で雑司ヶ谷《ぞうしや》の方の鬼子母神にも行ったことがあったじゃないですか」私と出会う以前の話らしい。「あの時も、ここが話題になった。『江戸三大鬼子母神』の内、『恐れ入谷』が一つ格上とされている、なんて。でも地名が違ってるんじゃ、それもちょっと、なぁ」

「あぁ、成程」吉住が笑った。「だからやっぱり、その程度の融通も利かせられない役所が悪い、ってことですよ」

だが郡司は、「え」と首を傾《かし》げた。「その場には確かに、俺もいたな。でも『三大鬼子母神』云々《うんぬん》の話は、覚えてないぞ」

「あぁ、そうだ」炭野が手を叩《たた》いた。「郡司はその話題の時は、まだ合流してなかったんだよ。後から来た。確か鬼平《おにへい》、所縁《ゆかり》の地を回ってから来た、とか何とか」

「あぁ」郡司も手を叩いた。「そうだった、そうだった」

郡司は時代小説、特に池波正太郎《いけなみしょうたろう》の代表作『鬼平犯科帳』の大ファンらしかった。こうしてバスで東京を回る時も、なるべく所縁の地に寄るようにしているとのことだった。

雑司ヶ谷に行った時もせっかくだから、と目白台《めじろだい》の方へ足を伸ばした。小説ではそこに、鬼平の私邸があったことになっているからだ。普段は仕事が忙しく清水門《しみず》外の役宅に詰めることが多い鬼平だが、息子を住まわせているためちょくちょく、目白台にも寄る。そのついでに鬼子母神にも通うシーンが小説に出て来るのだ、という。

「ははぁ」私は嘆息した。「それなら所縁の地として、目白台から鬼子母神まで回るのはファンとして当たり前なんですね」

「ただね」郡司が悪戯《いたずら》っぽく笑った。「実はそれ、池波先生の間違いなんですよ。

確かに当時の資料には『長谷川平蔵宣以《はせがわへいぞうのぶため》　天六七　与十同三十△目白だい』とある。鬼平こと長谷川平蔵は天明六年七月、弓頭《ゆみがしら》を拝命しているからそれを指しているわけですな。それで与力十人、同心三十人が配下としてつけられた、と。ところが次の『目白だい』は実は、それら与力達の屋敷があったとこなんです。先生それを勘違いして、平蔵の私邸と設定してしまったというわけです」

「ははぁ」またも嘆息を漏らした。「それじゃぁ本当の鬼平の私邸は。どこにあったのか分からないのですか」

「いやいやそこがそうじゃない」

　ふと脇を見ると炭野らが、またかという顔をしていた。彼らからすればもう何度も聞かされた話なのかも知れない。郡司にこの話題を振るのは、この面々ではご法度なのかも。だが私は純粋に興味があった。話の続きに耳を澄ませた。

「小説では平蔵の旧宅は、現在の墨田区の大横川親水公園、『時の鐘』の前にあったことになってます。江戸時代、庶民に時刻を知らせるため鳴らしていた鐘です。当時、九つあった中の一つですな。今も新宿の天龍寺《てんりゅうじ》や上野公園、浅草寺《せんそうじ》なんかに残されている」

　今は親水公園になっているが以前は、その名の通り大横川という運河だった。「鐘楼《しょうろう》」があった記念碑も、公園に建てられているという。

「確かに当時の『江戸切絵図』を見ると、鐘楼前に『長谷川』と書かれた屋敷がある。そこで池波先生、これぞ平蔵の旧宅と思い込んじまったんですな。でもこれも勘違いだった。そこからちょっと離れた今の都営地下鉄新宿線、菊川《きくかわ》駅前に本当の私邸はあったんです。鐘楼前のは何の関係もない、別の『長谷川さん』の家だっただけで」

「ははぁ」

「今、菊川駅前に行くと墨田区の建てた『長谷川平蔵住居跡』の記念碑が建ってます。そこには『遠山金四郎《とおやまきんしろう》』の名前も併せて記されている。実は平蔵の死後、長谷川家は文京区《ぶんきょう》の方に引っ越してるんです。残された屋敷にはあの『遠山の金さん』が住み着いた。だからこういうことになってるわけで」

「ええっ。あの鬼平と金さんとは実は、同じ家に住んでいたんですか。それは凄いことですね。何とも因縁ある屋敷だったわけですね、そこは」

墨田区が記念碑を建てるのも、それなら当たり前だろうと思われた。時代小説にさして親しんでいるわけではない私でも、興味深い話に聞こえた。ところが続く郡司の言葉は、更に面白いものだった。

「それだけじゃない。今も言った通り小説上は、鬼平の旧宅は時の鐘の前にあったことになってます。現在ではその地点に、コンビニが立っている。実はそこにも、墨田区は『長谷川平蔵の旧邸』の案内板を建てとるんですよ」

「えぇっ、間違った場所なのに」

「ねぇ、粋でしょう。史実かどうかは関係ない。小説上はこということになってるから、別にいいじゃないか。案内板を建てる意味は充分ある。墨田区の心意気が伝わって来るようですよ」

「鬼子母神の住所を入谷にはしなかったけども」話をそろそろ終わらせようというのだろう。吉住が割り込んで来た。「役所だってそうした、融通の利かないところばかりじゃぁない。粋なことをすることもある。そういうわけですな」

「そうそう。全くです。鬼平も言ってるではないですか。『人間というのは妙な生きものよ。悪いことをしながら善いことをし、善いことをしながら悪事を働く』って。組織も同じ、ということなんでしょう」

そろそろこの話題はうんざり、という内心が炭野らの表情からはありありだった。だが私は、最後に一つだけ訊《き》いておきたかった。ファン心理、という奴《やつ》がまだピンと来てはいないのだ。

「済みません、それで」炭野らの視線を痛いほど感じながら、尋ねた。「小説上と、実際と。どちらの屋敷跡も貴方は回って来られたのでしょう」

訊かれるまでもない、というように郡司は胸を張った。「当然です」

「それじゃ、どうでしょう。仮に時間が足りないなり何なりの理由で、どうしても片方だけしか行けないとなったら。どちらかを選ばなければならないとしたら、どっちに行きます」

「時の鐘、コンビニ前の方ですな」迷った時間は驚く程、少なかった。即答、と言ってもよいくらいだった。「実在の長谷川平蔵も立派な人だったらしいが、本当のところはよく分からない。私が愛しているのはあくまで、小説上の鬼平です。だから実際には間違いだったと分かっていても、どちらかと言われれば私は小説上の屋敷跡の方を選びます」

　真源寺の境内を出て、町をぶらぶら歩いた。この辺りは古い町並みがそのまま残されていて、何の目的もなく散策するだけで楽しかった。またこういうところには寺社仏閣が点在することが多い。小野照崎《おのてるさき》神社というところに辿り着いた。

「ここは平安時代の歌人、小野篁《たかむら》公を祀《まつ》っています」吉住が説明してくれた。「お陰で芸能に関するご利益があるとか。〝寅《とら》さん〟の渥美清《あつみきよし》もここに来たそうですよ」

「えぇっ、それは凄い。確かにご利益がありそうですね」

「しかも単に彼も来た、というだけじゃない。当時、渥美清はまだまだ売れてなかったそうです。そこで大好きな煙草《たばこ》を我慢する代わりに仕事をくれ、と願掛けに来た。そしたら本当に数日後、〝寅さん〟役のオファーが来たというのです。だから〝寅さん〟が首から下げているお守りは、実はこの神社のものだそうで」

「『産湯を使』った〝帝釈天《たいしゃくてん》〟のお守りじゃなかったんですか。それは傑作だ」

「しかしそれだけ、渥美清もここの神社のご利益を信じていたということじゃないですか。役はもらったはいいが、作品が当たらないということもあり得るわけですから」

「実際には、ギネスブックにも載る程の長寿シリーズになった。そりゃここの霊験を信じるのも、当たり前ですよ」

「ただねぇ。私らが芸能のご利益を授かっても、今更」

「ははは。それは確かに、そうだ」

「ここは小野篁を祀っているだけあって芸事だけでなく、学問にも効能があるとか」

「学問ですか。そちらも今更、この歳《とし》で、ねぇ」

「ははは。まぁそう仰らず」

ワイワイ言いながら賽銭《さいせん》を入れ、鈴を鳴らして手を合わせた。静かに願掛けをするのならともかく、こんな風に半ば茶化すようにしながらお参りしては、ご利益もさして期待できまい。まぁ自分達でも言った通り芸事にせよ学問にせよ、今さら我々にはあまり関係なさそうなのも確かだが。

拝殿の左手には大きな富士塚があった。江戸時代、富士山信仰が盛んになって江戸の各地に作られたものの一つだ。実際に富士山に参拝できない庶民のため、わざわざ現地から岩石を運んで来て積み上げた。岩を船積みし隅田川を経由して運んだらしく、規模が大きく当時の荘厳な姿を残していることから、国の重要有形民俗文化財に指定されている。

「登れば、本物の富士山に登ったのと同じご利益が得られるそうですよ」

「ははぁ。何だかまだ、こちらの方が私らにも縁がありそうな気がしますなぁ」

「そう言えば、吉住さん」と炭野が思い出したように言った。「品川《しながわ》に行った時も、あそこの富士塚に登りましたねぇ」

「あぁ、ありましたありました。あの後、なかなか帰国しないアメリカの若者について の謎に挑んだんでしたなぁ」

「そうでした。そんなこともありました」

既にあちこち共にバス旅している仲だけあって、各地に思い出があるようだった。せっかくだからこちらにも登ろう、という話になった。が、よく見ると石の柵が塚の周りを囲んでおり、鉄の門には鍵が掛けられていた。どうやら一般人は立ち入り禁止のようだ。

タブレット端末で情報を検索してみると、この富士塚は本物の富士山の山開きに合わせて、六月三十日と七月一日にのみ一般開放されているそうだった。

「何だ、それは残念」

「じゃぁ今度は、その日に合わせてまたここに来てみましょうよ。年に二回しかない『山開き』に合わせて登れば、ご利益もまた期待できるのではないですか」

皆、頻《しき》りに残念がっていた。ただ岩を積み上げただけの、築山《つきやま》じゃないか。最初は胸の中で小馬鹿にしていたが、気がつくと効能を期待している自分がいる。我ながら現金なものだ、と考えると可笑《おか》しかった。

神社を出て、言問《こととい》通りへ戻ろうとした。途中、細い路地に入ると『河金《かわきん》』というトンカツ屋があった。

「あぁ、ここだここだ」郡司が指差して言った。「以前、テレビで見たことがある。いっぺん行ってみたいなぁと思っていたんだが。こんなところにあったのか」

「ここ、有名なお店なんですか」

「大正時代に浅草で創業した老舗《しにせ》らしいんですが、それだけじゃない。ここ、カツカレーの元祖の店らしいんです」

「えっ、そうなんですか」

「初代が浅草でカツレツとライスカレーの屋台をやっていた頃、『せっかくだからカツにカレーを掛けろ』という客がいたとか。やってみたら美味《うま》かったので以降『河金丼』として定番メニューにした、と。カツ丼発祥の地は早稲田、先日閉店した蕎麦《そば》屋の『三朝庵《さんちょうあん》』というのが今のところの定説なんですが。実は時代的にはこちらの方が早いらしいんですよ。だからことによるとここの『河金丼』こそが、カツ丼の元祖である可能性も」

「何だかそんなことを聞いていると、食べたくなってしまいますなぁ」

「いやぁ、いかんいかん」全員が首を振った。「そんなことをしたら今日、こうして集まった意味がなくなってしまう」

その通りだった。実は今日、我々は炭野のご自宅に招待されていたのだ。いつも謎を見事な推理で解いてくれる、彼の奥さん。実は一番のお得意は、料理なのだとか。それを皆でご馳走《ちそう》になりに行こう、という勝手な企画が持ち上がったのである。

「いやぁ、炭野さんの奥さんの手料理。あれは忘れられませんなぁ」吉住が言い出した。「何を頂いても、絶品。そんじょそこらの有名店に行ってもあんな味、体験できるものではありませんよ」

いやいやそんな、と謙遜しようとする炭野を制して、郡司も言い添えた。「確かに。こいつは無芸な奴だが奥さんは、何をさせても一流の良妻の鑑《かがみ》だ。私も手料理をご馳走になったことがあるが、全てが一級品。何を食べても美味かった。それは間違いない」

私としてもあんな推理ができる女性と一度、会ってみたいという思いは拭い難くあった。無礼は百も承知で、そんなに美味いのなら味わってみたいとの誘惑にも駆られた。妻を亡くして、もう長い。手料理に飢えている、という面もなきにしもあらず、なのかも知れない。

そんなわけでバス乗り仲間で炭野の家に遊びに行く計画が立ったのだが、男四人分の料理を作るとなれば手間も半端ではない。時間も掛かるのでそれまでの間、どこかでぶらついていようということで入谷に来ていたのだった。

炭野の自宅は錦糸町《きんしちょう》にある。入谷鬼子母神前を通る都バスには、上野公園と亀戸《かめいど》駅前とを結ぶ「上26」系統がある。錦糸町駅を直接、経由する便ではないがちょっと歩けば錦糸公園の近くのバス停に行けるため、ここへは来易かったのだ。そんなわけで入谷に集合、と決まったのである。

カツ丼の話をしていたら腹が減った。そろそろ錦糸町に向かおうかという話になった。

「あ、ちょっと待って下さい」私は一行を止めた。「『上26』ってそんなに本数が多い路線じゃありませんでしたよね」

「あ、あぁ」炭野が頷《うなず》いた。「今日、乗って来ましたが精々《せいぜい》が一時間に一本、多くって下さいね」

「だったらバス停まで行って、待ちぼうけを食わされても面白くない。ちょっと待って二本くらいなものでした」

タブレット端末を取り出した。時刻表を呼び出すと、案の定だった。「入谷鬼子母神」バス停だと、次の便まで四十分以上も時間が空いてしまう。

「ならば、あっちの方へ行ってみたらどうでしょう。もうちょっと待っていて下さい」「都08」系統の時刻表を呼び出してみた。思った通りだった。「こっちだったら十分に一本以上、便がある。おまけに終点はモロ、錦糸町だ。ここからならその路地を通って行けば、『下谷二丁目』のバス停に出られる。こちらの方がずっといいと思うんですけど、どうでしょう」

「いやぁ、さすがですなぁ」吉住が言った。「さすが、最先端機器だ。こうして外にいても、バス便の時刻が立ち処《どころ》に調べられる。路線図を見ることもできる。私らロートルからしたらこんなもの、とても使いこなせるとは思えないが。貴方のような方が一人いてもらえると助かりますよ、いやホント」

「いえいえ。私も一人でウロウロする時はこんなもの、使う気にはなりませんが。行き当たりばったりでバス停に行って、そこで時刻表を覗《のぞ》いてみますが。連れがある時は話は別です。特に路線バスツアーのコーディネイトなんてしてますもので。

お客さんを待たせるわけにはいかないので、そんな時はこれに甘えるようにしてます」

「いやいや、助かりますよ」炭野も言った。「貴方がいなかったら何もないバス停で、ぼんやり待つしかないところだった。さぁさぁ、行きましょう行きましょう。腹が減っているのに突っ立って待たされたんじゃ、イライラも募るかも知れませんが。ワイワイ言いながら歩いていれば、空腹も忘れてしまう」

そんな風に言ってもらえるのは有難かった。またこの辺りは本当に古い町並みが残っており、路地が不規則に折れ曲がったりしていて歩くだけで楽しいのだ。歴史のありそうな建物もいくつも見受けられる。

あれこれ喋《しゃべ》っている内にあっという間に停留所に着いた。直ぐにバスがやって来たので、乗り込んだ。

吉住も郡司も、炭野の家に招かれたことは何度かあるらしい。聞くと料理に掛かった費用は、頑《がん》として受け取らないそうだった。そこでせめて、酒代くらいはこちらで持つようにしている、という。当然と思われた。いつもここでどの酒を買うか物色しているんですよ。一足先に我が家に向かった炭野と分かれ、三人で酒屋に入った。

これくらい奮発しましょうよ。ただこれだけじゃ、ちょっと足りないかも。こっちも一本、いきませんか。いいね、どうせ余ったって残りは、炭野さんが後日ちびちび呑んでればいいんですから……。あぁだこうだ言いながら選んだため、思ったより時間を食ってしまった。炭野の家に着くと、料理は既にテーブルに並べられ始めていた。

「まぁ、いらっしゃぃ。今日は何もできませんけども。どうかごゆっくりされて下さい」

初めて会う炭野夫人はある意味、想像通りと言えた。歳は重ねているが今でもハッとする程の、美人。若い頃は恐らく、外を歩けば誰もが振り返ったのではないかと思われた。おまけに姿勢がよく、背筋がスッと伸びている。

ただ、見た目だけではなかった。品のよさが仕種《しぐさ》の一つ一つから、滲《にじ》み出ているようだった。この人が怒っている姿なんて思い浮かべることもできない。掛け値なしの本音だった。名は、「まふる」さんというらしかった。

「初めまして」と挨拶を交わし、テーブルに着いた。ビールを注《つ》いでくれそうになったので、「そんな、いいですよ」と遠慮した。「私ら爺様《じいさま》は、手酌で充分です。おまけにこうして、不躾《ぶしつけ》にもご自宅まで押し掛けてしまってるわけですし」

「まぁまぁ。それじゃ初訪問の記念ということで、まふる夫人のお酌の恩恵は貴方だけで」吉住が言った。「後は私ら銘々、注《つ》ぎ合えばいい」

「そうですか。それじゃ、最初だけ。いやぁ、光栄です」

全員にビールが行き渡り、乾杯した。最初に出て来た料理は、細かく刻んだ季節の野菜を湯葉で包《くる》み、油で軽く揚げてとろみ餡《あん》を掛けたものだった。

「かあぁっ、美味い！」郡司が噛《か》み締めるように、言った。「腹を空《す》かせて来て、よかった。あんなところで、カツカレーの誘惑なんか振り切って」

彼の言う通りだった。湯葉と野菜の味が口の中で渾然《こんぜん》一体となる。歯触りも堪《たま》らない。おまけにこの餡が絶品だった。ダシが利いていて、香りが鼻に抜ける。何とも言えない快感だった。

「まぁ郡司さん、相変わらずお上手ですこと。さぁさぁこれからも、お料理を用意してますので。素人《しろうと》仕事ですので手際が悪いと思いますけど、お酒を頂きながら気長にお待ち下さいな」

お造り。小芋の煮っ転がし。アボカドとトマトのクリームソース掛け……。酒のつまみに最適な料理が、次々と供された。一つ一つが逸品の上、少量ずつ小皿に盛られて出て来るから、私らのような年齢の者にも食べ進め易い。素人仕事なんてとんでもなかった。吉住も言っていた通り、そんじょそこらの有名店に行っても体験できないような美味ばかりだった。

また、出されるタイミングも絶妙だった。一品をそろそろ食べ終わり、さあ次は、というところを見計らったように供される。いやはや、脱帽だった。これでは酒が、進む進む。余れば炭野に後日ちびちび呑んでもらえばいい、どころではない。もっもっと買って来ればよかったのではないか、と今から訝《いぶか》られるくらいだった。

チーズを生ハムで巻いたものに続いて、小さく丸っこい天麩羅《てんぷら》が供された。噛むと衣が破れ、中から汁がじゅっ、と飛び出す。甘い。野菜の汁だと分かった。掛けてあるタレとも、とても合う。

「美味い。これは、何の天麩羅ですか。野菜のようですが」

「熊本の郷土料理に『一文字《ひともじ》ぐるぐる』ってございますでしょう。あれを、衣で包んで揚げてみましたの」

「えぇっ。『ぐるぐる』は知ってますが、あれを天麩羅に⁉」

「えぇ。とある作家さんの書かれたエッセイに出ていたものを、たまたま目にしたんです。試しに作ってみたら、美味《おい》しかったので」

「一文字ぐるぐる」は夫人も言った通り熊本の郷土料理で、小葱《こねぎ》を軽く茹《ゆ》でて根っ子を軸にし、青い葉の部分を文字通りぐるぐる巻きつけたものである。江戸時代、財政難に苦しむ熊本藩が質素倹約を奨励し、その中で工夫された料理という。

「いやぁ、私も仕事をしていた頃、社員旅行で熊本に行って食べたことがあるんですよ」私は言った。「酢味噌《すみそ》をつけて食べると、シャキシャキした食感が堪らなかった。さすがは熊本、お酒のいいつまみになるなと感心したものです。でもそれを、天麩羅にするなんて。聞いたことがなかった」

「そのエッセイによると作家さん、人吉《ひとよし》に行った時に食べられた、とか。ねぇ。酢味噌で和えても美味しいですけど、こんな食べ方もあったんですねぇ」

不粋だと思ったが思わずタブレット端末を取り出し、立ち上げて検索してみた。直ぐにヒットした。「あぁ、これだこれだ」件《くだん》のエッセイが出て来たので、皆に回して見せた。

「さぁさぁ、お料理はまだ後ちょっとご用意してますからね。お楽しみに」夫人はキッチンに戻って行った。

「しかし、それにしても」一通り回ったタブレットを私に戻しながら、炭野が言った。「貴方、以前は東京都交通局にお勤めだった、と確か仰ってましたよね」

「あ、あぁ。え、えぇ」

「社員旅行というのは、その時に。熊本にまで行かれたんですか」

「あ、え、えぇ。そういうことです。日本全国、地方都市にも路線バスはありますからね。その、視察も兼ねて」

「でも、あれじゃなかったですかね」郡司が割り込んで来た。さすがは元刑事。詮索する時は、相手に切り込むような目つきになる。「熊本市の交通局は、路面電車の運営をしてるだけじゃなかったっけ。路線バスは産交バスとか、民営だけだったんじゃ」余計なことを突っ込んで来る。

「あ、え、えぇ。別に視察と言っても、公営だけに限るわけじゃありませんし」

「それに数年前までは、熊本市だってバスを運営してましたからね」吉住が助け舟を出してくれた。「それを引き継いで今、熊本都市バス株式会社が経営されてるわけで」

「あ、え、えぇ。つ、つまり、そ、そういうことです」

マズったな。後悔した。変な空気が場を満たした。こんな時にタブレットなんか、持ち出すんじゃなかった。せっかくの和気藹々《わきあいあい》とした雰囲気が、何となく刺々《とげとげ》しく転じた。

「そう言えば」話題を換えようとしてくれたのか。郡司が口を開いた。「俺達の後輩に、枝波土《しはど》ってのがいたじゃないか。おぃ炭野、覚えてるか」

あぁ覚えている、と頷いた。

「あいつもとうとう一年くらい前、定年退職したらしいんだよ。こないだ街でバッタリ会ってな。よぉ久しぶりぃ、なんて近場の喫茶店に入って、話し込んだんだ」

郡司は路線バスの趣味についてその枝波土に話したのだという。すると彼は、戸惑ったような反応を示したらしい。

「バス、ですか。実は自分が最後に手掛けて結局、未解決のままになっちまった事件がありましてね。そいつが路線バスと密接に関わってるんです」

「ほほぅ」

　郡司によると枝波土なる後輩は、警視庁生活安全部のサイバー犯罪対策課に所属していたという。急速に発展するＩＴ技術に絡めた犯罪を、捜査するために設置された部署だ。彼らの班が追っていたのは、個人情報を密《ひそ》かに盗んで犯罪に利用する知能犯だった。

「フィッシング、というらしいな」枝波土から教わった情報を、郡司はそう言って私らに伝えた。「インターネット上の経済的価値のある情報を、盗み出す。ユーザ名やパスワードなんかを手に入れれば、ネット上でそいつになり済ますことができる。そうしてクレジットカードからありったけ、キャッシングするなんてことも可能になるわけだ。自分が知らない間にカードを勝手に使われている。怖いぜぇ、これは。まさに現代特有の犯罪って奴だな」

　枝波土が言うにはフィッシングの手口はいくつもあるが、追っている犯人はどうやらフリーＷｉ－Ｆｉを利用しているらしかった。

「俺はそういうのはよく分からないが最近、街中でよく見るだろ。そこだと無料で高速通信と繋がるとかで、若い連中がスマホなんかを弄《いじ》ってる姿を。ただあれ、実は危ねぇんだってな。セキュリティがしっかりしてないところも多くって、通信が傍受されちまう」

Ｗｉ－Ｆｉルーターと端末との間の通信を傍受すれば、内容を盗み出すこともできる。ユーザ名やパスワードも手に入るというわけだ。相手の知らない間に電波をキャッチし、貴重な情報を掠《かす》め取る。まさに「フィッシング（釣り）」である。もっともこの語源がどこから来たのか、は諸説あるが。

「そこで枝波土らチームは、奴がフィッシングに使っていると思われるフリーＷｉ－Ｆｉスポットをピックアップしてみた。あまり一つのとこでいつも、じっとしていたらさすがに怪しまれてしまうからな。いくつものスポットを転々として、頻繁に動き回っていると考えられた。移動の足として何を使っているのか、にも注目した」

やがて、成果があった。目をつけたスポットの内いくつかで、怪しい男の姿を防犯カメラが捉えていたのだ。顔まで鮮明に映ってはいなかったが、同一人物であろうことはほぼ確信できた。かなりの広範囲を動き回っていることも確認できた。

「そんな中で、だ。枝波土チームは通報を受けてとあるスポットに駆けつけ、そいつらしい人物を見掛けた。こっそり尾行しようとしたがあいにく、勘づかれたらしい。追い掛けたが死角に逃げ込まれ、気がついたら取り逃がしていた」

「それっ切り、というわけか」炭野が訊いた。心なしかいつもとは、視線が違っているように感じられた。これが刑事の眼という奴か。退職してこれだけ経《た》っても、変わることはないというわけか。

「逃がしちまった、という意味では、そうだ。ただし思い当たることがあった。枝波土らは二手に分かれて一画を回り込み、そいつを追い込む策を採ったんだ。ところが挟み撃ちにした筈なのに、そこには誰もいなかった。その一画から出て行ったのは、たった一つ。路線バスだ」

「そいつに乗って逃げた、ということか」

「多分、な。犯人はこのままじゃヤバい。挟み撃ちにされちまう、と悟ったんだろう。そこで咄嗟《とっさ》にバスの時刻を調べた。近場にやって来る便を調べ、バス停を目指した。上手いこと乗り込んで、窮地を脱した。枝波土はそう見てる」

「犯人はかなり広範囲を移動している、と言ったな。じゃあつまり、その足も」

炭野に郡司は大きく頷いた。「枝波土らはそう見てる。こいつはＩＴ技術と共に、路線バスも知り尽くしてる。だから渾名《あだな》をつけたそうだ。バスを使った釣り人。〝バスフィッシャー〟、ってな」

路線バスを自在に乗りこなし、ＩＴ技術も駆使できる男。先程よりも更に嫌な雰囲気が、場に満ちた。嫌な空気を振り払うため郡司は、話題を換えてくれたわけじゃない。逆だった。いつも穏やかな炭野でさえ、事件の話となると昔の眼が蘇《よみがえ》るのだ。郡司の場合はそれどころではなかった。いかにも元刑事、という鋭さが視線に宿っていた。眼をつけた者は逃がしやしない。触れれば切り裂く、というような視線が。

ちらり、と郡司がこちらを見た。鬼平の例のセリフが脳裏を過《よぎ》っているみたいだった。人間というのは妙な生きものよ。悪いことをしながら善いことをし、善いことをしながら悪事を働く……。さしもの吉住も口を挟むことができず、ただその場の成り行きを見守っていた。

「さぁさぁ。いよいよ今夜のメインディッシュ、ですわよ」そこに、夫人が帰って来てくれた。これまでの料理の出し方レベルではない。この上ない、絶妙のタイミングだった。「皆さん、これまでもお召し上がりだからこれくらいの大きさに切り分けてみましたけど。いかがでしょうか」

合鴨《あいがも》のステーキだった。身がつやつやと輝いており、見ているだけで唾が湧いて来そうだった。

「もっとお召し上がりなら、まだ焼いて来ることもできますけども。あら？　皆様、どうかなさいまして」

「あ、い、いえいえ」吉住が手を振った。これで張り詰めていた空気が拭い去られるかも、とホッとしているのかも知れない。「何でもありません。それより、あぁこれは素晴らしい。もうそろそろお腹《なか》がくちくなるかと思っていたが、これだったらもうちょっと食べたくなるかも」

「いやぁ、これは美味いなぁ」一切れ、口に入れて私も感嘆の吐息を漏らした。肉汁がじゅっ、と溢《あふ》れる。舌が喜んでいる。それを言うなら身体《からだ》全体が、だ。「もう一皿、頂くかどうか。それが思案のしどころ、か」そこで、いいことを思いついた。話題転換に丁度いい。「そうだ。郡司さんさっき入谷で、仰ってたじゃないですか。鬼平の自宅、実際と小説上とどちらかを選べと言われれば架空の方に行く、って」

「え、えぇ」戸惑ったように郡司が眉を寄せた。「それが、何か」

「実は最近、似たような話を耳にしたんです。こちらは郡司さんと違って、確固たる意志を持って選んでるわけじゃないんですけどね。気がついたらそっちに行ってる、という話なんですが。丁度いい。せっかくこうして奥様にもお会いしたんだ。今日も謎を解いてもらえませんか」

いえいえそんな、と謙遜しようとする夫人を制するように、切り出した。

西巣鴨に住んでいる砺波が、浅草に行こうとして気がついたら「草64」系統に乗っている。自分でも不思議で堪らない。詳しく説明すると皆、一様に腕を組んだ。

よかった、乗って来てくれた。

「『草63』と『64』系統かぁ」郡司が言った。お陰でつい今し方の〝バスフィッシャー〟の話題も、すっかり頭のどこかに行ってしまったようだった。「確かにあれは興味深い路線だ。出発地と終点は近いのに途中、くっついたり離れたりする。大きく別れた区間で乗るのならまだしも。分岐点でどちらかを選ぶのに結果的に、一方ばかりになるというのは解せない」

「あれ、似たようなコースを走りますが歴史的にはかなり違ってるんですよね」吉住が蘊蓄《うんちく》を垂れた。「『草63』は戦後に生まれた路線で、比較的まだ新しい。一方の『64』は昭和初期に、王子《おうじ》電気軌道などの民間が池袋〜王子間や王子〜三ノ輪間にバスを運行していたのが始まりなんです」

吉住の自宅は王子だという。地元の話題だから尚《なお》のこと、これだけ詳しいのかも知れない。

彼によるとそうして、民間の運営から始まった路線がその後、東京市バス（現在の都バス）に一元化された。戦時中に一時、途絶えたが戦後に復活しトロリーバスが走った時期もある。結局それも廃止されて現在に至っているという。つまりこちらは、昭和初期からの長い歴史があるのだ。

「へぇ、そうだったんですね」感心したがタブレットを取り出して確認する誘惑は、さすがに辛うじて封印した。せっかく運よく窮地を脱したのだ。わざわざ思い出させるような真似《まね》をすることはない。

「しかし、なぁ」炭野が指摘した。「似たような路線だが歴史は違う。それはそうなんでしょうけど、今回の疑問を解く鍵になるとは思えない」

「確かにそうです」吉住も認めて言った。「その人が『草64』系統に乗る頻度が高くなってしまうのも、そっちが歴史があるから、なんて理由からじゃぁないですよねぇ」

「その通りです」私も頷いた。「そもそも彼、そんな歴史の違いなんて最初から知らないと思いますし」のんびりしてどこか浮き世離れして見える、砺波の姿が浮かんでいた。もし歴史を知っていたとしても、そんなものにこだわって選択を変えるなんてことをする筈がない。第一そうであれば「自分でも不思議」なんて言葉も出て来ない。

「バスの接近表示も決め手にならない、というお話でしたよね」郡司が確認して来たので、頷いた。「どちらのバス停にも接近表示がある。これじゃ、選択の決め手にはならない。いやぁこりゃ、難問だなぁ」

「どうだぃ、お前」炭野がまふる夫人を向いた。「ご覧の通り我々じゃ、お手上げだ。お前なら何か、思いつくことがあるんじゃないのかぃ」

「あの、それじゃぁ出しゃばりついでに、一つだけ」夫人が控え目に切り出した。「ちょっと分からないことがありますの」

どうぞ、と促すと続けた。「私、よく分からないんですけども。バスの接近表示ってどの停留所も、みんな同じなんですの」

えっ、と首を傾げた。私だけではない。男は全員、同じようだった。

「そのご友人の方が仰ってましたよね。『どちらにも接近表示がある。幾つ手前のバス停まで来ている、とか。発車予定時刻まで後、何分ですとか』って。それとももう一つ。『草63』のバス停には幾つ手前の停留所まで来ているか、の表示は出るけども、バス停の接近表示は三つ後方までだから、それより離れていれば何も表示されない、って。ということは少なくとも『63』の方には、発車予定時刻まで後、何分かという表示は出ないわけですわよね」

そうだ、と手を打った。夫人と違って我々は、しょっちゅうバスに乗っている。なのに何故、そこに考えが及ばなかったのだろう。

「バスの接近表示は確かに、統一されていない」炭野が言った。「停留所によってバラバラだ。そこのところに何か、鍵があるのかも知れないな」

「分かりました」私は言った。「早速、明日にでも彼に話を聞いて、確認して来ます」

結果はやはり、まふる夫人の推察の通りだった。私は翌日、砺波に会って実際に両バス停まで足を運んでみた。

まず自宅に近い方の、「草63」停留所に行った。バスが幾つ手前まで来ているか。単純にデジタルの数字だけで表される。三つ以上、後方だと表示はされない。ハイフンのような横棒が出るだけである。

続いて「64」の方に行った。こちらは前者よりずっとハイテク仕様だった。

前述のようにここのバス停からは、「64」だけでなく「西新井駅前」行きの「王40甲」などいくつもの系統が出ている。それら全ての系統について、「次の発車予定時刻は何時何分か」「バスは幾つ手前の停留所まで来ているか」「後、何分で到着予定か」「終点まで乗るとどれくらいの時間を要するか」といった様々な情報が事細かに示されるのだ。より手厚い、という表現はできそうだった。

「あぁ、そうだそうだ。これだ〜」指差して、砺波は言った。「言われてみて、分かった。『63』の方は幾つ手前まで来ているか、だけで素っ気ないのにこっちは、あれこれと情報が示される。見ていて飽きないんですよ。発車予定時刻なんて、時刻表を見れば分かることなんですけどね。でもこんな風に入れ替わり立ち替わり情報が示されると、それだけで安心する。後、何分で到着予定かだって時刻表と手元の時計を見れば、済む話なのにね。でもやっぱり、こんな風に表示されるとそれじゃぁ待とうかという気になってしまう。それで向こうに戻る気もなくなってしまうんですなぁ。成程なるほど」

　成程、じゃぁない。自分の心の動きではないか。なのに自覚することもできず、「何でだろう」などと首を捻《ひね》っている。そもそも本当に疑問を解き明かしたいのであれば、両バス停をじっくりと見比べて自分の心理と照らし合わせてみればいい筈だろう。なのにそうはせず、他人事みたいに不思議がっている。やはり彼らしいと言えた。浮き世離れしているのは、見掛けだけではなかったのだ。

　ただ今回ばかりはそんな砺波が、私にとっては有難かった。せっかくの場が台無しになりそうだったところを、彼の提供してくれた謎のお陰で躱《かわ》すことができたのだ。まふる夫人の手料理も、最後まで満喫することができた。

「いやぁ、これでスッキリした」砺波は言った。「本当に有難うございました。長年の疑問を、解消してくれて」

「いやいや。それは私ではないんですよ」手を振った。礼を言いたいのはこちらの方だ、の言葉を何とか飲み込んだ。「ただこちらとしても、モヤモヤが吹っ飛んだのは同じだ。見事に解き明かしてくれたその方に、お礼を言っておきましょう」

「あぁ、そうして下さい。私が感謝していた、とくれぐれもお伝え下さい」

「ええ、そうします」

砺波と喫茶店でコーヒーを飲んで、別れた。

バス停に向かいながらスマホを取り出そうとして、止《や》めた。結果を報告するだけならこれでいいが、味気なさ過ぎる。やはり会って話した方がいい。炭野とまた一杯やる、口実にもなる。

奢《おご》るのは、俺か。考えていて、可笑しくなった。そもそも論から言えばお礼の一杯は、砺波が出すべきであろう。

ただ実はあの窮地から救ってくれた、この謎に芯から感謝しているのは私の方だ。だから懐を痛めるのに、本音としては何ら異存はない。

いつの間にか脳裡《のうり》にはまふる夫人の姿が浮かんでいた。彼女に会いたい、もう一度。突如、願望が湧いた。

普通ならご報告とお礼の一杯と言って誘い出すのは、炭野だけだろう。夫人まで出て来てもらうのは、非常識だろう。

だからと言ってまたご自宅まで押し掛けるわけにはいかない。そんな理屈はどこからも出て来ない。

さぁ何とか炭野だけでなく、まふる夫人にも会える手立てはないだろうか。考えながら、歩いた。お陰で気がつくと目的のバス停は、とっくに通り過ぎてしまっていた。

第五章　榎《えのき》の恩徳《おんとく》

我が家から路線バスで池袋に行くなら、都バスの「都06」系統でいったん渋谷に出、「池86」系統に乗り換えるのが早い。渋谷を経由するのは方向的には遠回りになるが、どちらの系統も便が頻繁に出ているので、結果的にそれが一番なのだ。だが、だからこそ、つまらない。

私は早目に家を出ると、「都06」系統の逆方向に乗った。終点の新橋に着くと「橋63」系統に乗り換えた。この路線は国会議事堂や自民党本部の前を走ったり、赤坂《あかさか》見附の手前では首都高の高架を回り込むようにUターンしたり、と乗っていて興趣《きょうしゅ》が尽きないのだ。

路線バス旅のコーディネイターを自称し、あれこれのコースを設定している内に自分も、実際に乗るのが本当に楽しみになって来た。凝った乗り方をしては一人、悦に入ることもしばしばだった。今日もまた、その一環と言っていい。

「橋63」系統は市《いち》ヶ谷《や》でお濠《ほり》を渡ると、外堀《そとぼり》通りを何といったん逆方向に向かう。市谷田町《いちがやたまち》の信号で左折し、牛込《うしごめ》中央通りを北上して大久保《おおくぼ》通りに出ると、後はひたすら西へと走る。途中ぐねぐねと曲がるルートもさることながら、霞が関や国会議事堂といった我が国の中枢と、大久保のような雑多な街並みの両方を味わえるのも楽しい。

ただ今日は、終点までは乗らなかった。中途の「牛込柳町《やなぎちょう》駅前」で「白61」系統、「江戸川橋《えどがわばし》」では「上58」系統へと次々乗り継ぎ、「護国寺《ごこくじ》正門前」で「都02乙」に乗り換えた。江戸川橋から護国寺前までなら歩いても何てことのない距離だが、丁度「上58」が来てくれたのだから仕方がない。巡り合わせには便乗させてもらうだけである。

「都02乙」に乗って漸《ようや》く、本来の目的地の池袋に至る。普通なら一回の乗り継ぎで済むものを、わざとこうして遊ぶ。路線バス旅の醍醐味《だいごみ》だった。

池袋駅に着くと線路の反対側、西口へと回り込んだ。駅地下の自由通路で、何本も並ぶレールの列を潜《くぐ》った。地上に出た先、東京芸術劇場前が待ち合わせ場所だった。

「あら、どうも。お久しぶりです」既に、来て待っていた。こちらを見てぱっと破顔した。文字通り、弾《はじ》けるような笑顔だった。「今日は本当に、楽しみにして参りましたのよ」

「お待たせしてしまいましたかな」小さく頭を下げた。「それは申し訳ありませんでした。ちょっと、遊びでぐるぐる乗り回して来ましたものですから」

「いえいえ。ちょっと早目に着いてしまいましたの。本当に楽しみで家にじっとしていられなくって、さっさと出て来てしまったものですから」

小寺夫人だった。亡くなった旦那さんが通勤に愛用していたバスに乗ってみたい、と私に依頼があり、共に乗って小さな旅を楽しんだ、彼女である。あれ以来、路線バスの魅力にすっかり取り憑かれてしまったのだという。また一緒にどこかへ行ってみたい、と連絡を受けたため、今日はこうして会うことにしたという次第だった。

「やぁ、もう来ておられましたか」

「お待たせして、済みません」

間もなく、もう二人も到着した。炭野と吉住だった。元々はこの二人から行こうと誘われていたのである。そこに小寺夫人からも連絡があったため、せっかくだから一緒にどうですかと誘ったのだった。二人と夫人はこれが初対面である。私が間に立って、簡単に紹介した。

「あぁ、あの時の」炭野が膝を打った。そう言えば私が初めて彼と話をするようになったのも、元々は彼女でツアーを同行し、等々力《とどろき》で別れた直後だった。「私あの時、同じバスに乗っていたのですよ」炭野が小寺さんに打ち明けた。「それまでにも何度か、この人をバスの中でお見掛けしていたんですが。いつもお連れさんが違うなぁと不思議に思っていて。それで出しゃばり覚悟で、話し掛けてみたのがこうしておつき合いする切っ掛けになってくれたんです」

確かにあれを端緒《たんしょ》として、バス乗り仲間が次々と増えた。本当に豊かな人脈に繫《つな》がってくれたものだ。

「さぁ、紹介が終わればいよいよ出発だ」吉住が言った。「これまではいつも男ばかりで、どうもむさ苦しくていけなかった。今日はご婦人が参加してくれて、やはり華やかでいい。いらして下さって、感謝です」

「まぁ、お上手ですこと。こんなお婆《ばあ》ちゃん、いても邪魔になるだけでしょうに」

「そんなことはない」野郎三人、同時に手を振った。首の振りも大きかった。「今日、参加して下さって心から有難く思ってますよ。大歓迎です。さぁ、行きましょう行きましょう。楽しんでもらえるといいんですが」

目的のバスはもう目の前に到着していた。国際興業バスの「池20」系統。同じ会社の「池21」でもいいのだが今、来ているのは「20」の方だった。早速、乗り込んだ。

バスは、東武鉄道やＪＲの発着する池袋駅を背にして、出発した。ところがロータリーでぐるりとUターンすると、いったん駅舎に向かって走り出す。突き当たって、左折。駅前の大通りの交差点に出て、更に左折した。今度こそ本当に、鉄路に背中を向けて走り始めた。

「何だか無駄にUターンしたような気も、しないでもないですね」私は言った。「さっきのロータリーを回り込まずに、目の前の道に出ることはできなかったんでしょうか、ね」

「そうそう」炭野がフロントガラスの先を指差して、頷《うなず》いた。西口五差路の信号で停車していた。左斜め前に見えるのは、池袋のマルイである。「あの時、目の前の道を右折していればこの交差点に出ていた筈《はず》なんですからね。何でまたあんな、大回りをしたんだろう」

だがこれも、路線バスに乗る楽しみの一つなのだ。運営する側には何らかの理由があるのだろう。何の意味もなく無駄にバスのコースをうねらせれば、不都合を被るのは他ならぬ会社側なのだから。とある経緯があって現在のルートに落ち着いているのは、間違いない。ただ乗っているこちらには、事情などよく分からない。何でこんな行き方をするんだろう。不思議に思いながらワイワイ言っている内に、時間が過ぎて行く。

バスはマルイの前を通り過ぎ、駅前大通りの繁華街を真っ直《ま》ぐ《す》突っ切って山手通りに出た。要町《かなめちょう》一丁目の大きな四つ角を右折した。

後はこの山手通り沿いに、北上するだけである。途中で、目的地に到着する。

実はこのまま乗り続けていれば「池20」系統は大通りを離れ、グネグネと曲がりながらゴールを目指す。終点は高島平《たかしまだいら》の車庫である。片や「池21」の方も大通りに沿って新河岸《かし》川を渡り、そこから左折して工場や倉庫街の中を突っ切る。右手は直ぐ荒川で、越えると埼玉県に入る。つまり県境に沿うようにして走るわけで、こちらもなかなか面白そうな路線だ。こっちの終点は都営三田線の高島平駅前である。

ところが今日はそんなところまでは行かず、間もなく降りることになる。ある意味、あまり変化のないバス旅と言っていい。事前に調べて知っていたからこそ今日は、待ち合わせ場所までは凝った乗り方をして来たのだ。できるだけ楽しみたい。路線バス好きの矜持《きょうじ》である。

山手通り沿いに走っている内やがて、右手の中央分離帯が斜めにせり上がって来た。少なくとも通りを走っている目には、そうとしか映らなかった。やがてせり上がって来たものは高架道と化し、我々の頭上に覆い被《かぶ》さるように走り出した。首都高速中央環状線である。ここまではトンネルで、山手通りの地下をずっと走って来た。それがここの辺りで地上に現われ、高架橋に繋がるのだ。

この先では今度は、右からやって来た首都高5号池袋線と合流する。更にその先では環状線が池袋線と別れ、右へと離れて行く。二つの首都高がX形に交わっている構造なわけだ。いつも思うがどんな天才がこんな道路を設計し、また実際に施工して造り上げているんだろうと不思議になる。少なくとも私の頭からは金輪際、こんな道路を造ろうなんて発想は生まれようがない。

「やぁ、もう次かな」車内放送を聞いて、吉住が呟《つぶや》いた。次の停留所は「板橋《いたばし》区役所」だと告げていたのだ。

停車ボタンを押そうと中腰になったので、ちょっと待って、と遮った。「板橋宿を見に行くのなら、もう一つ先で降りた方が近いみたいです」

タブレット端末に地図を呼び出し、示して見せた。「やぁ、本当だ」納得して吉住は、座席に腰を戻した。「こういう時は本当に、貴方《あなた》がいてくれると助かりますなぁ」

男三人は健脚で、少々の距離でも平気で歩くと分かっているが今日は、ご婦人もいる。彼女なら、本当は疲れたとしてもそんな素振りは見せないよう装ってくれるとは思うが、逆にそうした気遣いをさせてしまうのも申し訳ない。あまり歩かなくて済むようなコースを設定するのが無難だった。

初参加の小寺夫人がいてくれる一方、今日は郡司が来ていない。本当は参加したかったのだが娘の嫁ぎ先と家族どうしの食事会があるとかで、今回はパスと断って来たらしい。

正直に言うと、聞いて、少なからず嬉《うれ》しかった。どうもあの男は苦手である。さすがは元刑事らしく、何かと言うと人の腹の内を探ろうという視線を向ける。眼から、胸の中を見透かされるような光が放たれる。同じ元刑事だがその点、柔和な炭野とは全く違った。いや、本当は炭野だって人の腹を探ろうとしているのかも知れないが、少なくとも表に出すことはない。郡司はあからさまだった。今日も彼がいればこうしてタブレットなんかを示していると、またぞろ嫌な話題を持ち出して来ていたに違いない。

「板橋区役所」バス停を出て更に先に進むと、右から大通りが合流して来た。国道17号、中山道《なかせんどう》だった。山手通りはここで終わりである。一応「環状6号線」とも呼ばれるがさして環《わ》は描いてはいない。その点、本当に都心部をぐるりと囲む明治通り（環状5号線）や、環状7号線とは大いに違う。

中山道との合流部を過ぎてちょっと行くと、目指すバス停「仲宿《なかじゅく》」だった。四人で、連れ立って降りた。

「その先に、神社があるみたいですわね」通り沿いの先に見えた木立を指差して、小寺さんが言った。「せっかく初めての場所に来たんですもの。土地の神様に挨拶してから参りましょうよ」

誰も異存のあるわけがなかった。行ってみるとちょっとした規模の、氷川《ひかわ》神社だった。中山道からビルを挟んだ左側に、参道が細長く伸びていた。緑濃い並木に縁取られた参道で、雰囲気もいい。ぶらぶらと歩くだけで気分がよかった。突き当たりに立派な拝殿があり、皆で賽銭《さいせん》を入れて手を合わせた。今日の旅もきっといいものになりそうだ。勝手に思えた。

神社の境内を出て中山道に戻った。信号があったので横断歩道を渡った。向かい側の路地へ真っ直ぐ入ると、左右に伸びる商店街に突き当たった。道路際に立つ街灯には「仲宿」の表示があった。

「ここですね」

「ええ、そうです」

ここは旧中山道。板橋宿の跡だった。

江戸時代、日本橋を起点にして江戸から伸びる主な街道は当時、五つあった。東《とう》海《かい》道、甲州《こうしゅう》街道、中山道、奥州街道、日光街道である。それぞれ一定間隔ごとに宿場町が設けられた。日本橋を出てから最初の宿場が東海道では品川、甲州街道は新宿（内藤《ないとう》新宿）、奥州街道と日光街道では千住、そして中山道においてはこの板橋宿である。

品川には以前、炭野と吉住とで遊びに行ったことがあったらしい。落語『居残り佐平次《さへいじ》』の舞台ということで実際に行ってみたのだが、予想外の展開があり大いに楽しめた。何と本当にその街に居残っている、外人さんを助けることに繋がったのだという。

「あれは面白かったなぁ」吉住がしみじみ振り返っていた。「その、居残った外人さんというのが名前を『サベージ』君といったのですよ。つまりは『居残りサベージ』ってわけで」

「あんなことになるとは正直、思ってもみませんでしたよね」炭野も思い出して、楽しそうだった。「何とか彼を助けることができて、よかった」

この時も謎を見事に解き明かしてくれたのは炭野の奥さん、まふる夫人だったという。

旧宿場町というのは今も人の交流が盛んだから、色んなことが起きる。だから興味が尽きないのだと盛り上がった。ならば次は板橋宿に行ってみようという話になり、今日の旅に繋がった次第である。

「私も旧品川宿には遊びに行ったことがあります」小寺夫人が言った。「あっちは昔の面影を残そうと、あれこれ工夫してますわよね。歩いているだけで江戸時代に行けたみたいで、楽しかった」

「それに比べればこっちは、今は普通の商店街に過ぎない感じですね」炭野が言った。「実は元は板橋宿だった、なんて知識がなかったら、他の商店街と別に変わらなく思えてしまう」

「まぁそれはそれでいいんじゃないですか」私は言った。「私は品川宿にはちゃんと行ったことはないが、観光名所として努力して残すもよし。またこちらのように、今は普通の商店街として賑《にぎ》わっているのもよし。どちらのあり方もいいと思いますね」

人通りはかなり、多い。車も頻繁に行き交う。買い物袋をぶら提《さ》げた人。何かの作業員なのか、制服に身を包んだ人。子連れのお母さんも何人も見掛けた。開店の準備をしているのか、料理服のまま引っ込めた暖簾《のれん》の内外をせっせと出入りしている人の姿も見受けられた。ここは今も生活が息づく街なのだ。江戸時代からずっと、こうした賑わいを見せていたのだろうと感じられた。これはこれで、いい。

「そういうこと」吉住が頷いた。「さぁ、先へ進みましょう。この先が、いよいよ」

吉住は元は不動産屋だったといい、本当にあちこちの街をよく知っている。案内役をお願いするのに、適任だった。

彼に誘われるままに商店街を北へ向かうと、直ぐに川に出た。石神井《しゃくじい》川だった。向こう側へ渡る橋が架けられていた。

「これが、もしや」

小寺さんに、吉住が頷いた。「そう、これです」

板橋だった。今はコンクリート製だが、江戸時代は（当たり前だが）木製で、太《たい》鼓《こ》橋《ばし》だったという。何ら変哲もない小さな橋だが、これが宿場町の名の由来であり、今は区名にまでなっているのだ。

「本当はコンクリート製だけど、元々の木製に見えるようにデザインされているのね。素敵だわ」

橋の上に出ると、石神井川の川面《かわも》を見下ろすことができた。堤《つつみ》も川底もコンクリートで覆われ、深く掘り込まれている。洪水対策なのだろうが、そういう意味では水路といった趣きで風情はない。ただし両岸には木がずらりと植えられていた。桜だった。これは季節に来れば、満開の花をつけた枝が川へと垂れ下がり見事な眺めであることだろう。

「おや、ちょっと待って」炭野が何かに気づいたようだった。「この公園、ちょっとおかしいぞ」

橋に差し掛かる手前、右側に細長い公園が伸びていた。U字形をしており、向こうの端はまた川に繋がっているようだ。

「これはきっと、元の川の跡だな」炭野が指摘して言った。「こっちの方が本当の、石神井川の流れだったのに違いない」

「そうすると何ですの。昔はこんなふうに蛇行していたのを今は、真っ直ぐ突っ切って川を通しているということですの」

「そういうこと」炭野が頷いた。「これも洪水対策の一環でしょう。蛇行していたのをショートカットして、護岸工事で固めたんだ」

「まぁ」

そう言えば小寺夫人の旦那さんは、大手建設会社に勤めていたと聞いた。だから普通のご婦人よりは、護岸工事だの流路変更だのといった話題にも馴染《なじ》みがあるのかも知れない。生前はとても仲がよく、色んな話をしていたというから、尚更《なおさら》だ。

「すると、今の川は元の流れとは違う、と」私は言った。「て、ことは。昔の橋はこっちに向いて架かっていたということになりますよね」

「あ、そうだ」炭野が手を叩《たた》いた。「ということは今の板橋はコンクリート製、というだけじゃない。架かっている向きまで違う、ということになる」

「まぁまぁ、いいじゃないですか」吉住が取り成すようにして、言った。「橋がこの位置にかかっていたことは間違いないんですから」

「いや別に、因縁をつけているわけじゃないんですよ」炭野が苦笑した。「ただ、昔と今は違う。そんなことに思いを巡らすのも、旧跡を訪ねる楽しみの一つなわけで」

「そう言えば」小寺さんが話題を換えた。「吉住さん、落語にお詳しいとお聞きしましたけど。品川宿には『居残り佐平次』という所縁《ゆかり》の噺《はなし》もあると伺いましたけど、こちら板橋宿にはそういうものはないんですの」

「いやぁ、それが」吉住が頭を掻《か》いた。「こっちにはあまり、所縁の落語はないみたいなんですよねぇ。知っていれば蘊蓄《うんちく》の一つも垂れて、知ったか振りもできたんですけども。寡聞《かぶん》にして、なかなか」ただし、と思わせ振りに先を指差した。「ただしこの先に、面白いものが、一つ」

行きましょう行きましょう、と橋を渡った。商店街の表示は「板橋本町《ほんちょう》」と変わった。

「橋を渡ったこちら北側は、南の『中宿《なかしゅく》（今は仲宿）』に対して『上宿《かみしゅく》』と呼ばれていたようです」吉住が解説してくれた。「仲宿よりもっと南、中山道を渡ってJR板橋駅の方へと続く一帯は『平尾宿《ひらお》』といったとか。つまり、一口に『板橋宿』と言っても実際は三つに分かれていたんですね」

さぁここです、と辿《たど》り着いた。街道沿いの右手、角口にある小さな神社だった。参道の入り口には木が生えていた。

「あっ、これですか」幟《のぼり》を見て、分かった。「ここが有名な、『縁切り榎』」

江戸時代、男女の悪縁を切りたい時などにはこの榎の樹皮を剝がして煎じ、密《ひそ》かに飲ませると成就するとされて庶民の信仰を集めたという。幕末の文久《ぶんきゅう》元年、「公武合体」のため徳川家茂《とくがわいえもち》の元へ嫁ぐべく京を発《た》った和宮《かずのみや》は、中山道を通って下向したがこの榎の傍《そば》を通るのは縁起が悪い、とわざわざ一kmもの迂回《うかい》路を造って江戸へ向かった、とか。それくらい当時から霊験あらたか、と信じられていたわけだ。

「江戸時代この道向かいに旗本、近藤登之助《こんどうのぼりのすけ》の抱え屋敷があったそうです」吉住が説明して言った。「その垣根の際に榎と槻《けやき》の古木が生えていて、『榎《えん》が槻《つき》る』ということから『縁切り榎』と呼ばれるようになった、とか」

「何だ」何だか拍子抜けした。「ただの駄洒落《だじゃれ》じゃないですか」

「でもそれが今に至るまで、信仰の対象として続いているんですから。何らかの効能はあるのかも知れませんよ」

「まぁ、嫌だわ」小寺さんが忌まわしそうに身を震わせた。「私せっかく皆さんとこうして、お知り合いになれましたのに。こんなところに寄ってその縁が台無しになってしまったのでは、堪《たま》りません」

「まぁまぁ」またも吉住が、取り成すように言った。「ここで切れるのは人の縁だけじゃない。飲酒やギャンブルといった、悪習との縁も切れるということで」

「酒との縁は切りたくありませんなぁ」私は冗談めかして言った。「やっぱりここへは、寄らない方がよさそうで」

「まぁまぁ、そう仰《おっしゃ》らず。ちょっと悪趣味ですがここの絵馬だけでも、一見の価値がありますよ」

吉住に誘われて参道に入ると、言われた通り絵馬がずらりと掛けられてあった。まずは奥の小さな社《やしろ》に手を合わせ、掛けられた絵馬をちょっと覗《のぞ》いてみた。

ぷっ、と思わず吹き出した。「○○さんとの縁が切れますように」という昔ながらの男女の仲ばかりではない。「上司の××さんと二度と同じ部署になりませんようにに」といった、現代の組織社会ならではのお願い。「お酒を止《や》められますように」「パチンコを止《や》められますように」という吉住の指摘した、悪習から逃れたいとの願いも。中には「□□の団体の幹部職を辞められますように」という絵馬まであった。いやはや、と畏《おそ》れ入った。縁切りと一口に言っても色んなジャンルがあるものだ。

「幹部を辞めたい、なんて。この団体、本当に嫌なところなんでしょうなぁ」

「役職なんか仰せつかると、あれこれ押しつけられて鬱陶しいとこなんじゃないですか」

「いやいや。もっと上に嫌なトップがいて、そいつの相手するのはご免だということかも知れませんよ」

「あぁ成程。それもありそうですなぁ」

不謹慎だと思うがついつい興味が湧いて、想像を逞《たくま》しゅうしてしまう。書いた本人は冗談ではなく大真面目《おおまじめ》だろうが、だからこそ可笑《おか》しくなってしまうのだ。

「まぁ、酷《ひど》いわ」小寺夫人が頬を膨らませた。「人の切実なお願いなんですよ。それを、笑い物にするなんて」

「いやいや、面目ない」

小さな神社なので神職は常駐していない。絵馬は隣のお蕎麦《そば》屋さんで売っているようだった。営業時間にも影響するのだろう。売っているのは何時から何時まで、とまで細かく記されていた。これだけの量である。買い手がどっと押し掛けたのでは店の営業どころではなくなるのかも知れない。

「一つ、買ってみますか」

「しかし、何の縁を切って下さいとお願いしますか」

「そうかぁ。今のところ、縁を切りたい相手なんかいませんなぁ」実を言うと胸の内では、「郡司」という名前が浮かんでいた。だが勿論《もちろん》、口に出すわけにはいかない。「止《や》めたい悪習もありませんし」

「もう。いい加減になさらないと罰が当たりますよ」小寺さんからまたも、窘《たしな》められた。「神様のご利益を、冗談の種にするものではありません」

「はいはい。これは、恐縮です」

ふと気がついた。さっきから炭野が大人しい。見ると一枚の絵馬を、じっと見詰めていた。深く考え込んでいるように映った。

歩き疲れた後の一杯は、お宮の隣の蕎麦屋で頂こうかというアイディアもあった。絵馬を売っている所縁の店だし、榎にちなんだメニューもあるようだ。だがあまり盛り上がっていると、またぞろ小寺夫人から叱られてしまい兼ねない。おまけにさっきの、炭野の様子もあった。あれは、何だったのか。訊《き》くためには、ちょっと離れたところまで行ってからの方がいいのではと思えた。

そこで少々歩くが、と提案した。「板橋区役所の近くに、今どき珍しい古い大衆食堂があるみたいなんですよ。よろしければ行ってみませんか」

「まぁ、行きた〜い」一番、乗り気だったのは小寺さんだった。「大衆食堂に行くのなんてホント、久しぶり」

実際に歩いてみると、夫人はかなりの健脚のようだった。バス停二つ分くらい歩いたのに、疲れた素振りは全く見せなかった。むしろ我々の中でも歩く速度は決して負けていない方だった。なるべく最寄《もよ》りのバス停まで行くように、としたさっきの配慮は、結果的に見当違いだったわけだ。ただし気遣いが無意味ということにはなるまい、と自分に言い聞かせた。

目指す食堂は最初に通り過ぎたバス停「板橋区役所」の直ぐ近くだった。山手通りから細い路地に一歩、入ったところだった。一戸建ての店舗で、いかにも時代が掛かっている。入り口の引き戸の前に「日替わり定食」の看板があり、右手の大きな窓にメニューが短冊《たんざく》で貼り出されていた。

「まぁ、何これ。安〜い」小寺さんが看板を指差して、言った。「『日替わり定食』五百円ですって」

「しかも、内容も舐《な》められませんぞ」吉住が言った。「ご飯に玉子スープ、鯖《さば》の塩焼きにマカロニサラダとお新香までついている」

「他のメニューも凄《すご》いですわ。かぼちゃ煮もポテトサラダもおひたしも全部、百円！」

「ねぇ。面白そうでしょう。私もネットで見つけて、ちょっと行ってみたいなと思ったんですよ。さぁ、入りましょう入りましょう」

中は昔懐かしい店構えだった。ビニールのクロスが掛けられたテーブルが六つ程。椅子も昔ながらの丸椅子である。いいねいいねぇ、を連発しながら席に着いた。生ビールはなく瓶だけだったのでまずは二本、注文した。つまみになりそうなものを何品か頼んだ。どれも百円だの二百円だのの値段ばかりである。一番、高くて「生姜焼《しょうがや》」の六百円なのだ。

「しかし」吉住が小寺夫人にビールを注《つ》ぎながら、苦笑した。「この瓶一本で五百円。それでも良心的な値段だけれど、『日替わり定食』と同じだなんて」

「それだけ定食が安過ぎるんですわよ。あの値段で、利益なんてあるのかしら」

「本当ですよね。さぁ、呑《の》みましょう呑みましょう」

乾杯した。歩き疲れていたからビールが尚更、心地《ここち》よい。あぁ美味《うま》い。一口、呑み干して、ぷはーっと長い息を吐いた。

「ねぇ、吉住さん」一息ついて、小寺さんが話題を持ち出した。やはり彼女も、興味津々なのだ。「さっき私が『板橋宿』の落語はないんですか、とお訊きしたら思わせ振りなこと仰ってたじゃないですか。あれはやっぱり、あの榎にまつわるお噺なんですの」

「あぁ、そうです」すっかり忘れていた、と断って話を継いだ。「題もそのまま『縁切り榎』なんですけどね。実はかなりマイナーな噺で、私も誰かが演じているのを実際に聴いたことはないんです。ただ、本で内容を読んだだけで」

つき合っている女性が二人いて、どちらを選ぼうか悩んでいる優柔不断な若旦那《か》が主人公らしかった。女房にするには一人に絞らなければならないが、どちらも可愛《わい》くてどうしても選べない。迷った挙句、友人に相談すると縁切り榎のことを教えてもらった。木の皮を削って煎じて飲ませれば縁が切れるというので、板橋に来てみた。

　すると丁度、二人の女も来ていて鉢合わせした。若旦那が「私と、他の女との仲を割いて自分が女房になれるように、とお参りに来たのかぃ」と訊くと、二人は口を揃《そろ》えて「いいえ。旦那との縁を切りに来ました」

　苦笑した。「まぁ」と小寺さんが声を漏らした。「滑稽ではありますけども、あまり笑えませんわね。ちょっと後味が悪い感じ」

「そうですね。それもあって今は、あまり高座に掛ける噺家さんもいないのかも」

「そう言えば吉住さん」思い出して、私は訊いた。「榎にまつわる噺がもう一つ、ありませんでしたっけ」

「『怪談乳房榎』ですか。女房と弟子が不義密通してしまい、邪魔になって殺された絵師が霊になって現われる、という三遊亭圓朝《さんゆうていえんちょう》作の怪談噺ですけどね。大抵はそこで噺を終わりにしてしまうんですが、それじゃ榎は出て来ない。続きがあるんです。念願通り弟子と一緒になったその女房だが、乳房に腫れ物が出来て狂い死んでしまう。下手人《げしゅにん》一派の移り住んだ寺には榎が生えていて、幹には乳房のようなコブがあり先端からは甘い樹液が垂れていた、と。所縁のその寺ですが、ここからはちょっと離れています。東武東上《とうじょう》線の下赤塚《しもあかつか》駅が最寄りですか、ね。ただ確かにどちらも板橋区内であることに間違いはありません」

本当に吉住はよく知っている。こちらの榎も結局、男女の出会いと別れの噺というわけだ。感心していて脇を見ると、未《いま》だ炭野が物思いに耽《ふけ》っているのに気がついた。考えてみれば縁切り榎からずっと、こうだったのだ。

そこで、話し掛けた。あそこで絵馬を見てから考え込んでいるようでしたが、と振ると「あ、あぁ」と頷いた。「実は、そうなんです。先日、ちょっと話を聞いて。それで気になっていたんですが」

知り合いの女子高生のことらしかった。

元々はふとしたことから出会った中学生の男の子を、助けたところから縁は始まった。名を球人《きゅうと》君といい、友人に裏切られたと思い込んで不登校になっていたのが、実は単なる聞き間違いによる誤解だと判明した。友情が蘇《よみがえ》り、元通り学校にも通えるようになった。

すると今度は球人君から、従姉《いとこ》という女子高生の相談を持ち掛けられた。毎朝、家に花が届けられるという。それが誰からのものなのか分からず、戸惑っているという。ならば炭野さんにお願いすればいい。どんな謎でも解いてくれる。球人君はすっかり信じ込んでいたのだ。その点については、彼は間違っていない。ただし厳密には謎を解くのは炭野本人ではなく、まふる夫人だというだけで。

「あぁ、あの娘《こ》ですか」吉住は知っているようだった。「確か名前は、華恋《かれん》お嬢」

「ええええ、そうなんです」

いつもながらの夫人の見事な推理で、花の届け主が誰なのかは分かった。漕艇部《そうてい》に所属しており、早稲田《わせだ》大への進学も決まっている、という高校の先輩だった。

「大学でも漕艇部に入って頑張る、と言っていた彼でしたよね。えぇと確か、名前は撞刃冴《つばさ》君」吉住が記憶を辿るようにして、言った。「お二人の仲はあれから、上手《うま》くいっていると聞いたと思うんですが」

「そう、そうなんです。お陰様でいいおつき合いをしていると聞いて、私としてもよかったなぁと喜んでいたところでした。なのに」

絵馬を見ていた場所が場所である。次の話の展開は何となく、予想がついた。

「球人君から先日、連絡があったのです。華恋お姉ちゃんが最近、落ち込んでるみたいなんだ、と。聞くところによれば縁切り榎にまで、お願いに通っているらしい、と」

「男女の仲で、あの神社」小寺さんが両手で口を覆った。「それじゃ、まさか」

「ええ、そうなんです」炭野は頷いた。苦し気な表情だった。「あれだけ絵馬が沢山ありましたが、いくつか捲《めく》ってみて直ぐに見つけました。そこにはこうあったのです。『撞刃冴さんと別れたいのに、どうしてお願いを聞いてくれないんですか。どうか助けて下さい。華恋』と」

自宅に戻って来て、ふぅと息をついた。四人であちこち動き回った後だから、一人になると寂しさが募る。最近は特にそうだった。楽しければ楽しい程、反動が辛《つら》いのだ。だからと言って最初から行かない、という選択肢はあり得ないが。これも歳《とし》のせいかな、と苦笑した。

机に着いてデスクトップのパソコンを立ち上げた。主宰するウェブサイトを開き、今日の模様を写真付きでブログにアップした。

このサイトは私のバスツアーの宣伝でもあり、成果の発表の場でもある。いいツアーが実現できればその模様を報告することで、ＰＲにも繋がる。最近では客から依頼されたツアーばかりではなく、こうして私的に楽しんだバス旅についてもレポートを書き込むようになっていた。

板橋や榎などを写した写真を、次々アップした。最後に、皆で撮った記念写真。例によって私の胸のバッヂも、綺麗《きれい》に写っていた。事前にブログにアップしていい、と了解を得ていたので最初から胸ポケットのところにつけて行ったのだ。改めて見て皆、いい笑顔だった。絵馬を見て以来、浮かない表情だった炭野もこの時ばかりはにこやかな笑みを浮かべていた。

お陰様でブログは好評で、閲覧者の数は着実に増えていた。「とても素敵なレポートでした。次は私も参加してみたい」といった、新規客候補となりそうな人からの書き込みも結構な数、あった。

閲覧者は確実に、増えている。勿論、書き込みをしてくれる人ばかりではない。ただ興味本位に、定期的に覗きに来てくれる人だっている。閲覧者の数は分かるが、顔は見えない。どこの誰なのかも分からない。

その中に、もしかしたら……。一抹の期待があった。

ブログをアップし終わると椅子の背凭《せもた》れに体重を預け、うんと一つ伸びをした。もう一度、ふぅと息を吐いた。電灯をつけているのに何だか、室内が妙に暗いように感じられた。


「あぁ、落ち着かないわ」言葉通り、小寺夫人がそわそわと身体《からだ》を小刻みに動かした。「いったい、どうなっているんでしょう」

「まぁ、話の中身が中身だ」私も実は、同じように身体を揺すりたい心境だった。ただ目の前の夫人を制することで、辛うじて抑えた。「時間が掛かるのもしょうがないですよ」

赤羽《あかばね》に来ていた。いったい撞刃冴君との仲に、何があったのか。炭野が華恋嬢に話を聞くためだった。彼女の自宅のあるのが赤羽だったのである。球人君、経由で用件を伝え会うことに同意してくれたので、こうして出向いて来た次第だった。

言うまでもなく私と小寺さんは、無関係である。一緒に来たところで意味はない。こんな話、初対面の人間の前で少女がしてくれるわけもなく、会えるのは炭野一人と決まっている。我々がついて来たところでできることなど何もない。

それでもじっとしてはいられなかった。同席はできないが、近くで待機しているから。炭野に告げて、こうして居酒屋で話の終わるのを待っていた。炭野と華恋嬢は、近所の喫茶店で会っている。

「話の終わるのを近くで待つのなら、いい店がありますよ」吉住が教えてくれた。花の届け主が分からない、との相談を最初に炭野が受けた時、彼もこの店で待機していたらしい。「赤羽は『昼呑みの聖地』とまで呼ばれる程、早くから開いている呑み屋が多い街なんですが」彼は言った。「あの店ならゆっくりできるから、のんびり待つのには丁度いい」

本当は彼もこの場に来たかったのだ。ただ今日はどうしても外せない用があるとかで、泣く泣く諦めた。だから本来ならこの店には、三人もの爺《じい》さん婆さんが待機していた筈だったのである。

「吉住さんはゆっくりできるからいい、とここを紹介してくれましたけども」小寺さんが言った。「とてものんびりなんかしていられませんわ。気になって気になって」

一応、居酒屋なので酒を頼まなければならない。つまみも一品ずつは注文する必要がある。だが二人の前に供された酒もつまみも、なかなか減りはしなかった。夫人の言う通り、一杯やりながらのんびり待つ気にはとてもなれないのだ。

「そんな若い二人が、ねぇ。せっかく上手くいっていたのに。縁切り榎に頼みに行かなければならなくなるまで、追い込まれるなんて。本当に可哀想《かわいそう》。何とか助けてあげることはできないものかしら」

小寺さんの言葉はそのまま、我々全員の本心だった。若い二人が上手くいっている。話に聞くだけで気分がいい。こちらまで嬉しくなって来る。逆に上手くいっていないとなると、助けてあげたい心境になってしまうのだった。これも老婆心と言うのだろうか、と訝《いぶか》った。私らに関する限り、「老爺心《ろうじいしん》」になってしまうのだろうか。

やがて、炭野が戻って来た。見るからに打ち拉《ひし》がれている様子だった。疲れ切ったように席に腰を下ろした。ビールを頼んだので、三人で乾杯した。

「いや。お二人方につき合って来てもらって、よかったですよ」一口、呑み干してから彼は切り出した。「泣いている女の娘《こ》の相手をするなんて、滅多にあることじゃありませんからね。こっちだって落ち込んでしまう。直後に会ってくれる人がいる、と思えたからこそ耐えられたようなものです。一人切りだったら重圧に押し潰されていたかも分からない」

「それで」小寺さんが身を乗り出した。「どういうことだったんですの」

「ええ、それが」

ポツポツ、と話し始めた。

まずは、大前提である。炭野とまふる夫人の貢献もあって、華恋嬢と撞刃冴君とはおつき合いを始めた。とてもいい関係になれた。それは学年が上がり、撞刃冴君が早稲田大に進学してからも変わることはなかった。

ただし会える時間はそれまでよりは格段に減った。撞刃冴君が宣言通り、大学でも漕艇部に入ったためである。大学の部活動の忙しさは高校の比ではない。練習は厳しく、終わって家に帰ればそのままベッドに倒れ込むような日々が続いた。撞刃冴君は才能があり、一年生ながら早くも正選手として試合に出場するようになったため、尚更である。とても放課後に彼女と頻繁に会い、恋の花を咲かせる余裕なんてなかった。

「まさか」小寺夫人が訊いた。「そうして会う時間が少なくなって、お互いの心も遠退《とおの》いてしまったというのではないでしょうね」

「いいえ。そこはそうではないようです」炭野が首を振った。「大学に行けば部活動が厳しくなることくらい、最初から分かっていた。彼女だって覚悟していたと言ってました。むしろ自分なんかに現《うつつ》を抜かし、大切な部活を蔑《ないがし》ろにするような男《ひと》だったら幻滅していたろう、と。必死で練習に励む彼を、華恋嬢は陰ながら応援していたんです」

今は実際に会えなくとも、SNSでいくらでもコミュニケーションができる。忙しくても打てる時に打ち、返事を読めばいい。我々の若い頃とはツール環境が大きく違うのだ。その点は現代の若者の方が恵まれている、と言ってよかろう。

「LINE、というんですか」炭野は言った。「私はよく分からないがそういうのを使って、連絡は常に取り合っていたというんです。どれだけ練習が忙しくても撞刃冴君は、一日一度は必ず返事を寄越して来た。それだけで自分は幸せだった、と華恋嬢は言うんです。頑張って、と励ますことしかできないけど、それ以上のことを望むなんて贅沢《ぜいたく》だと思っていた、と」

「まぁ」小寺さんは胸の前で指を組み合わせた。「何ていじらしい」

「しかし」私は言った。「それがどうして、拗《こじ》れることに」

「ええ、そこなんです。LINEで遣《や》り取りできるからいい、と言ってもやっぱり本音では、実際に会いたいというのが女の娘《こ》の気持ちでしょう。言葉とは裏腹に寂しさが募って行った、というのは仕方のないところだったでしょう」

そこに、横槍《よこやり》が入った。撞刃冴君は女性に人気がある。見た目がいい上にスポーツマンだから、モテるのも当然だろう。華恋嬢とつき合っている、と知ればならば邪魔をしてやろう、と謀《はか》る恋敵はいくらでも出現して来る。むしろ二人の仲がよければよい程、妨害したいという動機は増幅しよう。

「ねぇ、あんた」ある時、街で呼び止められた。歳上の、見たこともない女性だった。大学生のようでもしかしたら、撞刃冴君のクラスメートか何かかも知れない。「憧れの男に歳下の彼女がいると聞き、嫉妬の炎に燃えていたのかも知れない。「あんた撞刃冴君とこんな時に、つき合っていていいと思ってんの。ちゃんと考えれば、どう」

確かに大切な時期であることは知っていた。漕艇部の大学対抗の大きな試合が迫り、撞刃冴君も選手として出場することが決まっていたのだ。ここで活躍すれば監督からの評価も一段と高まり、部内での地位も磐石《ばんじゃく》となろう。

「あんたが本気で撞刃冴君のこと想《おも》ってんなら、身を引く時も心得とくことね。それともそんなことも分からない、ガキなのかしら。だったらしょうがないわね。撞刃冴君も酷い女に引っ掛かったものね。あ〜あ」

嫉妬に狂った女の言い掛かり。絶対そうだと思い込もうとした。だって私は今、殆《ほとん》ど撞刃冴君とは会えていない。ＬＩＮＥで一日一回、遣り取りしてるくらいだ。

それで練習に支障が出るとはとても思えない。試合の結果に影響を及ぼすなんてことも、ある筈が……

でも気になった。頭から振るい落とすことはできなかった。

会ってないからと言って影響はゼロと、本当に決めつけられるのか。思いの全てを漕艇のことに集中しなければ、勝てるものも勝てない。それくらい厳しい世界ではないのか。なのにＬＩＮＥなんかで女とコソコソ遣り取りしている。その時点で既に、精神的に負けではないのか。考えれば考える程、悪い方に悪い方にと思考は転がった。頭がおかしくなってしまいそうだった。

だから堪らず、撞刃冴君にお願いした。練習で忙しいことは分かっている。でも何とか一度だけ、時間を作って会って欲しい。

こんなことをしたら部活に逆効果だとは分かっている。それこそ「影響はゼロ」には程遠かろう。でも一度、ちゃんと会って話を聞いてみたかった。「そんな女の言うことなんか気にするな」目の前で笑い飛ばしてもらいたかった。

「君には本当に申し訳ないと思っている」実際に会ってみると開口一番、彼は言った。言葉通り、心から済まなそうだった。「今は大切な時なんだ。大事な試合が目の前なんだ。他のことをしている余裕なんてとてもない。考えている余裕すら、だ」

部内で自分がどれだけ監督の信頼を得ているか。滔々《とうとう》と語った。誇張でも自惚《うぬぼ》れでも何でもない。事実を述べているだけだ、と眼を見れば分かった。また漕艇のことを語る時、撞刃冴君の眼はキラキラと輝きを増す。この光を見るのが自分は好きだったんだ、と改めて思い出した。ならば邪魔するわけにはいかない。撞刃冴君から漕艇を取り上げる。その元凶に、自分がなることだけは避けなければならない。

「済まないが、フィニッシュの時だ」彼は言った。はっきりと言い放った。「物事には転換点がある。必ず。なければならない。次のストロークに繋げる。そうして更に前進する。そうすべきものなんだ、と僕は確信している。辛いけれど耐えるしかない。分かってくれるね」

両肩を摑《つか》まれた。軽く握っているんだろうが、それでも凄い握力だ。彼の力強さが好きだった、とこれも改めて思い出した。

じっと眼を見詰められた。強い光が放たれていた。固い決意の込められた光だった。

「分かりました」小さく答えた。同じく小さく、こくんと頷いた。

そのまま踵《きびす》を返した。走り去った。「あっ、おぃ華恋」撞刃冴君の声が追って来たが、立ち止まる気にはなれなかった。振り返ってはせっかく決心した、心が揺らいでしまう。ダメな女になってしまう、と分かっていた。

走りながら、涙が溢《あふ》れて止まらなかった。次から次から溢れ出て、拭っても拭ってもどうしようもなかった。

「そんな」小寺さんが思わず、大声を上げた。店員が驚いて、こちらを向いたくらいだった。「たかが大学の部活くらいで恋路を諦めなきゃいけないなんて。そんなバカな話、ありませんわ」

「聞き間違い、ということはないんですか」私も思わず、尋ねた。店員の視線もさして、気になりはしなかった。「フィニッシュだなんて、そんな」

「一言一句、間違いない」炭野は言った。仕方がない、と辛そうに首を振った。

「少なくとも彼女は、断言しました」

ここは潔く身を引くべきだ。心を決めた彼女は、縁切り榎を訪れてみた。この神社が男女の別れには一番いい。友達から聞いていたためだ。「私がちゃんと、撞刃冴君との仲を諦め切れますように」絵馬に願いを込め、書いて掛けた。フィニッシュの時。物事の転換点。彼は私との仲に区切りをつけ、漕艇に打ち込む。前進して更に高みを目指す。そうすべきだ、と言っていたではないか。ならば従うのが、自分の務め。

ところが数日後、不思議な出来事が訪れた。街を歩いていて、目の前を撞刃冴君が通り過ぎるのを目撃したのだ。スマホの連絡先から削除したためあれ以来、何の連絡も取り合ってはいない。コミュニケーションを断絶し、忘れよう忘れようと努めていた彼の姿だった。なのにT字路にぶつかる道を歩いていると、目の前の通りを撞刃冴君が横切ったのである。左から現われて、右へと歩いていた。

諦め切れますように、ってお願いしたじゃないの。榎を恨みたい気持ちだった。それなのにこんなところで会ってしまったら、せっかく別れようとした決意が揺らいでしまう。

だから咄嗟《とっさ》に電柱の陰に隠れた。もう行き過ぎてしまったろう。タイミングを見計らって、隠れた場所から出て来た。元の道を歩こうとした。

なのにT字路に行き着くと、「あれっ」と声がした。「華恋じゃないか」左を見ると、撞刃冴君がいた。スマホを手に、立っていた。

何故。何故⁉ たった今、通り過ぎた筈じゃないの。なのにどうしてまだ、こんなところにいるの。

榎の呪いだ。思った。何とか必死で決めたことなのに。縁を切ろうと決心したのに、榎が邪魔をしている。行き過ぎた筈の人間を元の位置に戻したりしてまで、私を妨害しようとしている。

慌ててその場から駆け去った。だからもう一度、縁切り榎に来てみた。恨み半分にもう一度、絵馬を書いた。そのため文言はこうなったのだ。「撞刃冴さんと別れたいのに、どうしてお願いを聞いてくれないんですか。どうか助けて下さい」炭野が先日、見たのは二枚目のこちらの方だった。

「瞬間移動」私は思わず呟いた。「歩き過ぎた筈の人間がまた元の場所に戻っていたなんて。そんな、馬鹿な」

「でも華恋嬢は、これも断言している」炭野が言った。「自分は確かに目撃した。間違いない、って。だから超常現象まで起こして榎が妨害しようとしている、と信じ込んでいるんです」

「いやしかし。いくら神憑《かみがか》りとは言っても、瞬間移動なんて」

「超常現象なんて、あり得ませんわ」小寺夫人が言い放った。「きっと何らかの、説明がつく筈」

「でも確かに彼女は目撃した、と明言しているんですから」

「だから実際に、そこに行ってみましょうよ。そうすれば何か分かることがある筈ですわ。ここから、近いんでしょう」

「えぇ、まぁ」

不思議なことが起こったのはここ、赤羽の街中でのことだという。学校が終わった華恋嬢が家の近所の繁華街を歩いていて、撞刃冴君を目撃したのだ。

確かにまだ明るいから、現場に行って確かめてみるのに支障はない。「昼呑みの聖地」で居酒屋に入った恩恵が、こんな形で訪れてくれるとは思い寄りもしなかった。

「鏡」店を出、現場に向けて歩きながら小寺さんは口に出した。「きっと鏡に映ったのよ。その姿を見たから、華恋ちゃんは彼氏が行き過ぎたんだと勘違いしたんじゃないかしら」

「しかしじっと立っているところが鏡に映っただけなら、動きはしませんから。見たとしても、歩き過ぎたとは思わないんじゃないでしょうか」

「だからそれは、現地に行って確かめてみるだけです」私の反論に、小寺さんは返した。「行ってもみずにあれこれ考えたって、始まりませんわ」

ここ、か。来てみると確かに、T字路があった。ただしTと言っても綺麗な形ではなく、縦棒に当たる道が傾いており、横棒の道に斜めに突き当たるような形になっていた。

「彼女はこちらからこう歩いていたわけだ」私が指摘して、言った。「すると目の前を、彼が通り過ぎた。だから咄嗟に電柱の陰に隠れた。位置的に、この電柱のことでしょう」

「ほら、あれ。あれだわ」

小寺夫人が前方を指差した。鏡。ここへ来る途中、彼女が言っていた通りだ。確かにこちらから歩いて来ると、T字路にぶつかる位置の正面に鏡があった。

パチンコ屋の入り口だった。自動ドアが鏡になっているのだ。中で遊んでいる人の顔が外からあまり見えないように、という店側の配慮なのだろう。

「自動ドア、か。成程」

炭野が頷いて、私らに指示した。自分がT字路の左側に行ってみる。恐らく撞刃冴君が立っていたであろうと思われる位置だ。私らは道のこちら側、華恋嬢が歩いて来る途中だったであろう地点に、立ってみる。例の電柱が格好の目印になった。炭野のいる場所は死角になるが丁度、自動ドアに映って彼の姿はここからも見えた。

観察していると、ドアがすっと横に開いた。立っている炭野もすっと動いたように見えた。

「これだわ」小寺夫人が言った。

「そう、そのようですね」私も頷いた。

つまり撞刃冴君は目の前の道を歩き過ぎたわけでも何でもない。スマホを操作するかして、じっと同じところに立っていた。丁度その時、自動ドアが開いたので華恋嬢の目には、横切ったように映っただけなのだ。動転しているし咄嗟に身を隠したから、ちゃんと観察できなかったとしてもおかしくはない。

そして、もう通り過ぎたと思って歩き始めた。ずっと立ったままでいた撞刃冴君と鉢合わせした。そういうことだったに違いない。超常現象でも何でもなかったわけだ。

炭野が戻って来たため、「やはりここから見たら歩き過ぎたように映った」と報告した。これで謎の一つは無事、解けたことになる。現地に行けば何か分かる。小寺さんの言った通りになった。

「さぁこれで、残る一つは」

「ええ、そうですね」

頷き合った。残る謎はどうして、撞刃冴君があんなことを言ったのか。

俺を諦めてくれ、と言ったわけではない。何となく予感があった。もしそうであったなら、その後の彼の反応はおかしいからだ。

「フィニッシュだ」と告げれば彼女が走り去ってしまうことくらい、予想できた筈ではないか。なのにその背中に「あっ、おぃ華恋」などと声を掛けている。いかにも戸惑ったような反応と言えまいか。恨まれるのも覚悟の上で、別れを切り出した男ならする筈がない。

この場所で偶然、出会った時もそうだ。あれっ、華恋じゃないか。これも別れを告げた男だとするなら、珍妙なセリフであろう。暫《しばら》く会えなかった彼女に、ばったり出食わした際に咄嗟に口を衝《つ》いて出た言葉、と見た方がずっと自然である。

「どういうことなんでしょう」首を捻《ひね》るしかないのは、小寺さんと同様だった。

「撞刃冴君はつき合いを止《や》めようと言ったわけでは、決してなかった。そんな気も更々なかった。なのにどうして、そんなことを言ったのかしら」

「さぁ、もうこうなったら」私は炭野を向いた。実際に現地に行ってみて、謎の一つは解決した。残るもっと大きな謎を解くのは、もう一人しかいない。「お願いしますね」

「はぁ、まぁ」炭野は曖昧に頷いた。頭を掻いた。「帰って家内に相談を持ち掛けてはみますけどね。これだけの材料で本当に、分かるのかどうか」

だが私には確信があった。まふる夫人なら大丈夫。今回も見事、解き明かしてくれるのに違いない。


自宅に帰り、パソコンの前に鎮座した。今日の模様をウェブサイトに書き込もうというのではない。そもそも今日のは、ツアーでも何でもない。若者の恋路に年寄りがお節介を焼こうとしているだけだ。そもそもこんな話題、知れ渡るのを当事者が歓迎するわけもない。

そうではなく炭野からの連絡を待っているのだった。まふる夫人から何かをネットで調べてくれ、と言って来るかも知れない。そのためにこうして、準備を整えて待っているのだった。

やがてスマホが鳴った。炭野からだった。呼び出し音が一つ鳴るか鳴らない内に、私は通話アイコンをタップしていた。

「あぁ、私です」炭野が言った。「家内に話してみると、一つ調べてもらいたいことがあると言い出して」予想の通りだった。

通話が夫人に換わった。先日、食事会に招かれたお礼を述べるなど一応の挨拶を交わした後、夫人は切り出した。「漕艇の専門用語か何かを、調べることはできませんか」

「専門用語、ですか。ちょっと待って下さいね」

検索すると、「漕艇用語辞典」というページを見つけた。現代は本当に、どんなニーズの知識もネット世界のどこかには転がっているものだ。

見つけた、と報告するとまふる夫人は言葉を継いだ。「それでは、『フィニッシュ』という言葉が漕艇の世界ではどういう意味で使われているか、調べてはもらえませんか」

あっ、と声が出そうになった。そうか、そういうことか。撞刃冴君はずっと漕艇の世界にどっぷり浸《つ》かっている。独特の用語があったとしても、それが外には上手く伝わらないと気づかずに使うことは、あり得る話ではないか。

「彼、こう言ってますわよね。『フィニッシュの時だ』の次に『転換点』云々《うんぬん》はありますけども、そのまた後に『次のストロークに繋げる。そうして更に前進する』って。ストローク、って漕艇でオールを漕《こ》ぐ時の、動作を指す言葉ですわよね。それなら前の『フィニッシュ』も、そうなんじゃないかと思って」

「いやはや。やはりそうでした」炭野が言った。全てのことに片がつき、私らを集めて結果報告をしてくれていた。今回もあの赤羽の居酒屋で、今回は吉住も参加していた。「フィニッシュも、調べて頂いた通りの意味で彼は使っていたそうです」

　まふる夫人の指摘に従い、漕艇用語辞典で「フィニッシュ」を探してみると直ぐに見つかった。「ストロークの一連の動作の中で、ハンドルを引き切って水中から出す部分」とあった。要は、オールを漕ぐ。ハンドルを一番、手前まで引くとオールを水から出し、前方に遣ってまた水に漬ける。再びハンドルを引く。この動作の繰り返しで、ボートは先へ進む。

　つまり撞刃冴君は自分と華恋嬢との関係を、この一連の動きに例えていたわけだ。今は試合前でそちらに集中しなければならない。以前のように頻繁に会うことはできない。恋愛関係としては、一つの節目には違いない。

そこでハンドルを引き切って、オールを水から出す瞬間に擬《なぞら》えた。今は寂しいが、耐えなければならない。この瞬間を乗り越えれば、また次に繋がる。だから申し訳ないが、君も我慢してくれ。

恋愛関係を「フィニッシュ」にして、漕艇選手として「前進」するというのではない。彼が「次のストロークに繋げ」て「更に前進」しようと言ったのは、それこそ二人の仲についてだったのだ。

「フィニッシュ」が「全ての関係の終わり」などと受け止められるなんて、想像もしていない。漕艇の世界に打ち込んだばっかりに、犯した失敗だった。

彼女が涙ぐんで走り去ってしまったが、寂しさに耐えるためだろうと考えた。だから無理に追うこともしなかった。LINEで連絡を取ろうとしても上手くいかなくなったが、これも我慢するための一時的な措置なのだろうと判断した。誤解の連鎖で、下手《へた》をすると関係そのものが終わりになってしまうところだったとは、露知らず。

「あぁ、よかったわ」小寺夫人がほっと息をついた。「お互いが誤解したまま、別れてしまうなんて堪らない。でもそういうことにもなり兼ねなかったんですものね。お爺ちゃんお婆ちゃんが余計なお節介を焼いた、甲斐《かい》も少しはあったということなんでしょう」

「まぁ、試合が終わってもいつまでも連絡が取れないままだったら、さすがに撞刃冴君としても何かおかしいと勘づいたとは思いますけどね」炭野は言った。「ただ確かに、拗《こじ》れたままになってしまうということもあり得ないではなかった。早目に誤解を解くことができて、よかったのは間違いないでしょう」

「それでもう、二人の仲は元に戻っているんでしょう」

吉住の確認に炭野が頷いた。「誤解だったと分かって、連絡の取り合いを再開したそうです。試合が終わったら今度こそゆっくり会って、失った時間を取り戻そう。互いに誓い合っているそうですよ」

「あぁ、よかったわ」小寺さんが繰り返した。「きっとその試合会場にも、華恋ちゃんは応援に行く筈ですものね」

「そうだ、それがあった」私が膝を打った。「誤解したままだったら少なくとも、女の娘《こ》が試合の応援に行くことはなかった。そこが実現できただけでも、お節介の意味はあったと言えるんじゃないでしょうか」

「撞刃冴君が活躍してくれればまた恋の炎は燃え上がるわ。あぁ、とってもいい話。こんなこと、現実にあるんですのね」

「しかし不思議なものですなぁ」吉住が言った。「そもそもは華恋嬢が縁切り榎にまで行ったから、異変が周りにも伝わった。球人くん経由で炭野さんにも相談が来た。『縁切り』の筈なのに今回ばかりは、逆に働いてくれたようなものです」

「それに瞬間移動に見えるような出来事があったお陰で、華恋ちゃんは『縁切り榎』にもう一度、行った。私やっぱり、あれは榎が起こした奇跡なんじゃないか、って気がしますわ。別れるべき間柄だったら別れさせる。でもそうでない時は、修復させるように差配する。それがあの神社の、本当のご利益なんじゃないかしら」

「さぁさぁ、乾杯だ」吉住がジョッキを持ち上げた。「お陰で今回も、美味い酒が呑める。若い二人が上手くいったと聞いて、私らとしても気分がいい」

「本来ならもう一人」私が指摘して、言った。「一番の功労者も、この場にいるべきなんですけどね」

「あぁ、そうだなぁ」炭野が同意した。「じゃぁせめて、陰膳《かげぜん》ということで」

まふる夫人の分、として小さなコップにビールを注ぎ、テーブルに置いた。改めて、乾杯を交わした。吉住の言う通りだ、としみじみ実感した。今夜も、心地よく酔うことができそうだ。

第六章　焼《く》べられぬ薪《まき》

渋谷と新橋とを繋《つな》ぐ都バスの「都06」系統は我が家の近くを走り、便数も多いことから私としても最も利用する路線の一つである。そんなわけで新橋はどこかへ出掛ける際、しゅっちゅう経由するターミナルなのだが実はそこから、東京駅へはなかなか行き難《にく》い。直接、両者を繋ぐバス路線は存在しないのだ。ＪＲの山手線や京浜東北線が頻繁に走っているのだから、わざわざバスの路線を設ける必要はないという判断だろう。経営する側からすれば当然の考えではある。

ただし私らのように極力、路線バスを利用して動こうとする者にとっては不便この上ない。今日もどうしようか迷いつつ、取り敢《あ》えず新橋に出た。東京駅までは歩いて歩けない距離ではない。銀座の真ん中を突っ切れば、いい散歩コースにもなる。ただ今日はこの後、ちょっと歩くことを予定していた。ならばこんなところで疲れているわけにもいかない。

新橋駅に着いてみると丁度、「市01」系統が出るところだったので有難く乗り込んだ。先日、豊洲と築地の新旧両市場を探訪したいとの依頼に従い、芦沢と乗った路線である。あの時は「国立がん研究センター前」の停留所でいったん降りたが、今日は一つ先の「築地六丁目」まで乗った。降りると晴海通りを反対側に渡り、勝どき方面からやって来た「都04」系統に乗り込んだ。これで東京駅の丸の内口に行くことができる。新橋から東京まで、たった二駅なのに随分と遠回りをしたものだ。我ながら行動の酔狂さに内心、苦笑を浮かべていた。

長期間に亘《わた》った整備工事が終わり、広々とした空間に生まれ変わった駅前を丸の内南口から、北口まで歩いた。「6番乗り場」のバス停から「東43」系統に乗った。

これはなかなか面白いコースを辿《たど》る路線である。商業ビル「丸の内オアゾ」などのある一画を、ぐるりと回り込むようにして大手町《おおてまち》へ。経団連会館の横を通って神田橋で日本橋川を渡ると、左に曲がって千代田通りに出る。そこを右折して駿河台《するがだい》下に至り、一気に坂を上がってJR御茶ノ水《おちゃのみず》駅の脇を通る。神田川を渡って順天堂《じゅんてんどう》大病院の間の道を抜け、本郷《ほんごう》通りへ。東京大学の前を通って暫《しばら》く走るが、ずっと道沿いに行くわけではない。

東京メトロ南北線の本駒込《ほんこまごめ》駅上の四つ角で右折し、駒込病院の前を抜けて動坂《どうざか》を下る。不忍《しのばず》通りを横切り、再び坂を上がるとそこはJR田端《たばた》駅である。

このまま乗っていればＪＲの線路を跨《また》ぎ、隅田川と荒川を渡って河川敷下の堤防や、新交通「日暮里・舎人《とねり》ライナー」の江北《こうほく》駅まで達したりするが、今日はそこまでは行かない。「田端駅前」の停留所で降りた。ここで人と待ち合わせていたのだった。

「やぁ」既に来て、待っていた。「今日は私の酔狂につき合って頂き、恐縮です」

「いえいえ」私は笑顔を浮かべて首を振った。「私の方こそ楽しみにして来たんですよ。今日は、新しい趣向を紹介してもらえそうだ」愛想の言葉ではない。本音だった。

「楽しんで頂けたらいいのですが」

藤倉《ふじくら》という男だった。以前、何人かで私の路線バスツアーに参加し、意気投合した。都バスの「上58」系統に乗っている時、彼がふと外を指差して言ったのだ。その日も不忍通り、ちょうど今日も横切って来た、動坂下の交差点の辺りを走っていた時だった。「この通りの直《す》ぐ横には実は、川が流れているんですよ」

興味が湧いて思わず、訊《き》き返した。「ほほう。不忍通りの横に川、ですか」

「上流は谷田《やた》川、下流は藍染《あいぞめ》川といいます」頷《うなず》いて、藤倉は言った。バスの左右の窓を指差した。「ほら。通りのこの辺りは、両側が高台になっているでしょう」

「本当だ」私も頷いた。「お陰でこの道は、谷底を走るような格好になっている」

「その通り」私の反応に、満足そうに微笑《ほほえ》んだ。「ここはその川が台地を削った、谷底なんです。もっとも今は、暗渠《あんきょ》になっていて知らなければそこが川の上だなんてなかなか気づかないいんですが」

暗渠、というのは川の上に蓋をして、地下水道化してしまった構造のことらしかった。逆に蓋なんかせず、川面《かわも》が上から望める構造は開渠《かいきょ》という。藤倉は町歩きが趣味で、特に暗渠化された川の跡を見つけると時間を忘れて辿ってしまうのだ、と自嘲するように語った。

「そこが川の跡だと分かると、様々な町の歴史が見えて来ます。昔の人の暮らしがぼんやりと浮かんで来る。そうしたところに思いを馳《は》せながら、ぶらぶら散策するのが何よりの楽しみなんでして」

「NHKのテレビで、そういう隠れた町の歴史を探るのが人気の番組がありますね」

指摘すると憮然《ぶぜん》とした表情に転じた。「あの番組が始まるずっと前から、私はこれを趣味にして来たんです。なのにあれが有名になったお陰で、『あぁ、テレビの真似《まね》ですか』なんて反応をされることが多くなって。私としては心外です。『逆にあっちが私の真似をしたようなものですよ』なんて反論したくもなってしまう」

いやそれは失礼しました、と謝った。「でもそんな散歩もまた、面白そうですね。

私も一度、やってみようかな」

「やりますか。是非ゼヒお連れしますよ。そうだ。せっかくなんだから話の切っ掛けになった、この藍染川に沿ったコースをイの一番に歩いてみますか」

そんなわけで田端で待ち合わせることにしたのだった。本当は川の始まりは、染《そめ》井《い》霊園の園内にまで遡《さかのぼ》る。そこにあった湧き水が、源流なのだとか。だがそんなところから歩き始めるとすると、結構な距離になる。手始めのツアーなのだから手頃な長さの、中間地点あたりから歩き始めましょうという藤倉の提案だった。

「お任せしますよ」実は足には多少の自信がある。それなりの距離でも歩ける筈《はず》だとは思ったが、まぁここは笑って合わせることにした。とんでもない歩けますよと意地を張って、実際にはバテてしまったら目も当てられないではないか。「私は初心者だ。貴方《あなた》の判断に委《ゆだ》ねます」

「では、そういうことで」


北区田端はかつて、芥川龍之介《あくたがわりゅうのすけ》や室生犀星《むろうさいせい》、萩原朔太郎《はぎわらさくたろう》に菊池寛《きくちかん》といった文士、芸術家らが多く住み一つの「文士村」を形成していたという。それは上野に東京美術学校（現・東京藝術大学）が出来、通い易《やす》かったことからここに芸術家が集まったのを切っ掛けとするらしいがともあれ、今はそれを広く知らしめるため公立の

「記念館」まで建てられている。

駅前からその「田端文士村記念館」を回り込むようにして、私達は歩いた。高台を横に突っ切る道から左に曲がって外れ、坂を下った。

坂を降り切った辺りに直角に交わる細道があった。藤倉が指差したので見てみると、道沿いに店が立ち並んでいた。

「やぁ、ここは商店街になっているようですね」

「『田端銀座』です。都内で『銀座』と名がつく商店街の中でも、隠れた人気を集めているようですよ。ただし」今度は前方を指差した。「私らの目的はこの一本、先です」

「田端銀座」の一つ先に、同じく直角に交わっている道があった。こちらは商店街より幅が広く、車も走っていた。交差点の信号には「田端銀座前」の表示があった。

「さぁ、この道です」

「え、ここは」

「車道の下に、川が流れているのですよ」

「えぇっ。じゃぁこの道は、川に蓋をした上に造られているわけですか」

「そういうことです」

確かによく見ると、「谷田川通り」との表示があった。それに言われてみれば、通りは緩やかなカーブが連なっている。川だった名残《なごり》だ、と言われれば成程という気もしないでもない。ただやはり、指摘されなければ気づくことはなかったろう。今となっては何ら変哲もない、普通の車道に過ぎないのだ。

「この川に沿って、かつては萩原朔太郎から岡倉天心《おかくらてんしん》、小林秀雄《こばやしひでお》らが住んでいたといいます。そう思ってみると、なかなか風情ある通りに思えて来ませんか」

「ははぁ、成程」

ちょっと歩くと左手に、「水神稲荷《いなり》」の小さな祠《ほこら》があった。これも川があった頃の名残だろう。更に先に行くと大通りと交差し、信号にはそのもの「谷田橋」の表示が。つまりここには橋が架かっていた、ということなのだろう。

指摘すると、藤倉は頷いた。「今では橋の欄干《らんかん》は」左手を指差した。「あちらにある、田端八幡《はちまん》神社の鳥居のところに移築されてます。この大通りをずっと行けば、先程お会いした田端駅前に戻ることになりますよ」つまりは駅前からここまで、言わば逆「コの字」形に歩いて来たわけだ。

「あぁ、この道ですか」頷いた。「それじゃぁさっき、私はここを通って来たんだ」

律儀にバスを乗り継いで来た、と告げると藤倉は「さすが」と笑った。「徹底してますねぇ。私は普通に、JRで来ましたよ」

「貴方の暗渠巡りと同様、それが私の酔狂なんでして」

田端駅に繋がる大通りを渡って、更に先へと進んだ。商店街、と称す程ではないだろうが通り沿いにはコープがあったり、洋装店があったりと店舗も点在している。住民の生活が息づいている印、と見えた。この川沿いには昔から、人の暮らしがあったのだろう。住宅街の真ん中にポツンと寺まであった。

そこが川の跡だと分かると様々な町の歴史が見えて来る。昔の人の暮らしがぼんやりと浮かんで来る。以前、語っていた藤倉の言葉が素直に胸にすとんと落ちたような気がした。

「ほら、ここ。面白いでしょう」

藤倉が指差すので見てみると、住所表示が並んで掲げられていた。間に路地ひとつない、ぴったりとくっ付いた敷地なのに左手には「北区田端」、右手には「文京区千駄木《せんだぎ》」とある。両区の境は、この敷地の中を突っ切っているのだ。

「それだけではありません。ほら、あそこ」

谷田川通りのちょっと先を指差したので見てみると、今度は「荒川区西日暮里」の住所表示があった。何とまぁ、ここは三つの区境が入り組んでいるのだ。

「恐らくここにも、支流が流れていたと思うんですよ」藤倉が細い路地を示しながら、言った。「その証拠に、ほら」

谷田川通りの道向かいを見ると確かに、こちらの路地がそのまま繋がるように斜めに入り込んで行く細道があった。これが元々川の流れで、そのまま道になっていると思えばそうかと納得がいく。

「こういうことはよくあるんですよ。自然の川は真っ直ぐには流れない。ぐねぐね折れ曲がっている。でもそのままだと洪水の時に氾濫し易いから、元の流れを真っ直ぐに改修したりする。そうした人の手の加わった跡が、こうして通りとして残っていたりするんです。まぁここが本当にそうなのか、を断言はできませんけどね。基本的には川に蓋をした暗渠なんだが、道を造る時に突っ切って真っ直ぐに通した、ということもあり得ますから」

先日、炭野や小寺夫人らと共に板橋宿に行った時のことを思い出した。あの時も板橋の架かる石神井川に来てみると、川から外れて折れ曲がる公園があった。現在の川はショートカットされたもので、公園は以前の流れの名残だろうと皆で話し合った。記憶を辿りつつ、藤倉の話に素直に首肯した。

「実はこれ、川の名残を探すポイントの一つと私は見ているんですよ」藤倉は言った。「区の境が、そのまま川の跡だったりする。昔は水が流れていたんだから、人の動きもそこで分断されるじゃないですか。だから区と区の境界を線引きする時も、川の流れに沿って設定した。私はこれ、かなりの確率であり得ると思うんですよねぇ。だから区の境を見つけると、そこは川だったかもと周りの痕跡に目を凝らしてみるんです」

「成程なぁ」

話しながら歩いている内にまた大通りに出た。この通りを左に行くと西日暮里駅に出る、と藤倉は教えてくれた。西日暮里はＪＲ山手線や京浜東北線で、田端の次の駅に当たる。

「もう一駅分、歩いてしまったんですね」意外に思いながら、言った。「楽しいから、あっという間に進んでしまう」

「そう言って頂けると、私としてもこんな町歩きを提案した甲斐《かい》があります」

大通りを渡って、更に前方を目指した。心なしか通行人の数が目立ち出したように感じた。店も、増えて来たような。「よみせ通り」との表示があった。

「あっ、ここは」来るのは初めてだが、話に聞いたことがある。「あぁ、やっぱり」

一段と人通りが増えて来たなと思ったら、通りに垂直に交わる道に人集《ひとだか》りが出来ていた。角に店があり、そこに並んでいるのだった。商店街の上空にはアーチのような門があり「やなか銀座」と書かれていた。

「もう谷中《やなか》銀座ですかぁ。そうするとこの商店街を抜けると、そこは日暮里駅ということですか」日暮里は西日暮里からまた隣の駅である。もう更に一駅分、歩いたのかと少なからず驚いたのだった。

「商店街を突っ切り、『夕やけだんだん』と呼ばれる階段を上がってちょっと行けば、日暮里駅です」藤倉は頷いた。「実際には山手線は大きく弧を描いていて、これらの道は放射線状にそちらに向かってますから。歩いたのは線路の一駅分よりは、ずっと短い筈ですが。でもはい、そうです。もう隣の駅に、来てしまったんですよ」

「よみせ通り」は古い店も多く、道が微妙に曲がっているためここまでに比べると格段に〝元川〟っぽい。もっともそう感じるのも、藤倉から歩きながらあれこれ講釈を頂いたせいなのかも知れないが。

あっそうだった、と思い出してカバンからタブレット端末を取り出した。とあるアプリを立ち上げた。

「あぁ、やっぱりそうですね。私達は今、川の上にいる」

何ですか、と覗《のぞ》き込んで来たので藤倉にも画面を見せた。このアプリは現代と江戸時代、新旧二つの地図を重ね合わせて映すことができる。現在位置をGPSで指し示すため、今いる場所が江戸時代にはどこに当たったのか、一目で知ることができるのだ。それによると確かに、私らは昔は川だったところに立っていることになっていた。

「いやぁ、これは面白いですねぇ」

「ね。こないだネット上で見つけたので、ダウンロードしておいたんです。これまで歩いて来た道すがらでも、ちょくちょく覗いておけばよかった。そうしたらもっと楽しめたのに」

「まぁまぁ。これから、見比べながら歩けばいいですよ」

あぁ、あそこの店は古い建物ですねぇ。あの中華料理屋も歴史がありそうだ、なんて話したりアプリの地図と見比べたりしながら歩いている内に、また車道に出た。左手の、JRの線路方向に緩やかな坂となって上っており、名は三崎坂《さんさき》というらしかった。

これまでずっと歩いている道は右手の不忍通りと平行に走る、裏道に当たる。ここは川に削られた谷底に位置するため、不忍通りからJR方向へと向かえばどうしても高台へ上る格好になるわけだ。さっきの「やなか銀座」もその先は階段「夕やけだんだん」に繋がっているし、考えてみればここまで横切った通りも全て左手に向けて、登り坂になっていたな、と振り返った。

「やぁ、あそこにお風呂屋さんがありますねぇ」三崎坂をちょっと上った辺りに、煙突が覗いた。

「よくぞ見つけて下さいました」藤倉が嬉《うれ》しそうに手を叩《たた》いた。「さっき、区の境を川の名残と言いましたよね。実はお風呂屋さんもそうなんです。暗渠を歩いていると不思議なくらい、銭湯に出会うことが多い。お風呂屋さんは川の跡を探す、重要なポイントの一つと私は見ています」

「ははぁ。しかし、何故」

「暗渠化された川は今でも水が流れている。下水道の本管として使われているケースが多い。一方、お風呂屋さんは大量の水を使いますよね。使い終わった大量のお湯を流さなければならない。そんな時、下水道の近くだったら便利だったのではないかと私は睨《にら》んでいるんですよ」

　他にも暗渠の近くによく発見するのが豆腐屋さんだ、とつけ加えた。私は、ははぁ成程と繰り返した。確かに銭湯ほどではないだろうが、豆腐屋も大量の水を使う。実際に歩いていてよく見掛けるんだ、と言われれば「単なる偶然じゃないですか」と反論する気にはなれなかった。むしろいかにもありそうだ、と素直に受け入れている自分がいた。

「さぁ、ここは面白いですよ」

　三崎坂を渡って、更に先を進んだ。道がグネグネと細かく蛇行し始めた。

「いやはや、これは凄《すご》いですね」私は笑った。「これまではまだ、言われないとよく分かりませんでしたが。ここに来ると成程この道は川の跡なんだな、と一目で分かる」

「ねぇ。ここは通称『へび道』といいます」

「本当に蛇が這《は》った跡みたいに曲がりくねってますね。これは車で走るのは、難渋させられそうだ」

中でも道が一際、大きく曲がるところに今時「亀の子束子《たわし》」なんて店まで見つけた。町の歴史を感じさせる風景が続いた。

ただしそうした最もそれらしい区間を抜けると、道は直線と化し幅も広がってしまった。まだまだ川の跡と思えば興味は尽きないが、これまでが凄かった分ちょっと面白味に欠けると言えなくもない。

「川はこのまま真っ直ぐ流れて、不忍池に注ぎます」藤倉が道の先を指差した。「ただ仰《おっしゃ》る通り、ここから先は一帯が区画整理されていて興趣《きょうしゅ》という意味では今一つ。道も途中で途切れてますし、ね」だから、と言うのだった。「そろそろ喉も渇いて来たし、このまた奥の路地に入って一杯、と思っていたのですが。まだちょっと時間が早いな。開店まではまだ間がある。どうしましょうか。上野の方まで進んで、別の店に行ってみますか。あそこならこんな時刻から開いているところもいくらもあると思いますが」

いやいや、と私は手を振った。「お目当ての店があるのなら、今夜はそこでやりましょうよ。私は大丈夫。楽しかったのであまり足も疲れてない。開店時間まで、もうちょっと近所をぶらぶらしていませんか」

「そうですか。それじゃ」

実はちょっと見せたいものがある、というのでついて行った。川の跡沿いに更に先に進み、通りを折れて住宅街の中に分け入った。もう暫く行けば不忍池で、上野動物園なども近くにある筈である。そんなところに隣接してこのような、閑静な住民の生活の場があるというのはちょっと不思議なようにも思えた。

ただ、周りは民家ばかりというわけでもなかった。区民の集会所があったり、小さなスポーツセンターがあったり。デイサービスの老人保健施設や、障害者福祉センターなどが点在してもいた。この川沿いはやはり、人の暮らしにずっと寄り添って来たのだ。老人や障害者といった社会的弱者にとっても、ここは優しい町なのに違いない。誰が来ても温かく受け入れてくれるところなのだろう、ずっと昔から。

「さぁ、ここなんですよ」

「おぉう、これは」

またもお風呂屋さんだった。古い造りで屋根は瓦葺《かわらぶ》きであり、玄関の上には見事な唐破風《からはふ》が設けてある。これまた長年、地元の暮らしに寄り添って来た建物と見えた。

「いやぁ、歴史がありそうですね。こんな古い造りの銭湯が観光客でもごった返す、上野公園の直ぐ傍《そば》にあるというのも面白い。これもまた、川の近くに銭湯ありという先程の説にも符合するじゃないですか」

「そうなんですよ。私も最初、この川沿いを歩いていてここを見つけた時には、興奮しました。それに、ほらこれ」

建物の裏手に回った。建築廃材らしき木材が倉庫の中に山と積まれていた。古ぼけた柱や梁《はり》の類《たぐ》いが多いようだった。

「これは、まさか。薪ですか」

「そう。ここは薪を焼べてお湯を沸かしているようなんですよ」

銭湯が年々、町から消えつつある昨今。こうして古いお風呂屋が残っているだけで有難いのに、加えて沸かすのは薪、と来た。聞いたところによると重油を燃料とするより、薪でゆっくりと沸かした方がお湯が柔らかくなるという。まろやかな温《ぬく》もりに包まれるようで、高温でもいつまでも入っていられるという。繁華街の直ぐ傍にこんなところがあったなんて。初めて見つけた時は興奮した、という藤倉の言葉がよく分かったような気がした。

「えぇええ、そうなんです。そんなわけで私は、こちらの近くを通るたびにここを覗きに来ているんですが。ちょっと不思議なものを見つけてしまいまして」

薪を積んである倉庫の一角だった。他のものよりもちょっと薄く削られたような、細長い板状の材木があった。それも、同じような長さのものが、二本。ここにある木材はどれも、解体された木造家屋から持って来たようで時代を感じさせ、黒く塗られてツヤツヤしているがこの二本は特にそうだった。何十年もの間、家を支えて来た柱か何かではないかと思われた。

「これが、何か」

「いえね。今も言ったように私は、この近くを通り掛かる時には必ずここを覗きに来るようにしてます。それでこの二本にも気づいたんです。特に歴史を感じさせ、重厚さが漂ってますから。何か、尊いような気まで」

「えぇえぇ分かりますよ」全くの同感だった。「燃やしてしまうのが惜しいような気さえしますよね」

「そうそう。そうなんですよ」藤倉が大きく頷いた。「ここの店主も、全く同じ思いなのか。この二本だけが、いつ来ても薪として焼べられることなく、ここに置いてあるのです。まるで燃やしてしまうのが惜しい、とでもいうように。何度、来てもこのままなんですよ」


お目当ての居酒屋が開店する時刻になったので、さっきの場所に戻った。いかにも歴史のありそうな店構えで、木の引き戸の上に暖簾《のれん》が掛かっていた。中に入ると左手にカウンターが伸び、右手にテーブル席があった。二階にも席があるようで、かなりの人数が入れそうだ。私達は迷うことなくカウンターに着き、生ビールを注文した。

「いやはや、今日は楽しかった」乾杯を交わして、私は言った。「こんな町歩きの楽しみ方があったんですね。これからはお風呂屋を見つけたら、近くに川の流れらしい跡がないか探してみることにしますよ」

「そう言ってもらえたら、こんなに嬉しいことはありません」言葉通りの気持ちであることは、表情を見れば明らかだった。「同好の士が一人、増えたということですね。同じ話題で盛り上がれる仲間がいるというのは、どんな趣味であれ幸せなことです」

「しかしそもそもどうして、こんな散歩を始められたんですか。テレビ番組で評判になるずっと前から、というお話でしたが」

「あぁ」と振り返りながら藤倉はつまみを口にした。名物、という栃尾《とちお》揚げだった。新潟県は長岡《ながおか》市の逸品で、普通の油揚げよりずっと大きい。分厚いのに芯までふっくらと揚げられており、大量に掛けられた鰹節《かつおぶし》と一緒に味わう。美味《うま》い、と嚙《か》み締めてから彼は続けた。「元々、私は釣りが趣味だったんです。特に川釣りで、山の中まで分け入って渓流に糸を垂れたりしていました。ただそんなの、そうしょっちゆうは出掛けられないでしょう。当時はまだ仕事をしてましたし、休日を纏《まと》めて取るのにも苦労させられましたから」

「ははぁ、成程」私もつまみに箸を伸ばした。どじょうの唐揚げだった。塩味が効いて、美味い。これは酒が進みそうだ。「私もかつては仕事人間でしたので。なかなか休めなかった事情は、よく分かります」

「ねぇ。渓流釣りに行きたいのに、連休が取れなくて行けない。仕方なくたまの休みに家の近所をぶらぶらしてたんです。そしたら、変な道を見つけた。あれ、これ川の跡じゃないかと気がついて。辿って行ったら、あっという間に時間が過ぎていた。これはいい散歩の方法を発見したなぁ、と。以来、ハマりました。釣りに行くまでの時間の余裕がない時には、そうして川の跡を探す趣味で休日を過ごすようになったんです」

今のように仕事と私生活は上手《うま》く使い分けろ、なんて感覚はなかった時代だ。モーレツ社員。企業戦士などという言葉が持て囃《はや》され、家庭を犠牲にしてでも働いてこそ男、なんて馬鹿な認識が蔓延《はびこ》っていた。現に私なんか、藤倉みたいに釣りのような趣味すらなかった。仕事が生き甲斐のようなものだった。今となって漸《よう》く、路線バスを乗り継ぐ楽しみを見出《みいだ》した体たらくである。

「私は釣りをやったことはありませんが」話題として、振った。「やってみると楽しいものなんでしょうね。ちょっと前には流行《はや》っていたではないですか。ブラックバスの釣り大会、なんか」以前テレビ番組で人気俳優や、コピーライターなんかがハマっていると紹介されたのを見た覚えがあったのだ。

「バスフィッシングですか。いや、あれはいかん」だがこの話題は、お門違いだったようだった。「確かにブラックバスは水中の物陰に潜んで小魚を狙ったりする習性があるので、ルアーフィッシングには向いている。ゲーム性が高く、やって楽しいのは間違いない。ただねぇ。ご存知の通り外来魚ですからね。それを競技用に国内に持ち込んだものだから、あっという間に繁殖してしまった。獰猛《どうもう》な肉食魚だから在来種を食い尽くしてしまった。人間の遊びのために自然を破壊するなんて、許されませんよ。釣りは大自然の中に分け入って、その恵みを感じることにこそ醍醐《だいご》味《み》があると思ってます。生態系の破壊なんて、真逆の行為です」

「済みませんでした」元々が無趣味な私は、生半可に齧《かじ》った知識でピント外れなことを口にし、場を盛り下げてしまうことが往々にしてある。率直に謝罪した。「何だか愚かしいことを言ってしまったようですね」

「いえいえ」慌てたように手を振った。「私の方こそ興奮して、大人気《おとなげ》なかった。釣りをなさらない人には、バスフィッシングの弊害とか言ったってなかなかピンと来るものではないですよね」あぁそうそう、と話題を換えた。「さっき、区境や銭湯が川の跡を探すお目印だ、ってお話をしましたよね。実は、他にもあるんです。今の趣味の話にちなんで。釣り堀も、その一つ」

「ははぁ」

釣り堀なら確かに、水を大量に使うから排水の便のよい場所を選ぶ、という意味はよく分かる。ただ暗渠となれば、あるのはどうしても都心部の近くだろう。郊外の土地の余っているところでは、川に蓋をする理由がそもそもなかろう。東京で釣り堀と言われても、市ヶ谷のお濠《ほり》のところにあるものくらいしか思い浮かばない。暗渠とはイメージとして、結びつかない。

指摘すると藤倉は、「あぁ」と笑った。「確かに市ヶ谷の釣り堀は、JR中央線からも見えますから有名ですよね。でも実は、東京23区内にも釣り堀はいくつか残っているんですよ。大きなものだと、杉並《すぎなみ》区の和田堀《わだぼり》公園にあるもの、なども」

周囲を緑に囲まれた、23区内とはとても思えないようなところだ、とか。ただここは、善福寺《ぜんぷくじ》川の直ぐ傍に位置するので所謂《いわゆる》「暗渠の印」とはならない。件《くだん》の川は神田川に流れ込む支流に当たり、基本的に開渠なのだという。

「同じ杉並区では阿佐ヶ谷《あさがや》駅から程近いところに、金魚が釣れる釣り堀があります。駅前のこんなところに、と不思議に思うような場所に、ね。実はその近くには以前、桃園《ももぞの》川の支流が流れていたんですよ。調べてみると杉並区内にはかつてはもっと釣り堀があったようで、桃園川の近くに集中していたらしい」

「ははぁ」

桃園川はＪＲ荻窪《おぎくぼ》駅の北、天沼《あまぬま》弁天池公園にあった湧水を源流とした川で、善福寺川と同じく神田川の支流に当たる。合流地点はＪＲ東中野駅の南ということで、中央線の南北を軌道に沿うように流れているわけだ。そんな都心部を流域とするのなら、全面的に蓋をされてしまうのも運命だろうと思われた。こちらは「暗渠の印」と呼ぶには確かに相応《ふさわ》しそうではある。

「まぁ釣り堀、ですから。大自然の恵みを味わう、というわけにはいきませんけども」

「でも逆に、ブラックバスが勝手に繁殖して蔓延《はびこ》る、という心配もなさそうじゃないですか」

「いやぁ、確かに」

一瞬、妙な雰囲気に陥りそうになったが幸いなことに払拭できたようだった。河豚《ふぐ》のヒレ酒を互いに注文し、いやぁ五臓六腑《ごぞうろっぷ》に染み渡りますなぁ、と盛り上がった。

「あ、そうだ」藤倉が手を打った。「川の跡を示す印。一つは銭湯、と。つまりお風呂、『バス』ですな」

「あぁそうか。上手いことを仰る」私も話の流れを察して、手を叩いた。「もう一つが釣り堀。『フィッシング』ということになりますね」

「つまり『バスフィッシング』。私は川の跡を辿りながら、知らず知らずの内に忌み嫌う行為に近づいていたのか、も」

「いやいや。川に蓋をする行為はある意味、自然の破壊かも知れませんが。それをやったのが貴方、というわけではない。おまけにその跡を辿ったところで、少なくとも生態系を破壊することはありませんから」

「そうですな。無害な行為に過ぎないことは、間違いないでしょうな」

上手いことシャレてくれたお陰で、会話が途切れることはもうなかった。オススメの居酒屋だけあって雰囲気がいい。酒も食べ物も最高だ。私達は大いに盛り上がり、楽しい時間を満喫した。


小寺夫人と染井霊園で待ち合わせた。藤倉との一日をブログにアップしたら、欠かさず見てくれているようで直ぐに連絡があったのだ。そんなに楽しい町歩き、ぜひ自分も体験してみたいとメールが来た。ならば私もまだ行っていない、藍染川の源流部を探してみようという話になった。

例によって我が家から「都06」系統に乗り、今回は渋谷に出た。「池86」系統で池袋に行き、「草63」系統に乗り換えた。

「草64」と同様に池袋から出発するが、西巣鴨で同系統と別れ、また合流したりしながら最終的には浅草の別の地点に到着する。兄弟路線のように思えるが実は、両者にはかなり異なった歴史があるという。西巣鴨に在住の砺波が、どちらに乗ってもいい筈なのに何故か結果的に「64」ばかりに乗る、と不思議がっていた。結局、炭野まふる夫人にいつものように鮮やかに謎解きをしてもらった。今では乗るたびに楽しく思い出される。

「とげぬき地蔵前」バス停で下車し、大通りを向かいに渡って高岩寺《こうがんじ》に行った。ここなら分かり易いだろう、と待ち合わせ場所にしていたのである。行ってみると小寺夫人はもう来て待っていた。

お待たせして済みませんと詫《わ》びると、参道の商店街で甘味を食べたかったので早目に来ていたと答えられた。確かにここ「巣鴨地蔵通り商店街」は「お婆《ばあ》ちゃんの原宿」の異名通り、高齢婦人が好みそうな甘味処《どころ》や服飾店などが並ぶ。だが思い返してみれば、板橋宿に行こうと池袋で待ち合わせた時も彼女が先に来ていたではないか。そう言えば先日、藤倉と田端で会った時も彼は既に来ていた。自分はどうも相手を待たせる癖があるのではないか、と少々反省した。何とかバスを乗り継いで行こうとするあまり、待ち合わせ時間が私の中で蔑《ないがし》ろにされてしまう傾向にあるのかも知れない。

「それよりも」と小寺夫人は境内を振り返った。「私ここには何度も来ていたのに今日、初めて気がつきましたの。『とげぬき地蔵』っていうのにあれ、お地蔵様じゃなく観音様なんですのね」

確かにそうだ。参拝客が列を作り、立像に水を掛けてお祈りしている風景がこの名物だが、よく見てみたらあれは「お地蔵」ではない。

早速、タブレット端末を取り出しウィキペディアに繋げてみた。

「ははぁ、そういうことか」画面を指差しながら、説明した。「ここの御本尊は確かに、地蔵菩薩《ぼさつ》像らしい。ただし秘仏なので基本的に、非公開らしいですよ」

江戸時代、妻が病気で瀕死《ひんし》の状態にあった武士が夢枕に立った地蔵菩薩のお告げに従い、地蔵の姿を印じた紙一万枚を川に流してみた。すると本当に妻の病が治った。それが今も寺で配布される、「御影《おみかげ》」の始まりとされる。

その後、毛利《もうり》家の女中が針を誤って飲み込んでしまったが、この「御影」を飲んだところ無事に吐き出すことができた。その逸話から「とげぬき地蔵」と称されるようになったという。今では他の病気の治癒にもご利益があるとされ、参拝者は引っ切りなしに詰め掛けている。

「はぁ、それはそうですわよね」小寺夫人が納得したように頷いた。「そんな有難いお地蔵様なんですもの。『御影』を飲むだけで病気が治るような。そのお姿を、安易に人目に晒《さら》すわけには参りませんわよね」

確かにそうだった。一方、参拝者が水で洗いながら願を掛ける、この寺で有名な立像は「洗い観音」という。自分の治したいところに水を掛け、タオルで拭って洗うと効く、というので皆が並んでお参りしている。テレビなどでもよく紹介される光景なため、この立像が本尊だと勘違いしている向きも多い。よく見れば観音様で「お地蔵様」ではないと分かる筈なのだが、そこまで深く考えないのが大半のようだ。

「私、ここには昔からちょくちょく通ってますもので」小寺夫人が笑った。「この、一代前の像のこともよく覚えてますわよ。その頃は皆、治したいところをタワシで擦《こす》ってましたから。像が擦り切れちゃって、お顔のどこが鼻だか口だか分からなくなってましたわ」

「だから今は、タオルで拭うように変えたんですね」

「そうそう。でないと観音様が、可哀想《かわいそう》」

自分の病いを治そうというのに、有難い仏像を擦り切れるまで擦るなんて。人間はどこまで業が深いんだろう。考えると、可笑《おか》しかった。

「そもそもそんな風に、顔も分からないほど擦り切れてたから観音様だかお地蔵様だかを、意識もしなかったのかも知れませんよ」

「まぁ、そうでしょうか」笑った後、反省したような物腰になった。「でもそれ、言い訳にもなりませんわよね。お願いに来たというのにそれが何の仏様か、意識もしなかったというのは。それだけでバチが当たってしまいそう」

「まぁ。その話題はもう、そのくらいにして。さぁ行きましょう行きましょう。今日の、目的地へ」

寺の境内を出、先程バスを降りた大通りに戻った。これは白山通りである。元の中山道でありずっと下れば先日、小寺夫人らと訪れた板橋宿に至る。

大通りを渡って向かいの一画に入ると、直ぐに大きな墓地に出た。染井霊園だった。

「まぁこんなに近かったんですのね」小寺夫人が言った。「私、『とげぬき地蔵』には何度も来ていたのにこちらに来るのは初めてですわ」

タブレットで地図を呼び出し、表示に従いながら霊園の敷地に足を踏み入れた。

「あぁ、あっちのようですね」

入って左手の方に行ってみると、少し低く窪んだ一画があった。そこにも墓石が並んでいたが、こちらから見下ろすと低地になっていることは明らかだった。

「あっ、あれ」

小寺夫人が指差したので行ってみると、東京都の立てた説明板があった。「長池《ながいけ》跡」と記されていた。成程、この低地は池の跡だったわけだ。ここに湧き水があり、川の源流になっていたと言われれば素直に納得が行く。

「『谷戸《やと》川源流』って書かれてますわよね」

夫人の言う通りだった。説明板によると上流部は「谷戸川」、駒込の辺りまでは「境《さかい》川」、田端の近くからは「谷田川」で、下流部は「藍染川」と呼ばれていたらしい。随分と名前の変わる川だったようだ。最終的には不忍池に流れ込んでいた、と藤倉の教えてくれた通りで、全長は五・二キロ程だったらしい。

「あっ、こっちも」直ぐ横には、『ソメイヨシノ』発祥の地であることを示す説明板もあった。「あぁ、どこかで聞いたような気がしますわ。あの有名な桜は、『染井』の地名から名づけられたんですわね」

ここ染井の池には江戸時代、植木職人が多く住んでいた。中でも評判の高かった名人が、オオシマザクラとエドヒガンとを交配して作ったのが現在のソメイヨシノだという。全国に広まったあの桜はここで生まれたのか。思うと、感慨が深かった。

「さぁ、先へ進みましょう」小寺夫人から促された。「この長池から流れ出した川の、跡を辿ってみましょうよ」

霊園の敷地外に戻った。隣は東京都中央卸売市場の「豊島《としま》市場」で、間に細い路地が走っていた。

「あぁ、これだ」先日、藤倉に連れられて歩いたため見れば分かるようになってい
た。道は周りより低くなっており、緩やかにカーブを描く。「これが川の跡に違い
ない」
　左手が市場の建物だったが歩いている内に、直ぐに途切れた。両側とも霊園にな
っている間の道を抜けた。暫く、いかにも川という路地が続いたが最終的に行き止
まりになっていた。
　新旧の地図を重ね合わせられる例のアプリを立ち上げた。
「やっぱり川はこのまま先に続いています」私は言った。「ただし、道はなくなっ
ている。ちょっと迂回《うかい》しなければならないようだ」
「まぁ何、これ。古地図ですの」
「そう。これを見れば、一目瞭然《りょうぜん》でしょう」
　現代の地図に戻してみると、染井霊園の敷地の角に温泉施設があることも分かっ
た。川の跡の近くにお風呂屋あり。藤倉の言っていた通りだ。隣接して『東京スイ
ミングセンター』がある。プールも成程、大量の水を使う。
　小寺夫人に教えると、「あっ、ここにも」地図を指差した。確かに他にも近所に
銭湯があった。こちらは古いお風呂屋のようだ。やっぱり藤倉の説は正しかったよ
うだな。確信が深まった。

アプリを頼りに散策していると、商店街に出た。どうやら川はこの商店街の下を流れているらしい。歩いていると豆腐屋を見つけた。商店街に豆腐屋はあっておかしくはない。だが藤倉説によると、豆腐屋も暗渠を探すポイントの一つだという。ははぁ、本当にあるものだなぁ。感心している自分がいた。

商店街を抜けると大通りにぶつかった。信号には「霜降《しもふり》橋」の表示。ここに橋が架かっていた、ということだ。渡った先の通りは地図によると「谷田川通り」と書かれていた。あの説明板からすれば、この辺りで「境川」から「谷田川」へと名前が変わったということなのだろう。

通りに沿って歩くと緩やかに下っていた。いかにも下流に向かって歩いている、という感覚が湧く。先に線路が見えて来た。ＪＲの線路らしい。道は軌道の下を潜《くぐ》っていた。車道の直ぐ脇に、歩行者用のトンネルもあった。

地図によるとこの左手に行くと、踏切がある。山手線、唯一の踏切、と聞いた覚えがあった。ちょっと興味が湧いた。寄り道して見て来ませんか。提案してみようか、と迷った。と――

「ねぇ」小寺夫人が私の袖を小さく引いた。ヒソヒソ声になっていた。「誰か、私達の後をついて来てません」

えっ、と振り向きそうになったので慌てて「そのまま」と制された。「何も気づいてない振りをなさって。その先で、罠《わな》を仕掛けてやりましょうよ」

夫人の指示に従い、何気ない振りを装って線路を潜る歩道に入った。トンネルを抜けたところで素早く左折し、線路沿いの坂を駆け上がった。辿って来た道は川の跡なので、両側の土地は高くなっているのだ。右手の最初の路地に飛び込み、角に身を隠してトンネルの出口を窺《うかが》った。

間もなくトンネルから人影が現われた。男、だった。

左、つまり私達の潜んでいる方を見遣《みや》り、途方に暮れたように立ち止まった。私達がそちらに曲がったが、直ぐ後を追った筈なのに姿が消えてしまったため、戸惑っているのだ。

はっとしたように踵《きびす》を返し、足早にトンネルに戻って行った。勘づかれた、と察したのだろう。罠に嵌《は》められたと悟り、急いで姿を消した。彼が再び、我々の視界に戻って来ることはなかろう。

「ねぇ」小寺夫人が言った。「やっぱりあの人、私達を尾行《つ》けていたのでしょう」

「ええそうですね」間違いはなかった。「今の挙動からして、私達を監視していて気づかれたと察し、その場を立ち去った。小寺さんの見抜かれた通りだと私も思います」

心の中で、感心していた。このご婦人、なかなかやる。尾行に気づいていない振りをして罠を仕掛け、相手の素性を暴いた。そうそう咄嗟《とっさ》にできることではない。見掛けによらず、意外な行動派のようだ。

そう言えば、と思い出す。赤羽の華恋お嬢が恋に悩み我々がお節介、覚悟で助太刀《すけだち》に挑んだ時のこと。撞刃冴君がT字路を通り過ぎたので歩き出してみたら、彼はまだ曲がり角の手前にいた。不思議な話を打ち明けられたが、とにかく現場に行けば何か分かる、と積極的に動いたのがこの小寺夫人だった。じっと立ち止まって考えるより即、行動に移して結果に迫る。彼女の性分なのかも知れない。

「誰なのかしら」その、夫人が言った。「心当たり、ございますの」

心当たり、か。ないわけではない。彼は明らかに私を疑っていた。これまでも物腰から、伝わっていた。隠そうという意思すら、あまり感じられないくらいだった。

しかし、それにしても。こんなところまで私を尾行する程、疑念を深めていた。それはいったい何故なのか。密《ひそ》かに監視するまで、彼が疑いを濃くするいったい何があったというのか。

小寺さんは彼を知らない。それはそうだ、まだ会ったことはないのだから。炭野や吉住らと板橋宿を訪ねた時、彼は参加してはいなかった。

あの時は、ホッとした。どうも苦手だからである。探るような視線を向けられ、不快に思わない者はなかろう。落ち着かない気分にさせられてしまう。それが普通の人間だろう、元刑事の視線なんかに晒されれば。

山手線、唯一の踏切を見に行く、どころではない。さっきの迷いなどどこかへ吹き飛んでいた。最早、頭の中から消え失《う》せていた。

そう。私を尾行していたのは炭野の元同僚、郡司だったのだ。


「いや、本当に済みませんでした」深々と頭を下げた。「怪しい、と思ったらもう抑えが利きませんで。ついつい貴方の後を尾行《つ》け回してしまった。不快な思いをさせてしまった。本当に、申し訳ない」

炭野の自宅だった。小寺夫人と別れ、家に帰って来たら彼から電話があったのだ。実は今し方、郡司から相談を受けた。馬鹿な真似をしていたら気づかれてしまったので、何とか謝罪したい。間に立ってもらえないだろうか、と。

仲直りができるのならこんなに有難いことはない。気不味いままというのはどうにも心苦しいからだ。こういうのは時間が経《た》てば経つ程、修復が難しくなってしまう。やるならあまり時間を措かず、の方がいい。私としても郡司との仲がこれ以上、拗《こじ》れるのはできれば避けたかった。そんなわけで炭野の誘いに乗り数日後、彼の自宅を訪れたのだった。郡司も呼ばれて同席していた。

「実はあの日、私も池之端《いけのはた》の近辺をうろうろしていたんですよ」郡司は言った。あの日、というのは藤倉と藍染川沿いを歩いた時のことだ。頻《しき》りに恐縮しているのが、彼らしくなくて可笑しかった。「『葵《あおい》小僧』の出没した跡を辿ってまして。それであの辺りを中心に、歩き回っていたんです」

「葵小僧」とは時代小説『鬼平犯科帳』に出て来る悪人らしかった。葵の御紋をつけて押し込み強盗を働き、商屋にいる女性を陵辱《りょうじょく》して回る。被害に遭う現場はかなり広範囲に亘るが、実はその隠れ家が不忍池の畔《ほとり》にあり、拠点を中心として動くことになる。なのでその足跡を辿ると、どうしても池之端の界隈《かいわい》をうろつくことになったのだという。郡司は鬼平の大ファンであり、その舞台となった場所を歩くのが楽しみの一つなのだ。成程。暗渠巡りといい、町歩きには様々なテーマがあるものだと内心、面白かった。

「さすがに歩き疲れて手近な居酒屋に入った。そうしたらカウンターに貴方がいるじゃないですか。挨拶をしようと思ったが、お連れの方と熱心に話されてるので邪魔するのも悪いような気がした。それで隠れてたわけでもないんだが、一人でちびやりながら貴方達の話を、聞くともなしに聞いていたんです」

何と、あの店には郡司もいたのか。確かに当時、私らはカウンターに着いて盛り上がっていたから背後に知り合いがいても、気づかなかったとしても不思議はない。それとも人知れず張り込むために気配を消す、元刑事ならではの技術が無意識の内に出たのだろうか。

「そしたら妙な言葉を耳にした。『バスフィッシャー』だとか、何とか。これはとんでもないことを喋《しゃべ》っている。必死で聞き耳を立てたんだが、周りもうるさくてなかなか言葉が届かない。話の肝を聞き出すのはここでは難しそうだ。それで後日、探ってみようと思ってしまったわけです」

何とまぁ。藤倉と話した『バスフィッシング』が、『バスフィッシャー』に聞こえてしまったというのだ。

以前、郡司が語っていた。そう言えばその時もこの家で、だった。

彼の後輩で警視庁のサイバー犯罪対策課に勤めていた刑事がいた、という。彼が最後に追っていたのが、この〝バスフィッシャー〟だった。屋外のフリーWi－Fiスポットは実はセキュリティ上、問題のあるところも多い。通信が暗号化されていないため、傍受して簡単にユーザ名やパスワードを盗み出されてしまうのだ。

この犯人はそうして手に入れたデータを使い、ネット上で他人になりすまして悪事を働いていた。網を張って捕らえようとしたが、路線バスを上手く使って逃げ果《おお》せてしまった。バスを駆使して〝フィッシング〟詐欺を働く。お陰でこの異名になったという。

思わず、吹き出してしまった。「とんだ『バスフィッシング』違いですね。こっちは異名でも何でもない。本当にただの『ブラックバス釣り』の話題だったんですよ」

説明した。分かると郡司も炭野も、吹き出していた。いやぁとんだ勘違いだ。中でも郡司の方は、腹を抱えて笑い出しそうになっていた。

「いや、本当に申し訳ない」未《いま》だ笑いが抑え切れないまま、彼は言った。「失礼ながら実はずっと、疑ってたんだ。貴方はコンピュータの扱いに長《た》けているし、路線バスにも詳しい。まさにあの犯人像にぴったりじゃないか、って」後輩の捜査に何とか役立ってやりたい、との思いもあり、つい熱意が募ってしまったのだと振り返った。「そしたらあの居酒屋で、『バス』だの『フィッシング』だの言ってるじゃないですか。これはもう、当たりだと思い込んでしまって。何とか尻尾《しっぽ》を摑《つか》もうと、尾行《つ》け回してしまった。失礼、極まりないことで本当に申し訳ない」

「こいつから相談を受けて、諭してやったんですよ」炭野が郡司を指しながら、言った。「本当に彼が『バスフィッシャー』なら、そんな居酒屋で周りにも聞こえるように話を持ち出すわけがない、ってね。そもそも犯人は警察側から、そんな異名をつけられていること自体、知らない筈なんだし」

「いやぁ全く、言われてみればその通りなんだが」郡司が言った。頭を搔《か》きっ放しだった。「怪しい怪しいと思っていると、他のことには考えが及ばなくなって。我ながらおっちょこちょいで、恥ずかしいですよ。こんな体たらくだから刑事時代も、ろくな捜査結果を挙げられなかったんだなぁ。出世できなかったのも自業自得だ、こりゃ」

「まぁ何事も疑って掛かるのが、刑事の本性なわけでして」炭野が取り成すように、言った。「どうかこいつを、許してやって下さい。これも不治の〝職業病〟みたいなものだと思って。これからもまた何かやらかすかも知れませんが、まぁどうか笑い飛ばして下さい」

「いえいえ」と手を振った。「分かって頂ければ、いいんですよ。それに確かに、タイミング的にも悪かったわけで。疑わしいと思っているところに『バスフィッシング』なんて言葉を出されたんじゃ、誤解を生んでしまうのもしょうがなかったのかも知れませんね」

「さぁさぁ、もうお話は終わりましたの」まふる夫人が奥から出て来た。食事の用意をして、待ってくれていたのだ。「終わったんでしたらそろそろ、お料理を持って参りましょうか」

「あぁ」炭野がそちらを向いて、頷いた。「そろそろ、頼む」

実は今日、ここに来たのはこれが楽しみでもあった。あの手料理がまた味わえる。誘惑に抗《あらが》える男はそうはいまい。郡司と仲直りできる以上に、この目的があったことは否みようもあるまい。

まずはビールが運ばれて来たので乾杯した。

「しかし、ねぇ」最初の一口を呑《の》み干してから、郡司が言った。「貴方は本当に、コンピュータの扱いが巧みだ。何かあればさっとあの薄い板を取り出して、パッパッと画面を触る。あっという間に情報を取り出す。若者ならともかく私ら、ロートルの世代からすれば尚更《なおさら》、凄い。元は東京都の交通局に勤務されてたと伺ったが。その頃から、コンピュータを利用されてたんですか」

「あ、あぁ。え、えぇ」

「東京都交通局ってのはそんな時代から、コンピュータを仕事に活《い》かすような進んだ職場だったんですか」

「あ、あぁ。え、えぇ、まぁ」

「ほらほら」炭野が割り込んでくれた。「さっき謝ったばかりじゃないか。その舌の根も乾かない内に、もうそんな探るようなことを言ってどうする」

「いやいや。俺は感心してるんだよ。俺達の世代でこんな先端技術を操ってる。どうやればそうなれるのか、って誰だって興味あるじゃないか。俺だってあやかりたい、って」

また話が嫌な方向に向かおうとしている。やっぱりこの郡司、どうにも苦手だ。

まるで私の望まない話題を本能的に察していて、自然とそちらに誘導しようとしているみたいだ。

「あっ、そうだ」そこで、いいことを思い出した。すっかり忘れていたが、炭野に会ったらこの謎を解いてもらおうと思っていたのだ。実際には解いてくれるのは、彼ではなくまふる夫人だが。「さっきの話、銭湯と釣り堀。どちらも川の跡を探すキーワードで、そのことから『バスフィッシング』って言葉も出て来たんだ、ってことを話しましたよね。実はその藍染川の跡を歩いていて、不思議なお風呂屋があったんです」

古い廃材を使った薪の内、二本だけ焼べられることなくずっと残されている木材がある、という話をした。はぁそりゃ、いったいどういうことだろう。炭野も郡司も、腕を組んで首を捻《ひね》っていた。

そこにまふる夫人が、料理を運んでやって来た。炭野が話し掛けた。「今の話。聞いていたかい、お前」

「えぇ。聞こえてましたわ」夫人は笑顔で頷いた。こちらを向いた。「それで、ちょっとだけ確認させて頂きたいことがありますの。その二本の木材なんですが、長さは同じでしたでしょうか」

思い出して、手を叩いた。「そうだ、そうですよ。確かに二本とも、ほぼ同じ長さでした」

「それじゃ、もう一つだけ。その二本、他よりちょっと薄く削られて細長い板状になっていた、って仰ってましたわよね。実はその両端かどこかにも、手を加えて削られたようなところはありませんでしたか」

言われて思い出した。そうだ、確かにそうだった。両端に切り込みを入れ、何かに引っ掛ける突起のような形に加工されていたのだ。木材そのものは古く黒光りしているが、そうして細工されたような箇所だけまだ新しく、内部の木目が鮮明に浮き出ていた。

伝えると、まふる夫人は大きく頷いた。「きっと薪ではなくて、道具として使われているんですわ。そのご町内、老人保健施設や障害者福祉センターも近所にあって仰ってましたわよね。それじゃ、もしかしたら」

「いやぁ、長年の胸の支《つか》えがすっと降りたような心地《ここち》ですよ」藤倉が言った。前回と同じ居酒屋で、乾杯していた。「成程ねぇ。あれは薪じゃなかったわけか。そうか、車椅子、ねぇ」

まふる夫人の推理に基づき、件のお風呂屋に話を聞きに行ってみた。結果は、予想の通りだった。やはり。夫人の読みがズバリ的を射ていたのだ。

「ええ、あの板でしょう」番台に座っていた、親切そうな老婦人が答えて言った。「あそこにしか置くとこがなくって、ねぇ。うちの周り、敷地がなくって。だから、薪と同じとこに置くしかなかったんですよ」

まふる夫人も指摘したように、この近所には老人保健施設や障害者福祉センターがある。利用者には車椅子の人も多い。だがせっかくお風呂屋も近くにあるのだから、入りたいと思ってもなかなか使えない。古い造りの建物なので、今でいうバリアフリーになっていないのだ。

「特に、ねぇ。玄関のところが入り辛《づら》いんですよ」番台のご婦人が言った。「敷居が高く、靴脱ぎのところにも段差があって。車椅子ではあの段差がなかなか登れない。そしたらうちに常連でいらっしゃる大工さんがいて。薪用に裏に積んであった木材から、『これなら使えるんじゃないか』ってあの二本を選んで下さったんです。上手く削って、車椅子のレールとして段差を上がれるように。やってみたらとても上手くいったんで、ねぇ。それ以来、車椅子の方が見えるとお電話があれば、あれを出して使うようにしてるんです」

薪ではない。車椅子用のレールとして使っている木材なのだった。元々が薄く板状だったものの両端を削って突起を設け、段差に上手く引っ掛けて動かないように加工されていたのだ。

「近くにはスポーツセンターもあったじゃないですか」藤倉に言った。「あそこにはパラスポーツの練習で、車椅子のバスケットボールをやる人も多いんですって。激しい運動が終わって汗を掻いてるでしょう。そういう人からも喜ばれてるそうですよ。スポーツの後で大きなお風呂にゆったり入れて、ここは天国だ、って」

この川沿いはやはり、人の暮らしにずっと寄り添って来たのだ。老人や障害者といった社会的弱者にとっても、ここは優しい町なのに違いない。誰が来ても温かく受け入れてくれるところなのだろう、と最初に訪れた時に感じた。間違っていなかった、ということが改めてよく分かった。皆で助け合って行く暮らしが、昔から根づいているのだ。だからこそこうしたちょっとした親切も、自然に続けられているのだろう。

「いやぁ、しかし」藤倉がしみじみと漏らした。「貴方、見事なものですなぁ。こんな謎を、鮮やかに解き明かしてみせた。胸の透くような思いを味わわせて頂いた。路線バス旅のコーディネイトに、インターネットを駆使して情報を素早く仕入れる。それだけで凄いのに、推理力まで発揮してくれるなんて。何て凄い人と、私は知り合いになれたんだ。出会いに感謝、ですよ、本当に」

「あ、い、いえ」

頻《しき》りに感心している。実は推理したのは、私ではない。全く別の人で、友人の奥さんなんだ。それはそれは素敵な方で、その人の足下にも私なんか、とてもとても……

説明することはできた。だがこんなにも感心してもらえると、話の腰を折るタイミングがなかなか計り辛かった。

おまけに快感であるのも間違いはなかった。これだけの尊敬の念を向けられたことが、私の人生であっただろうか。今だけでもこの心地よさに浸っていたい。誘惑が、拭い難くあった。

いやこれは、妻が。なかなか真相を打ち明け切れなかった、炭野の気持ちも分かるような気がした。だがこのままではいけない。時間が経てば経つ程、修復が難しくなる。仲違《なかたが》いと同じことだ。こういうのは、早ければ早い方がいい。

「い、いえ。実は、ね」だから、私は藤倉を遮った。「そんな風に言ってもらえて大変、有難いんですが。でもね、違うんですよ。この謎を解き明かしてくれたのは、実は」

第七章　築山《つきやま》と信仰

我が家の〝足〟「都06」系統は終点の新橋では、駅からちょっと離れたところに停《と》まる。降車場は新橋駅前ビル1号館の裏手、第一京浜（国道15号）沿いにあるのだ。

その先の目的地まで行くには、「業10」系統か「市01」系統に乗り換えなければならないのだが、両者の乗り場も互いに離れている。時刻表を事前に調べない行き当たりばったり旅では、どちらのバス停に行ってみるかちょっと迷うところだ。

だがその日、バスを降りた私はさっさと第一京浜を先に進んだ。横断歩道を渡って左に折れ、「業10」系統の乗り場へと直行した。ここまで来る途上、タブレット端末で時刻を調べておきこちらが先に出ると知っていたためだった。

最近、待ち合わせ相手を待たせる失態が続いている。反省が、胸にあった。どうもバス旅を楽しむ趣向が強過ぎて、凝った乗り方をしてしまうのが原因と思われた。

これまでは道楽の待ち合わせだったから、それでもまぁよかった。しかし今日は、正式な仕事である。料金らしい料金は受け取ってはいないとは言え、ちゃんと依頼を受けて人と会うのである。遅れるわけにはいかなかった。だからこれまでの自省の意味も込めて、早目に着くよう心掛けたのだった。

かと言ってあまり事前に調べておいても、さして意味はない。バスの運行時刻は道の渋滞その他で、ズレるのが普通だからだ。だから間もなく新橋、という頃を見計らって車中でタブレットを立ち上げた。どちらの系統が近い時刻に出発するかを確かめた。始発の時刻であればそうズレることはないから、これでよりよい方を選べる。「業10」の乗り場に行ってみると既に客の長い列が出来ており丁度、空のバスが滑り込むところだった。

待ち合わせ場所は都営地下鉄大江戸線、勝どき駅の改札前だった。着いてみるとさすがに、相手はまだ来てはいなかった。いつにない心構えの甲斐《かい》もあったではないか。胸の中で小さく自分を褒めた。仕事の時はやはり、こうでなければならない。

やがて、待ち合わせの相手がやって来た。

「やぁどうも」

「今日は、よろしくお願い致します」

深くお辞儀し合った。

メールや電話で何度も遣《や》り取りし、互いに写真を提示し合っているので顔も分かるが、会うのはこれが初対面である。それはそうだ。彼、末次《すえつぐ》が住んでいるのは九州は福岡なのだから。今日は用があって東京に出て来るので、せっかくだからバス旅と道楽とを合わせた一日を過ごしたい、との要望なのだった。

「藤倉さんからお名前を教えて頂きました。末次と申します」最初に彼の方から、メールで連絡があった。藤倉、とは暗渠《あんきょ》巡りが趣味で共に谷田川（下流は藍染川）の上を散歩した、彼である。面白い男がいてこういうことをやっている、と私のことを紹介したのだそうだった。「路線バス旅のコーディネイターをされている、とか。実はそれなら私、お願いしたいことがあるのです」

末次は元々、東京の出身だった。ところが一人っ子だったため、両親が亡くなってしまうと近しい縁者がこちらにいなくなった。結婚して子供は望んではいたが結局、授かることはなかったのである。縁戚《えんせき》の者はいないではないが、さして深いつき合いはない。お祖父《じい》さんは五人兄弟の末っ子で、祖母と籍を入れるに当たってそちらの姓を名乗ったこともあり、本家筋とは没交渉のようになっていたため、尚更《なおさら》だった。

一方、奥さんは福岡の出で地元には親類がたくさんいる。それで定年から数年後、完全に仕事を離れてしまったのを切っ掛けに思い切って向こうに移住することにしたのだ、という。

「幸い女房の兄弟にも仲よくしてもらって、向こうでの生活は快適です」彼はメールに書いていた。「九州は気候もいいし、食べ物も美味《うま》い。やはりこれから歳《とし》を重ねるごとに、身体《からだ》も利かなくなって行くでしょうから。頼れる親戚が近くにいた方が、何かと心強い。終《つい》の住処《すみか》といいますか、人生の最後を過ごすに当たっていい選択をしたなぁ、としみじみ感じてます」

ただし、だった。こちらの家の整理が、まだついていない。親の遺品が膨大で、なかなか片づかないのだそうだった。整理がつけば家も売り払って、福岡にゆっくり腰を落ち着ける所存だがまだまだ先のことになりそうだ、と彼は語った。

「実は完全に引き払ってしまうのを、まだ決心し切れていない部分もあるのかも知れません」メールの遣り取りの後、電話で彼は言っていた。既にそこまで腹を割って話すようになっていた。「何分にも、生まれ育った土地ですからね。完全に縁を切ってしまうには、やはり躊躇《ためら》いがある。だから徒《いたず》らに整理をグズグズし、東京に通うことのできる時間を引き延ばしている。そんな未練もあるのかな、という気もしないでもありません」

それに、とつけ加えた。趣味のこともあるのだ、と彼は打ち明けた。こちらにいる頃から町歩きを何よりの楽しみとしていたのだが、まだテーマを完遂し切っていない、と。

「町歩きのテーマ、ですか」私は尋ねた。暗渠巡りを趣味としていた、藤倉の姿とイメージが重なった。「それは、どういう」

「実は、富士塚なんです」

「あぁあれですか。江戸時代、庶民の間で富士山信仰が流行《はや》ったんだけれど現地に通うまではなかなかできないので、近所に富士山に見立てて塚を建てたという」

「そうそう。それです」

先日、炭野らと入谷をブラついた時のことを思い出していた。「小野照崎神社」に立ち寄ると、社殿の左手に立派な富士塚があった。現地から岩石を船に積んで運び、積み上げたということで堂々たる風格があった。

そこでそのことを伝えると即、末次は食いついて来た。「あぁ、あそこに行かれましたか。ならば話は早い。あの塚は素晴らしいでしょう。国の重要有形民俗文化財に指定されているのも、宜《むべ》なるかなという」

「その時、一緒に行った友人は品川の富士塚にも登ったことがあると言っていましたよ」

「あぁ、あそこのも立派だ。高さがかなりありますからな。山頂からの眺めは、また格別で」

さすが。例を挙げると直《す》ぐに反応が来る。趣味にしていただけあって、それら〝有名どころ〟はとうに回り終えていたようだった。聞いてみるとやはり、藤倉とは町歩きの道楽を通じて知り合った仲らしい。暗渠と富士塚。追うテーマは違っても何かを極めようとする同志として、気心が知れる。そういうものなのかも知れないな、と感じた。

「それだけ熱心に回られていたのならば、東京の富士塚くらい全て通い終えられたのではないのですか」

「とんでもない」否定も反応は早かった。「まだまだ、とてもとても。行けていない塚は、いくらでも残ってますよ」

「そんなにあるものなんですか」

「はい」ちょっと自慢げに聞こえなくもなかった。それくらい奥の深い趣味なのだ、との自負がどこかにあるのかも知れない。「九州にも富士塚はないではないですが、やはり関東の方が圧倒的に多い。それは人口の問題もあるでしょうが、やっぱり富士山に近いという立地的な要素が多分に大きいでしょう。天気がよければ今でも見えますからね。空気が澄んでいて建物も低かった時代には、それはよく見えたことでしょう。そしてあの勇姿を目にすれば、信仰心が湧くのも自然なことと私も思いますね」

今も東京のあちこちに、「富士見町」なり「富士見坂」なりといった地名が点在する。今は建物の陰になっているとしても、昔はそこから富士山がよく見えた名残《なごり》なのだ。それだけ眺めのよいところが多かった、証拠のようなものだと言っていい。

とにかくそんなわけで、まだ回り終わっていない富士塚はいくつも残っている。今回もまた遺品の整理のため東京に出て来るので、一日を空けて〝未踏〟の塚を路線バスで巡ってみたい、というのだった。

「ははぁ、成程」

「市街地をあちこち細かく移動するなら、路線バスに勝るものはありませんからね。通う途中の風景も楽しめる。藤倉さんから貴方《あなた》のことを聞いて、これだ、と思ったんです。次に東京に出る時は是非、お願いしてコーディネイトしてもらおう、と」

「分かりました」

まずは今回、行きたい富士塚がどことどこにあるのか確認した。回り残しを一日で全て、網羅することはできない。まだまだ数が多過ぎる。今回はこれとこれ、とピックアップしてもらう必要があった。

「グーグルで『東京』『富士塚』と入れて検索してみればいくつものサイトがヒットします」末次は言った。「中でも、『富士塚一覧表』と『東京都の富士塚』というサイトがオススメです。一覧表になっているので分かり易《やす》いし、住所が載っているから場所が直ぐに摑《つか》める」

そんなわけでピックアップしてもらった富士塚は、七つ。都バスの路線図と睨《にら》めっこし、コースを検討した。

そう。今回のツアーは都バス限定である。東京都在住の私はシルバーパスを得ることができ、使えば民営のバスにも乗り放題だが福岡に移住した末次は、そういうわけにはいかない。都バスの一日乗車券を使うしかない道理だった。

「何分にも、道楽ですから」末次は言っていた。「あまり金を掛けるわけにはいかない。妻は別にいいよと言ってくれるんですが、何となく心苦しいですからね。費用はできるだけ、最低限に抑えたい」。するとやはり、一日五百円の都バス乗車券ということになってしまう」その気持ちは私にもよく分かった。

幸い調べてみると、どの富士塚の近くにも都バスの路線が通っていた。かくしてコースが最終決定し、待ち合わせ場所も勝どき駅と定まった。末次の東京の家はJR総武本線の新小岩《しんこいわ》駅が最寄《もよ》りという。ならば総武線で両国《りょうごく》駅まで来、大江戸線に乗り換えればいい。彼まで律儀に、待ち合わせ場所まで路線バスで来ることはない。

末次と一緒に地上に出、バス停に赴《おもむ》いた。「勝どき駅前」停留所は多くの路線が通るが今日、乗るのは「東15」系統である。深川車庫と東京駅八重洲口とを繋《つな》ぐ路線で、本数は昼間で一時間に二〜三本くらい。さして頻繁に出ているわけではない。一応、時刻表を調べて待ち合わせ時間も設定したが、バスは時間通りに来るとは限らない。今日は土曜だが、豊洲の辺りは休日の人出も多いから渋滞はあり得ることだった。幸い、五分くらいの遅れでバスは到着してくれた。

ここまで私が来た道を引き返すように、バスは走り出した。さっき渡ったばかりの勝鬨橋を逆走した。このまま晴海通りを真っ直ぐ北上すれば、築地場外市場の前を通って銀座のど真ん中を突っ切る。

だがバスは、橋を渡り終わったところで右折した。片側一車線の、細い道である。これまでの大通りに比べれば、こんなところにバスが乗り入れるの？　と感じるような道だった。

「やぁ、細い道に折れましたな」末次も同じ思いだったらしい。感想を漏らした。

「こういうところに入ると、いかにも路線バスという風情になりますね」

「大通りを走るばかり、じゃありませんからね」私も応じて言った。「地元の人々の足として使われている、という感覚がこんな道を走ると伝わりますね」

聖路加《せいるか》国際病院の前を通り、佃《つくだ》大橋に繋がる大通りを横切った。道の名が「鉄砲《てっぽう》洲《ず》通り」となったのが表示を見て分かった。指摘しようとすると、「次は『鉄砲洲』」と車内アナウンスが流れた。最初の目的地である。

降りるとバス停の目の前が公園になっていた。道の先に木立が覗《のぞ》いたので歩いてみると、そこが目指す「鐵砲洲稲荷神社《てっぽうずいなり》」だった。

「やぁこんなに近かったんですね」

「私も調べて近くにバス停があるとは分かってましたが。まさかこんな道沿いの、目立つところにあるとは」

鳥居を潜《くぐ》った。このような街中なので敷地としては広いとはお世辞にも言えない。ただあるべきものが全て整然と配置されている、という感じで、歴史のある佇《たたず》まいには堂々たる風格があった。拝殿の前に進み、賽銭《さいせん》を入れると鈴を鳴らして柏手《かしわで》を打った。

「ねぇ。ここに来るまでの道、ちょっと緩やかにカーブしていたじゃないですか」

参拝を終えて、末次が指摘した。「だからもしかして、川の名残だったんじゃないかとも思ったんですが」藤倉の友人だけあって、川の痕跡探しにはやはり興が乗るらしい。

「ただ、ですね。私も『鉄砲洲』という地名は珍しいのでちょっと調べてみたんですよ」タブレット端末を立ち上げ、目指すサイトに飛んだ。「そうしたら、ほら」

地名の由来が書かれていた。それによると徳川家康《いえやす》の入府当時、ここはまだ鉄砲の形をした洲の島で、因《ちな》んで名がつけられたという。また一説によると寛永《かんえい》年間、この洲で鉄砲の試射をしたことに由来する、ともいう。いずれにせよここの直ぐ目の前まで、海岸線が迫っていたのは確かなのだ。

「ははぁすると、あの道は海辺の名残ですか。緩やかにカーブしていたのもそのせいだと思えば、納得もいく」

「ねぇ。海に沿って川が流れていたというのはちょっと不自然ですから。やはり岸辺だった、と考えた方がいいのでは」

「そうかそうか。海に向かって鳥居が立っていた、というのもありそうに思えますものね。考えてみれば境内から見て海の方角は東だ。そうなると昔は日の出の時、水平線から上った朝日は正面からこの神社を照らしていたことになる」

「朝日を出迎えていたわけですね。それはさぞ霊験あらたか、というか」

「さあさぁそれより、いよいよ今日のお目当てです」

拝殿の右手に回り込んだ。立木の下に「力石《ちからいし》」が二個、置いてあった。昔、男衆が力比べに持ち上げて競っていたという石である。その横に、「鐵砲洲浅間《せんげん》神社」とかかれた立札があった。

「あぁ、あれだ」

「ありましたね」

小さな鳥居があり、その先に溶岩を積み上げたような築山が聳《そび》えていた。山頂には小さな祠《ほこら》が覗き、他にも石碑のようなものがいくつも立っていた。山の周囲をぐるりと回れるように道が巡らせてあったが、同じく螺旋《らせん》状に山頂への登り道も設けられていた。

「ただ、鳥居の脇には『危険ですから登らないでください』と書かれてますよ」

「惜しいなぁ。道まで作ってあるんだから、登ったっていいじゃないか。どうせなんだから山頂の祠に、手を合わせたい」

「溶岩を積み上げたもので足場が悪いから、転んだって責任を持ちませんよ、ってことなんでしょうね」

名残惜しそうに末次は背後を振り返った。そこには社務所があり、窓の中に人影が覗いた。注意書きに反して登ったりしたら、中から丸見えになってしまう。

不満そうにブツブツ零《こぼ》していたが結局、諦めたようで末次は塚の周りをぐるりと一回りした。山腹には穴が開けてあり、人一人くらい蹲《うずくま》れるくらいのスペースがあった。

「この穴は。富士山の風穴でも模しているんでしょうか」

「いや、これは珍しい。こんなのなかなか、見た覚えがないですよ」

山に登れなかった腹いせもあるのだろうか。末次は穴に潜り込んだ。その様子を撮ってくれ、と頼まれたので彼の携帯で撮影した。それと、鳥居の下で塚をバックに記念写真を撮りその場を後にすることにした。

「山には上がれなかったけど、楽しませてもらいましたよ。やはり富士塚は最高です」

停留所に戻ると、程なく次のバスがやって来た。今は一時間に二本の時間帯なのでほぼ三十分、鉄砲洲にいたことになる。

「滞在時間が三十分、ですか。名残惜しい気もしないでもないが、次に行かなければならないし。丁度いいのかも知れませんな」

「ここからちょっと、忙《せわ》しなくなります。乗ったり降りたり、で」

「何、構うもんですか。塚を効率よく回るためだ」

「八丁堀《はっちょうぼり》二丁目」の停留所で降りた。乗り換えるのは同じ名前のバス停だが、場所が違う。行く方向は九十度、異なるのだ。

交差点に戻って右に折れた。薬局の前にバス停があった。程なく「錦11」系統がやって来た。

忙しなくなる。先程、末次に言った通りだった。降りるのは直ぐ次の、「茅場町《かやばちょう》」バス停である。日本橋茅場町、つまり我が国の金融の中心地。バス停のちょっと先には、東京証券取引所が聳《そび》えている。

なのにそんなところにも、小さな神社が鎮座している。そもそも日本の金融街を象徴する「兜町《かぶとちょう》」という地名も、平将門《たいらのまさかど》の兜を埋めたとする兜神社があるためだ。金融と言っても所詮は博打《ばくち》のようなもの。株価の上げ下げに一喜一憂し、どうか儲《もう》かりますようにと神頼みする。最後は運を天に任せるしかない、という意味では神社に参るのも当然なのかも知れない。

「ははぁ、これはまた」バスを降りると、末次が嘆息を漏らした。道の真向かいが、目指す「日本橋日枝《ひえ》神社」なのだった。「今度の目的地も、バス停の目の前ですな」

「そうなんですよ」私は頷《うなず》いた。「今回、ルートを設定していて驚きました。目的地の直ぐ近くを、路線が通っているケースが多くって。まるで今回の旅を、神様が祝福してくれているみたいで」

「きっとそうなんですよ。さぁ、行きましょう行きましょう」

道を渡って境内に足を踏み入れた。ここは先程の鉄砲洲、以上の街中である。何と言っても日本の経済が動く発信地である。近代的なビルの群れに囲まれた中、しっかりと腰を据えた小さな神社の姿はむしろ有難みを増して感じられた。

「ここは、有名な赤坂の『山王日枝《さんのうひえ》神社』の摂社《せっしゃ》に当たります」拝殿に手を合わせた後、末次が解説してくれた。「『御旅所《おたびしょ》』とも言って、隔年で催される『山王祭《まつり》』の際には神輿《みこし》に乗った神様がここでお休みになるところなのです」

拝殿の左手に向かい合うようにして、鳥居と社《やしろ》があった。境内末社で、「北野《きたの》神社」と「稲荷神社」、「浅間神社」が合祀《ごうし》されているようだった。説明板にも相殿《あいどの》に祀《まつ》られている神として、「北野天満宮《てんまんぐう》」の菅原道真公《すがわらのみちざね》や稲荷神と共に、木花佐久夜《このはなさくや》毘売命《びめのみこと》が挙げられていた。

「あぁ、これだな」末次が納得したように頷いた。「このためにここに、かつては富士塚があったんだ」

「さっきの富士塚の前にも『浅間神社』と書かれてましたよね」私は尋ねた。実はそこのところは、よく分かってはいなかったのだ。「浅間神社って確か富士山の神様ですよね」

「富士宮市《ふじのみや》にある『富士山本宮浅間大社』が総本社とされています」末次は答えて言った。「富士山の八合目から上はこの神社の境内地で、山頂には奥宮《おくみや》が祀られている。祭神は、木花佐久夜毘売です」

「しかし同じ字で『浅間《あさま》』と言えば、長野県にある浅間山ですよね。富士山とは違うではないですか」

「アイヌ語に『燃える山』を意味する『アソウマイ』という言葉があるんですが、九州の阿蘇《あそ》もここから来ているという説があります。そもそも『アソ』も『アサマ』も火山という意味の古代語で、富士山もかつてはアサマと呼ばれていた、とか。それ以外にも日本には旭岳《あさひだけ》のASや恐山《おそれざん》のOSのように母音＋S音で始まる火山名が非常に多い。これは寺田寅彦《てらだとらひこ》が唱えた説なんですが、つまり古代語から来ているもので、日本を代表する火山である富士山が『浅間《あさま》信仰』の中心になるのは言わば当然なんですよ」

「ははぁ」

「富士塚は現地に行けない庶民のために富士山を持って来たことになっているんですから、浅間神社を勧進して来たのと同じこと。そこに祀られているのは勿論《もちろん》、木花佐久夜毘売というわけです」

「ははぁ」

末次が熱く語るのも当然、なのだった。ここにはかつてあった筈《はず》の富士塚が、今はもう消滅していて存在しないのだ。彼が挙げていたサイトにもそのことは明記されており、ここへは確認のために来たというわけである。

それでも確かに「浅間神社」は残っている。やはり以前は富士塚は存在した、と確信できただけでも彼にとって来た甲斐はあったのだろう。

「さぁではそろそろ、次へ動きましょうか」

実はここで、ちょっと相談しなければならなかった。次の目的地はまた、一つ先のバス停である。ただしこれまでとはちょっと違って、目指す神社はバス停の目の前にあるわけではない。少々、離れている。ならばまた道を渡って「茅場町」バス停に戻るより、歩いて目的地へ直行した方が合理的なのではないだろうか。

タブレット端末を取り出し、地図を末次に示して見せた。

「ははぁ、成程」地図を見て、末次は頷いた。指差した。「神社があるのはここ、ですな」

「そうです。そして最寄りの停留所は、ここ。すると次のバスを待っている時間なんかを考えれば、さっさと歩いた方が早いのかも、と思うのです」

「そうですな」同意してくれた。「一日であちこち回らなければならないんだ。効率を優先させましょう。バスに乗るのが第一目的、というわけではないんですから」

町歩きが趣味だけあって、少々の距離くらいなら足で稼ぐのに何の抵抗もないらしかった。有難かった。

鎧《よろい》橋で日本橋川を渡った。文房具大手「ぺんてる」の本社前を通って「とうかん堀通り」に右折し、「ホテル法華《ほっけ》イン」の裏に回り込んだ。

「あぁ、あれだ」小さな石の鳥居が見えた。「あの路地の奥が、神社らしい」

路地に入ると直ぐ左手に、小さな赤い鳥居と祠があった。「明星《みょうじょう》稲荷神社」だった。「日本橋小網町《こあみちょう》町会会館」の建物の入り口前に立っていた。見方によっては、町会の建物を守っているようにも映る。

「これは可愛《かわい》いお宮だな。成程、富士塚はもう影も形もない」

「東京の富士塚」を網羅したサイトにも、ここの塚はもう「消滅している」旨《むね》が明記してあった。そういう意味では先程の「日枝神社」と、同じである。

「しかしねぇ」末次が言った。「さっきのはまだ、『浅間神社』が末社としてあって、名残を窺《うかが》うことができた。ここはもう、それすらもない」残念そうだった。なくなっていることを確認するために来た、とは言ってもやはり、影も形もないのを目の当たりにすれば寂しいのだろう。

「さぁさぁでは、次へ行きましょう」促した。「次はちゃんと、残っているんでしょう。せっかく富士塚を巡りに来たんだ。なくなっているのが続くとどうにも侘《わび》しくっていけない。次はちゃんと拝んで、気を取り直しましょうよ」

「そうですな。いつまでも落ち込んでいても、仕方がない」

　ここからの行き方にも相談が必要だった。この先、「秋26」系統に乗る予定である。ところが乗り換え地である「水天宮前」バス停は、ここから最寄りの「蛎殻《かきがら》町《ちょう》」バス停から見てほんの一つ先に過ぎない。

「それなら歩きましょう、歩きましょう」即答だった。「待ち時間が勿体《もったい》ない。さっさと歩いてしまった方が早い」

　新大橋通りに戻って右折し、「水天宮前」の四つ角を左に折れた。少し待っただけで次のバスが来てくれたため、有難く乗り込んだ。

「この道は、一方通行のようですな」

末次が指摘したので、頷いた。「ですからこのバス路線は、行きと帰りとでコースが大きく違うのです。我々が向かっている方向ですと『水天宮前』バス停がありますが、逆方向にはそれがない」

「つまりこちらに向かっているからこそあそこから乗ることができた、というわけですな。いやぁやはり、今回のコースは縁起がいい。富士塚巡りを神様も祝福してくれているようだ」

上機嫌に転じていた。客が喜んでくれると、こちらだって気分がいい。

バスはクランク状に道を曲がるとJR神田駅の下で線路を潜った。「須田町《すだちょう》」のバス停で降りた。

「目的地への距離だけを考えるなら、終点の『秋葉原《あきはばら》駅前』まで乗った方が近いのかも知れません」私は説明して言った。「ただ駅前は道が、混んでますから。時間が掛かると予想される。ならば早く行くのを優先して、こちらで降りた方がいいんじゃないかと思いまして」

「全くです」これにも賛同してくれた。気が合う客というのは、やはり有難い。

「車通りだけじゃない。秋葉原駅前は通行人も多いですからな。いつも混雑している。駅前のロータリーに回り込むには、結構な時間を要すると見て間違いないと私も思います」

通り沿いに先へ歩いて万世橋《まんせいばし》の手前に出、神田川沿いに下流に向かった。ＪＲの線路を潜ると左手に神社の敷地があった。目指す「柳森神社《やなぎもり》」だった。

境内は川の堤防との間に挟まれるように立地し、道からは一段、低くなっていた。鳥居を潜って階段を降りると、右手に富士塚があった。

「いやぁ、やはりいいですなぁ」

「消滅していたところが続きましたからな。やはり現物を目にすると、ホッとする」

厳密に表現するなら「塚」と言うより、いくつもの石碑が石を積み重ねた中に埋められたような格好である。それぞれの石碑は各町の「富士講《ふじこう》」のものらしかった。「説明板」によるとやはり、かつては富士塚があったのだが神社が廃れたり、「富士山信仰」そのものが衰退したりで塚は廃棄され、残った石碑と石を積み上げて今の形に残したのだ、という。

「近くの町内だけでこんなに、『富士講』があったということじゃないですか」末次は満足そうだった。「かつての塚が失われたのは寂しいけれど、まだこんな形に残してくれただけで嬉《うれ》しいですよ。以前はこれだけ信仰が盛んだった。そのことがこれを見るだけで、分かる」

「富士講」は富士山信仰を同じゅうする、町内の集まりである。講員で金を出し合って基金を募り、代表の数人が実際に登山して来る。基本的に回り持ちで現地に行くのだが、やはり実際には行けない人も出て来る。そんな人のために富士山に見立てて、近所に塚を築いたのだ。

前述した通り神社の敷地は道より低くなっているため、富士塚の山頂でさえも道の高さに達していない。それでもやはり気高く見えるのは江戸時代、庶民の信仰はこれだけ厚かったのだと窺えるためだろう。彼らの思いが蓄積し、ここに残っているのだろう。

「おや、ここにも力石がありますよ」境内には「力石」が並べられている一角があった。「鉄砲洲稲荷」にも石があったが、こちらは数がかなり多い。「富士塚と力石って、何か関連があるんでしょうか」

「きっとそれだけ、町内の住民の結びつきが強かった、ってことなんじゃないでしょうか、ね」末次が言った。「『富士講』なんかで住民が集まることも多かった。若者が集えば力自慢の余興なんかも始まる。こうした石は、そんな時に使っていたものなんじゃないでしょうか」

「成程ねぇ」

須田町のバス停に戻った。ただし先程と同じ場所ではない。万世橋に差し掛かる手前、「S－1」系統の乗り場である。最終的には錦糸町駅前まで行く路線だが、今日はそこまでは乗らない。途中、上野で乗り換える。

「あれ、これは」バス停の時刻表を見て、末次は吐息を漏らした。「随分、本数が少ない路線ですなぁ。あっそれに、これは土日しか運行してないじゃないですか」

「そうなんですよ」実は少なからず、誇らしかった。今日は土曜日。だからこそこれを使うアイディアに辿《たど》り着いたのだ。「この路線、平日は上野―錦糸町間しか走ってないんです。土日祝だけ東京駅前から出発するので、今日はこれに乗ることができるんです」実は日曜だったら逆に、今度はさっきの「秋26」系統は使えなかったのだと説明を加えた。「『秋26』は休日には、『岩本町《いわもと》一丁目』バス停から秋葉原駅前まで直通してしまう。さっき須田町で降りることができたのは、日曜ではなかったお陰、なんですよ」

「成程なるほど」頻《しき》りに感心してくれた。こちらとしても気分がいい。「両路線の『須田町』が利用できるのは、一週間で土曜だけというわけですな。いやぁ見事なコース設定だ。やはり貴方にお願いして、大正解だった」

上野で「上58」系統に乗り換えた。不忍通り沿いに延々、走って最後は早稲田に達する路線である。出版社大手、講談社《こうだんしゃ》の目の前も通る。

だが今日の目的地はその手前、「護国寺正門前」だった。ここまでは神社ばかり回って来たが、この寺にも富士塚があるというのだ。

広大な寺の敷地である。勇壮な仁王《におう》門を潜り、階段を上がる手前の右手に鳥居があった。小さな石橋も架けられていた。

「明治時代、以前は神仏習合《しんぶつしゅうごう》ですからな」末次が解説して、言った。「寺と神社が同居していて、何の不思議もない。これもその名残ということなんでしょう」

ここの富士塚には山頂まで登ることができた。鉄砲洲では禁止されていたため、末次は嬉しそうだった。数十歩で上がることができるとは言え、やはり思いが違う。山頂には「富士浅間神社」と書かれた石柱と、小さな祠があった。

考えてみれば私は富士塚に登ること自体、これが初めてである。「小野照崎神社」の時は敷地の周りに柵があり、入ることもできなかった。

伝えると末次は「それはよかったですね」と喜んでくれた。「それじゃぁここは、初登頂の記念の山ということですね」

「ここ護国寺、って有名なお寺ですよね」私は言った。「著名人のお墓も沢山ある、と聞いてます」

「三池《みいけ》炭鉱を近代化させ、三井《みつい》財閥中興の祖とされる團琢磨《だんたくま》の墓もここにある、と聞いたことがあります」末次は言った。團琢磨は福岡黒田《くろだ》藩の下級武士の息子であり、地元では知られた存在だから漏れ聞いたのだ、と。「それから、あれですね。漫画原作者の梶原一騎《かじわらいっき》のお墓もここだとか」

「あぁ『巨人の星』とか『あしたのジョー』とかの、あの人ですか。いや聞いたことはあるけれど私らの世代では、よく知らないな。もうちょっと若い世代が熱狂したクチでしょう」

「会社の後輩に、熱烈なファンがいたのを覚えてますよ。何でも梶原一騎の代表作は多くが講談社から出されていて、だから本社が見えるこの寺に墓を建てたのだ、とか」

「護国寺正門前」のバス停に戻った。「上58」系統で来た道を引き返したが、上野までは戻らない。それではさすがに面白くない。

「根津《ねづ》駅前」で降りた。「上26」系統に乗り換えた。上野公園と亀戸《かめいど》駅前とを繋ぐ路線である。ここまでは「上58」と同じく不忍通りを走るが、根津で言問通りに右折する。坂を上がってＪＲの線路を跨《また》ぎ、根岸《ねぎし》を走り抜ける。

「この辺りを先日、藤倉さんと歩いたんですよ」思い出しながら、末次に言った。「暗渠の上を延々、歩きましてね。あっ、その路地だ。そこを入ったところにいい居酒屋がありました。藤倉さんと二人、河豚《ふぐ》のヒレ酒なんかを呑《の》み交わしましたよ」

「彼も私と追うテーマは違うとは言え、あちこち歩き回ってますからね」末次は言った。「いい店もよく知ってますよ」

「いや、全くです」

入谷の鬼子母神前を通った。あぁここか、と位置関係が摑めた。炭野らとここを訪れた時に、「小野照崎神社」まで足を伸ばしたのだ。

末次も同じことを思ったようだった。「ほら、そこですよ。そこを入れば、貴方も行かれたという富士塚がある。いや、時間があったらここにもまた寄りたかったところですな。本当にあれは、都内でも屈指のいい塚だ」

「浅草寺」の裏を走り抜けた。と、思ったところでバスを降りた。「浅草二丁目」停留所だった。

「ここからちょっと歩きます。もっと近いところにバス停がないではないですが、乗り換えてる時間が勿体ないので」

浅草警察署と、区立富士小学校の間を通って交差点に出た。

「小学校の名前が『富士』じゃないですか」目敏《めざと》く末次が指摘した。「地名の元になっているのは、間違いない。するともう、目の前ということか」

予測の通りだった。信号を渡った先、角地がちょっと盛り上がっていて、その上に祠があった。「浅草富士浅間神社」だった。

「あぁ、これか」末次が嘆息を漏らした。「この高台が元々の富士塚で、社はその上に建てられているというが。でもまぁ今となっては、塚だったと言われてもピンと来ないな。あっ、これは」

階段を上がって境内に入ると、右手に小さな塚が築かれていた。いかにも近年、建てられたばかりといった風情だがないよりはある方が断然いいに決まっている。たった七段とは言え階段があり、上がり下りすることもできた。「登山口」「下山口」と書かれているのも浅草らしく、どこか洒落《しゃれ》っ気が感じられる。「山頂」にはまだ新品のミニ祠の横に、これまた小さく「頂上」の石碑があった。

「最近、再建されたんだな。いやぁこれは粋だ。さすがは浅草だ、伝統を大切にする。やっぱりこうじゃなくっちゃいけない」

満足そうだった。なくなっていると思って来てみたら、再建されていたのだから嬉しくないわけがない。私も気分がよかった。

元のバス停まで帰ろうと小学校の前に戻ると、玄関の横にこれまた小さな山の形の記念碑があるのに気がついた。創立百周年を記念したものらしい。

「町全体が『浅間神社』のあることを誇りに思っているんですねぇ」

私の言葉に末次が大きく首肯して同意した。「信仰が息づいているようで、こちらも嬉しくなってしまいますね」

「浅草二丁目」の停留所に戻り、やって来た「上26」系統に乗った。このまま先へ行けば東京スカイツリーの下を通って、亀戸駅に至る。だがそれは、今日のテーマではない。

隅田川を渡ったところの「言問橋」停留所で降り、「草39」系統に乗り換えた。これでいよいよ、最終目的地に一直線である。国道6号線、「水戸《みと》街道」を真っ直ぐ北東へ向かう。

「ここまで六ヶ所を回って来ましたけど」次まではちょっと時間がある。車内で話し掛けた。「一口に富士塚と言っても色々あるんですねぇ。昔の姿のまま堂々としたものもあれば、何とか寄せ集めて形を残したものまで」

「跡形もなく消え失《う》せているものもありますからね。昔は各々が似た形だったのかも知れませんが――何と言ってもモデルとなった山は同じなんですから――、歴史を経る中で塚が辿って来た経歴もまたそれぞれ、ということなんでしょう。私も久しぶりに回ってみて、また新たな魅力を発見しましたよ。塚の表情もそれぞれ。ということは即ち、町の歴史もまた同じ、と」

「いやぁ全くです。それにしても最後の、小さいながらも再建された塚は堪《たま》らなかったですね」

「あれは最高でした。これだから町歩きは止《や》められない。あんな風になっているなんて、実際に行ってみなければ分からなかった」

　盛り上がっている内に荒川と中川を渡った。「次は新宿《にいじゅく》一丁目」と車内アナウンスがあったが、私はピンと来てはいなかった。「あれ、次で降りるんじゃないんですか」末次から指摘され、少なからず焦った。

「あれ、しかしさっきのアナウンスは」行先表示を見て気がついた。「あっ『新宿』と書いて『にいじゅく』と読むのですか。すっかり勘違いしてました」

　ははっと笑われた。「普通だったらそう読みますよね」

「事前に地図を見てみて、こっちにも同じ『新宿郵便局《しんじゅく》』があるんだなぁ、なんて思ってました。そうか、読み方が違ってたんですね」

「新宿」という地名は珍しいわけでも何でもない。新しい宿場町が出来ればそれに「新宿」とつけるのは、考えるまでもなく自然なことだからだ。あの有名な「新宿」だって元は甲州街道第一の宿場は「高井戸《たかいど》宿」だったのが、起点の日本橋から遠過ぎると内藤《ないとう》家（信濃《しなの》国高遠《たかとお》藩主）中屋敷の場所に「内藤新宿」が新設され、そこから来たものだ。現にその他にも我が国には、「新宿」地名は至るところにある。

「ここは『新しい宿』ではなく『新居《あらい》の宿』が転じた地名らしいんですけどね」末次が言った。「まぁ、異説もあるらしいんですけど。古くは『あらしゅく』と読んでいたといいます。とにかく降りましょう、降りましょう」

バス停で降りると道を渡った。大通りから路地に入り、住宅街の中を抜けた。「さっきの道は水戸街道ですから」質問した。「やはり『新宿《にいじゅく》』もその宿場町だったわけですね」

「この地に水戸街道と佐倉《さくら》街道（成田《なりた》街道）の追分《おいわけ》（分岐点）があったらしいです。まぁ比較的、小規模な宿場町で本陣《ほんじん》は置かれなかったらしいんですが。脇本陣《わきほんじん》くらいはあったんでしょうね」

「本陣」とは江戸時代、宿場町で大名や旗本、幕府役人などを泊めるため指定された家である。一般人の宿泊は許されず、営業的な意味での「宿屋」とは違う。また本陣に次ぐ格式の宿として「脇本陣」があり、こちらには一般客も泊まることができた。

住宅街を抜けた先に寺があった。「さぁ、ここです」末次の言う通り、山門を潜ると金堂《こんどう》の左手に大きな富士塚が聳えていた。

「ここもお寺なわけですね」先程の護国寺のことを思い出しながら、訊《き》いた。神仏習合の時代には、寺域内に「浅間神社」があって何の不思議もない。

「さっきの水戸街道の反対側に、『三輪《みわ》神社』があります」頷いて、末次は言った。「ここはその、別当寺《べっとうじ》に当たります」

「別当寺、といいますと」

「神仏習合の時代には、神社の境内に僧房《そうぼう》が置かれて一体化していることも多かったんですよ。日本の神様が仏の権現《ごんげん》であるとされた時代ですから。神社を管理するために置かれた寺が『別当寺』で、宮司《ぐうじ》よりも権威があったそうです」

「へぇえ」

富士塚に歩み寄った。かなりの大きさだった。少なくとも今日、見て来た中でも最大規模と言っていい。説明板によると高さ約十m、周囲は六十mもあるらしい。この寺を菩提寺《ぼだいじ》としていた常陸藩《ひたちはん》の藩主、森谷《もりや》家が信仰心に厚く、寺に寄進して建てたものだと記されていた。

「偉いお武家さんだったんでしょうね。庶民の信仰を重んじて、こんなものまで建ててくれたくらいですから」

ところがそこで、末次が小さく首を振った。「実は、そこなんです。貴方に今日、ツアーのコーディネイトをお願いしたのにはこのこともあったのですよ」本日、末次が頷かずに首を振ったのは考えてみればこれが初めてだったかも知れない。

私を紹介した藤倉から聞いたのは、路線バスツアーのコーディネイトをしてくれる人だ、というだけではない。長年、不思議に思っていた謎も解いてくれたのだ、と教えてくれたと末次は語るのだった。そうか、と思い至った。今日、回った六ヶ所は彼にとって初めて訪れるところばかりだったがここだけは違う。にも拘《かか》わらずこの富士塚は、コースには絶対に入れてくれるようにとの要望だった。つまりはこのためだったのだ。

「い、いえ。謎を解いたのは私ではなく、その」

「えぇ、まぁ。それは他の方らしいということも、伺ってます。とにかく貴方に頼れば、どんな謎でも解いてくれるその人に繋げてもらえる、と。それを聞いて私、どうしても」

カバンから小冊子を取り出した。『葛飾区の史跡』と表紙に書かれていた。出版社名がないところを見ると、自費出版されたものなのだろうか。尋ねると末次は大きく頷いた、今度は。

「それは、私の祖父が書いたものなんです」彼は言った。教えられて改めると成程、著者名も同じ末次姓だった。「私が幼い頃に亡くなったんですけどね。それで話をした記憶は殆《ほとん》どないんです。ただ、戦前から教師をやっていたということで。郷土の歴史や遺跡などにとても興味があり、独自に調べて回っていたと親父《おやじ》が言ってました。これは戦後、間もない頃に祖父がそれまで調べたことを纏《まと》め上げ、一冊に仕上げたものなんです。言わば、半生の集大成のようなもので」

「ははぁ」話の流れから、次の展開を何となく察することができた。「するとこの富士塚についても、ここに記述がある、と」

「ええ、そうなんです」またも頷いた、何度も。「あまり記憶に残ってない祖父ということもあるのでしょうか。逆にその足跡を辿ることで生前の姿を実感したい、という孫の思いなのかも知れません。とにかく私が町歩きを趣味にするようになったのも、元はと言えばこの本を参考にして実際にあちこち史跡巡りを始めたのが切っ掛けだったと言っていい。富士塚の魅力に出会ったのも」

実際に回ってみると、お祖父さんの記述は実に正確だった。入手できる限りの資料を渉猟《しょうりょう》して書き上げたようで、記述の出典に関してもきちんきちんと押さえられていた。さすがは元教師。あやふやなものは後世に残さないぞ、という気概のようなものまで感じられたのだという。

「なのに、ほら」当該ページを捲《めく》り、指し示して見せた。「この富士塚に関してだけ、こうなんです」

話の流れから何となく、そういうことではないかと察しはついていた。予想はしていたがやはり、目の当たりにしてみると少なからぬ衝撃があった。いくら何でもこんな疑問、あのまふる夫人であっても解くことなどできるのだろうか。さすがに懸念せずにはおれなかった。

お陰で富士塚の前で記念写真を撮っても、心がどこかここにあらずになっていた。後で見てみると私の胸のバッヂも、あらぬ方向を向いて模様がうまく写ってはいなかった。

「いやぁ、ここですか」

「高いな、やっぱり」

「ただちょっと、周りに木が多いですね。見晴らしがよければもっと、高さを実感できただろうに」

「そうですね。そこだけが残念だな」

炭野、吉住と共に「箱根山《はこねやま》」に来ていた。言うまでもなく神奈川県の人気観光地、ではない。新宿区のど真ん中、私の家からだとバスの乗り換え二回で来られる場所だった。〝我が家の足〟「都06」系統で渋谷に出、「池86」から「大久保通り」バス停で「橋63」か「飯62」に乗り換えればいい。「国立国際医療研究センター前」で降りれば、待ち合わせ場所の新宿区立戸山《とやま》図書館まで直ぐだった。

ここは都立戸山公園の中である。都立アパートの棟がずらりと立ち並ぶ。一つの町を形成していた。

その真ん中に、箱根山があるのだ。「行ってみましょう」と言い出したのは例によって、吉住だった。

「そこ、人工の山なんですけど実は山手線内で一番、標高が高いんですよ。都心部の最高峰。これは、行かないテはないんじゃないですか」

　面白そうだな、ということで炭野も私も賛成した。山手線内で一番、標高が高い自然の丘陵は港区の愛宕山《あたごやま》らしいが、築山も入れれば箱根山の方が上らしいのだ。登りたい、と思ったのは先日、末次と富士塚巡りをしたことも頭のどこかにあったのかも知れない。どちらも人工の山ではないか。

　元々は江戸時代、尾張《おわり》藩徳川家の下屋敷だった頃に廻遊《かいゆう》式庭園が築かれ池を掘った土を積み上げたものだった。「小田原《おだわら》宿」を模した景観が再現され、評判だったという。その後、荒廃したこともあったが明治時代には陸軍戸山学校用地となり、誰からともなくこの山を「箱根山」と呼ぶようになった、とか。

　標高は四四・六m。精々《せいぜい》が六mだか十mだかの富士塚に比べれば、確かに高い。周りの標高を換算しても、である。ただしこれは殿様の遊びで作られたのに比して、あっちは純粋な信仰心からだ。どちらが気高い、という類いの比較は当たるまい。登るのはほんの数分の作業だった。爺様《じいさま》三人、子供のようにはしゃいで降りて来た。

　バスで大久保駅前の繁華街に出、小さな串カツ屋に入った。この辺りは近年、韓国料理の店が立ち並び「コリアン・タウン」と化している。そういうところではない。韓流ブームに踊る若い女性で溢《あふ》れ返り、とても爺様ののんびりできるところではない。韓流串カツの本場は大阪だが、東京から見れば異国情緒のようなものではないか、と勝手に理屈をつけた。生ビールで乾杯し「二度浸《づ》けお断り」のソースに串カツを浸して頬張った。

「実は」一頻《ひとしき》り、小さな登山の話で盛り上がってから私は話題を換えた。今日の遊びに参加した裏には、この動機もあったのだ。「先日、新しいお客から依頼を受けて富士塚を回って来まして」

「おおぅ。それでは今日と同じ、築山ではないですか」

「そう、そうなんです」吉住に頷いてから、続けた。まずはどんな風に七ヶ所を巡ったのか、簡単に説明した。それから最後の寺の話に移り、末次のお祖父さんの冊子を取り出した。今日のために、借り出して来ていたのだ。「塚の前の説明板には、『これはここを菩提寺としていた殿様が建てたものだ』と明記してありました。これがその写真です」スマホで撮ってあった写真を見せた。

説明板は区の教育委員会が建てたもので、いい加減なものではあり得ない。記述の根拠になっているのは寺に残された記録文書であることも、ちゃんと記されていた。

「これが、そのコピーです」

末次はちゃんとそこまで調べていた。寺に願い出て文書を見せてもらい、コピーも取らせてもらっていたのだ。今日はそれらの資料も全て、借り受けていた。全ての用件が終われば福岡に送り返すことで、了解を得ていた。

「寺の文書はさすがに古いものなので、昔の文章だ」吉住が見て、言った。「今となっては読み難《にく》いけど、ただ内容は何となく分かる。確かに塚を建てたのは森谷なる殿様である、と書かれているようですね」

「ええ、そうなんです。なのに」

今度は『葛飾区の史跡』の該当部分を開いた。そこにはこう記されていた。

「異説（寺保有文書）もあるが塚は現地の大商家、吉当善右衛門《よしあたりぜんえもん》が庶民の信仰に資《し》するべく、私財を投じて建てたものとされる」

「いやはや」炭野が掌《てのひら》で額を叩《たた》いた。「丸っ切り、内容が対立していますね」

「塚を建てたのは、誰か」吉住も横で言った。「殿様か、篤志家《とくしか》の商人か。これは今となっては、証明しようがないのではないですか」

「ええ、ただ」私は言った。末次も同じ意見を述べていた。「説明板の方にはちゃんと根拠がある。寺の文書にも同じことが書かれているわけですからね。一方、お祖父さんの唱える説には裏付けがない」

「その通りですね」炭野が頷いた。「今のままだとお祖父さんの説の方が、分が悪いというか」

「しかし、どうしてなんだろうな」吉住が冊子の他の部分をパラパラと捲った。

「他の史跡の記述では、何に基づいてこう書いているのか根拠がちゃんと示されている。なのにこの塚に限って、それが正反対だ」

「殿様だという異説については、寺の文書とちゃんと出典を示しているのに」炭野が言った。「自説の根拠が何に基づくのか、何も書かれていない」

「ねぇ、不思議でしょう」私は途方に暮れたように言った。末次もあの時、全く同じ表情だった。「どうしてここだけ、こうなっているのか。お祖父さんは何故、こんな異説を唱えたのか」

「いやはや、これはお手上げですよ」炭野が言葉通り、両手を挙げた。「いくら家内でも神様じゃない。とてもこれだけの材料で、答えが得られるとは思えない」

「いやいや」吉住が首を振った。「奥さんならば大丈夫ですよ。きっと見事に解き明かしてくれると、私は信じてます」

実は私も今回に限っては、半信半疑だった。いくら何でもこんな謎、解けるわけがないではないか。いやしかしやっぱり、あの夫人だぞ。今回もちゃんと解明してくれるのではないか。いやいやでも、なぁ。信じたい気持ちと諦めとが、交互に襲い来た。

だが吉住を見ていると、自信が湧いて来た。疑った自分に罪悪感を覚えた。やっぱりあのまふる夫人だ。今回も見事に解き明かしてくれるに違いない。

「まぁ一応」炭野がテーブルに並べた資料を指差した。「持って帰って女房に見せてはみますけどね。今度ばかりはあまり期待しないで下さいよ」

「大丈夫ですよ」吉住は自信満々のままだった。「次回、ここに集って胸の空《す》く思いを味わうのを、今から楽しみにしてます」

家に帰って来て、ほぅと息をついた。男やもめの帰宅は毎度ながら、侘しいものだ。その日が楽しければ楽しい程そうだというのも毎度、嚙《か》み締めることだった。パソコンを立ち上げ、今日の模様をウェブサイトにアップした。さすがに今日くらいの小さな旅では、「ツアー」と称するのは面映《おもはゆ》い。ただの爺さん三人の徘徊《はいかい》に過ぎず、大してバスを乗り継いだわけでもない。だから例のバッヂも胸につけてはいなかった。箱根山を背景に記念写真は撮ったが、私の胸には何もなかった。

ふと思い出して先日、末次と行ったツアーのブログを見返してみた。そちらの記念写真には胸にバッヂがあったが、例の謎があったためその向きまで気にしてはいなかった。歪《ゆが》んで明後日《あさって》の方を向いていた。

ふっ、と笑みが浮かんだ。何故、末次のお祖父さんは富士塚の由来について敢《あ》えて異説を唱えたのか。いくら何でも、との諦めといやいややはり、との思いが再び胸に交錯した。今夜は熟睡できるだろうか、と訝《いぶか》った。

杞憂《きゆう》だった。

電話が鳴った時、私は前後不覚に寝入っていた。どこから音がしているのか咄嗟《とっさ》に分からず、布団の上で暫《しば》し戸惑ったくらいだった。その前に、何の音かも分かっていなかったかも知れない。

電話。頭がはっきりすると、その意味が胸に突き刺さった。こんな時間に電話が掛かって来た。つまり……。私は慌ててスマホを手に取り、通話アイコンをタップした。

「もしもし」案の定、だった。電話の主は炭野だった。「お早うございます。もう、起きられてましたか」

「はい、勿論です」嘘《うそ》を言った。別に構うまい。炭野を徒《いたず》らに、済まながらせることもない。「それで、こんな時間にお電話を頂いたということは。奥様は、何か」

「ええ、そうなんです。つきましてはちょっと、確認したいことがあると家内が申しておりまして」

「もしもし」まふる夫人と換わった。耳が清められるような声だった。寝起きでボヤケた頭が、お陰ですっきり澄んだように感じられた。「こんな時間に申し訳ありません。実は一つだけ、そのお客様に訊いて頂きたいことがありますの」

「はい」興奮が抑えられなかった。やはりまふる夫人、謎の解明に繋がる何かに思い当たったのか。「どういうことでしょう」

「末次さん、と仰《おっしゃ》いましたわよね、そのお客様。お祖父様が五人兄弟の末っ子だったこともあって、ご結婚の際にお祖母《ばあ》様の方の姓を名乗られるようになった、と。ではその前、元の姓は何と仰ったのでしょう。それだけ、確認して頂けませんでしょうか」

「いやぁやはり、今回もズバリでしたよ」私は言った。例の大久保の串カツ屋、炭野と吉住と再結集していた。「キーは苗字《みょうじ》でした。奥さんの勘はやはり、的を射てましたよ」

まふる夫人からの電話を受け早速、末次にメールを送った。返事は直ぐに来た。お祖母さんと籍を入れる前の元々の姓、本家の苗字は「足摺《あしずり》」といったらしい。「元来は高知の出身で、あの岬の辺りから江戸に出て来たのが始まりらしいんです」間もなく電話も掛かって来て、末次は述べた。「それで、故郷の地名を名乗るようになったと聞いたことがあります」

「ではその本家に、ちょっと訊いてみてはもらえないでしょうか。江戸時代、ひょっとして『吉当』姓を名乗っていた時期はなかったか、と」

「あっ」

まふる夫人が話を聞いて、気になったのは主に二点だったという。まず第一は、根拠も示していない「商人建立説」をお祖父さんはどこで仕入れたのか。他の記述については出典をきちんと記しているのに、これに関する限り言及がない。つまりは文書からではない。耳で仕入れた説、というのが最もありそうに思われる。

では、誰から聞いたのか。町の古老、辺りというのも考えられないではないが、それならそれで「町内の何某《なにがし》から聞いた」と追記してもよさそうなものではないか。

そこで仮説が浮かぶ。ひょっとしてお祖父さんはこの話を、一族の誰かから聞いたのではなかろうか。つまりこの吉当善右衛門、というのはご先祖という仮説。ならば読み手からすれば、親族自慢のように思えてしまうのもあり得ないではない。そこを遠慮して、敢えて根拠を記さなかったのではないのか。

そこで気になるのは「吉当善右衛門」という名前だった。あまりに縁起のいい文字が並び過ぎ、のようにも感じられる。商売人なのだから姓を名乗るに当たって、験《げん》を担ぐのはいかにもありそうではないか。

「江戸時代の色街『吉原』も元々は海辺の『芦原《あしわら》』だったのを、『あし』は『悪《あ》し』に通じて縁起が悪いから『よし』にした、と聞いた覚えがありますの」まふる夫人は言った。「それでこの名前も、元の字を嫌って変えた、ということもあるんじゃないかしらという気がして」

そこで末次が本家と久しぶりに連絡を取り、確認したところ案の定だった、という次第。

「ご先祖がこちらに来て商売を始め、幸いに上手《うま》く行って苗字を名乗るのを許された時、出身地の名前をつけようとしたら音があまりよくないと判断されたらしい、というんですよ」後に報告の電話を掛けて来て、末次は言っていた。「『足摺』とつけようとしたら『あし』も『する』もあまり縁起のいい言葉ではない。それで正反対に、『よし』『あたる』にしたんだそうです」

酒のつまみの定番、「スルメ」も「する」は博打で「擦る」と音が同じだから、と「アタリメ」と呼んだりする。要は全く同じ感覚だったというわけだ。

「ところが私財を投げ打って富士塚を建てたりしたものだから、商売の遣り繰りが苦しくなった。そうこうする内に明治政府になって、平民も苗字が許されるようになった時ちょっとわざとらし過ぎる『吉当』姓は止《や》め、本来の『足摺』を名乗るようになった、とか」それで末次も、「吉当」の姓を見てピンとは来なかったのだ。

実は足摺家本家では、「あの富士塚はご先祖が建てた」というのは内部で語り継がれて来た言い伝えらしい。分家のような形になっていたため末次は、知る機会がなかったというわけである。

「寺の文書ではどうして、お武家が建てたことになっているのか。それについても本家筋が言ってましたよ。あそこは森谷家の菩提寺で、何かとよくしてもらっているから寺としても持ち上げて見せたのではないか、と。少なくとも商人が私財で建てた、というのより箔《はく》がつくようにも思えますし、ね。とにかく本家では密《ひそ》かに、あの富士塚に対して誇りに近い想《おも》いを抱いているそうですよ」

いやぁ長年の謎が無事に解けて、胸がスッとしましたよ。末次は言った。声からだけでも清々《すがすが》しさが伝わって来た。「それもこれも本家とのつき合いを面倒がって、疎遠にしていた私が悪かったんです。以前から親しくしていれば、疑問も何もなかったのに。お陰様でこれを機会に、本家ともゆっくり話ができましたので。これからはそちらに出て行くたびに、顔を出してつき合いを深めたいと思っています」

「親戚どうし、つき合いを深めるいい機会になったと彼も喜んでいましたよ」私は炭野と吉住に言った。「今となってはこちらを引き払い、福岡に移ってしまった判断に迷いも生じ始めた、と。少なくともこちらに出て来るいい口実が一つ増えた、と彼は言っていました。実家の遺品を整理するのは今後、できるだけゆっくりに引き延ばそうか、なんて」

「親戚の仲を繋ぐのにも一役、買ったということですね」吉住が言った。「謎が解けただけではない。それは、めでたいではないですか」

「まぁ、お役に立てたとすれば」炭野も言った。「私らとしても嬉しいのは間違いない。家内にも帰ったら、このことを伝えてやりましょう。彼女も喜ぶに違いない」

「さぁさぁ乾杯だ。奥様のお陰で今夜も美味い酒が呑める。心から感謝、ですよ」

路線バスは町と町とを繋ぐ。時として疎遠になっていた人と人とを繋ぐこともあるのだな、と改めて感じた。末次の一族が仲よくなるのに資することができたなら、こんなに嬉しいことはない。

乾杯して喉を流れ落ちて行ったビールは、本当に最高の味だった。

第八章　目的地

「豊玉《とよたま》」は練馬区の南部、中野区と接する辺りの地名である。彼は自宅を出ると一瞬、立ち止まり戸惑ったように周囲を見渡した。やがて一つ納得したように頷《うなず》くと、歩き始めた。いったん動き出せば迷いはもうどこにもなかった。

住宅街を抜けて都道318号線、通称「環7」に出るとバス停に歩み寄った。「豊玉中《なか》」停留所だった。彼の自宅からすれば最寄《もよ》りのバス停に当たる。やって来たバスに乗り込んだ。都バスの「王78」系統。新宿駅と王子《おうじ》駅とを結び、環7沿いを延々と走る路線である。

彼が乗り込んだのは、新宿方面行きだった。私も続いて乗車した。彼は全く、後を尾行《つ》けている私という存在に気づいていないようだった。自分のやりたいことに精一杯で、周りに注意を向ける余裕もない、といった感じだった。

バスは停留所を離れると、環7をひたすら南下した。野方《のがた》で西武《せいぶ》新宿線の線路を、高円寺《こうえんじ》でＪＲ中央本線の高架を潜《くぐ》ると高円寺陸橋の交差点で左折した。青梅《おうめ》街道に入り新宿方面へ向かって走り出した。

車内の彼をじっと観察した。バス停まで歩いた時と同様、何の迷いもないようだった。自分の目的地はちゃんと分かっている。どこで降りればいいかも熟知している者の姿、と映った。

途中、周りをキョロキョロすることもなく終点の新宿まで乗り続けた。大ターミナルの停留所で降りると、初めて彼はちょっと迷いを窺《うかが》わせた。どちらに向かうべきか。どの乗り場に行くべきか判断を躊躇《ためら》っているように見えた。

だが逡巡《しゅんじゅん》もさしたるものではなかった。結局、「品97」系統の乗り場に行った。新宿駅と品川駅とを結ぶ路線である。バスは停車場に既に着いて待っていた。運転手は席を離れていたが、程なく戻って来た。恐らく用を足しに行っていたのだろう。運転手が車内に入るとドアが開いた。

彼に続いて、私も乗り込んだ。後部の、彼の様子を観察し易《やす》い席を選んで座った。これまでの、「王78」系統における行動と同様だった。

彼もまた、「王78」でと同じ物腰だった。乗り込んでしまえば迷いはどこにもなく、目的を把握している人間の姿だった。周囲を見渡すことなく、じっと前方に視線を据えていた。

「品97」系統は四谷三丁目《よつや》まで新宿通りを東に向かい、外苑《がいえん》東通りを右折する。青山《あおやま》墓地の横を抜けて西麻布や広尾《ひろお》といった瀟洒《しょうしゃ》な街を通り、天現寺橋で左折する。ここから古川橋までは〝我が家の足〟「都06」系統と同じルートだ。古川橋で右折して南へ向かうと魚籃《ぎょらん》坂を駆け上がり、泉岳寺《せんがくじ》やグランドプリンスホテル新高輪の裏を回り込むようにして、終点の「品川駅高輪口」に滑り込む。

乗っていてなかなか面白く、車窓も興味深い眺めが続くが彼には全く関心がないようだった。目線は真っ直《まっす》ぐ、フロントガラスの先に向けられたままだった。

品川駅の高輪口は、広大な駅舎の西口に当たる。バスを降りた彼は歩道橋で国道15号線、所謂《いわゆる》「第一京浜」を渡るとJRの駅舎に上がるエスカレーターに乗った。駅の反対側へ行く積もりのようだ。

東西を貫く広いコンコースは常に人人人の波で、歩くだけで苦労させられる。上手《うま》く通行人の流れに乗らないと、あらぬ方に押し流されてしまいそうだ。彼はちょっと難儀するような素振りは見せたが、意思に揺らぎはないようだった。駅の反対側へ向かって歩き続けた。

高輪口の反対側、東口は「港南口《こうなん》」と呼ばれることが多い。そこに至って彼は、初めて大きな迷いを見せた。どちらへ行けばいいのか。心底、戸惑っている風だった。

それはそうだろう、と思う。以前は品川駅の東口と言えば、何もなく殺風景なことで知られていた。プリンスホテルなど近代的な建物の立ち並ぶ西側とは、全く対照的だった。

こちらには東京都中央卸売市場食肉市場、通称「芝浦《しばうら》と場」がある。牛の処理頭数、取引金額は日本最大だそうで屠畜場《とちくじょう》のあるようなところは普通、一般人の姿はあまり見掛けない。

ところが東海道新幹線に品川駅がオープンし（以前は東京駅の次は新横浜駅だった）、乗降客《じょうこうきゃく》の流れが生じるようになって様相が一変した。今では駅前に西側と同様、高層ビルが立ち並び近未来的な街並みへと豹変《ひょうへん》しているのだ。開発が新しい分むしろ東口の方が、ゴチャゴチャと入り組んでいる西口より近代的に映ると言っていい。

そんなわけですっかり様変わりしているものだから、彼が戸惑うのも当然ではあった。バス乗り場も綺麗《きれい》に整備され、ロータリーに整然と配置されていた。

自分がどのバスに乗ればいいのか。分からないようで彼は案内図の前で立ち尽くしていた。かなり長い時間、逡巡していたが漸《ようや》く意を決した様子で、「浜95」系統の乗り場に歩み寄った。品川駅と東京タワーとを結ぶ路線である。

「品川や田町、浜松町《はままつちょう》といった辺りを主にウロウロしているようなんですよ」彼の息子、筧由朗《かけいよしろう》の言っていた通りだった。

「父が認知症になってしまいまして」由朗氏は私に打ち明けて、言った。「一見、しっかりしているように映るんですが思考があちこち飛んでいるらしく、話していることが一貫しない。記憶も混濁しているようです。昔のことを事細かく話しているかと思ったら、ついさっきのことも忘れている。食べたばかりのご飯を『まだ食ってない』などと怒り出す始末です。まぁよくある症状なのかも知れませんが。妻などは当初、どうしていいか分からずオロオロするばかりでした」

聞けば筧は年齢は私とさして変わらない。それでも認知症の病いは、なる者には突然、襲い掛かって来るのだろう。最近では若年性認知症なる診断もあるという。いつ、自分もそうなってしまうかも分からないのだ。他人事だと油断することは誰にもできない。

「まぁご飯を食べてない云々《うんぬん》、だけならそう困ることはないのですが」由朗は続けた。「一番、厄介なのは突然フラリといなくなってしまうことなのです」

「所謂、徘徊《はいかい》というものですか」

「ええ、ええ。そうなんです。訳の分からないところをウロウロしていて警察に保護され、こちらに連絡が来るということもしょっちゅうです。でも私も平日は仕事で忙しいので、連絡を受けても簡単に引き取りに行けない。妻もパートで働いていたんですが、父の症状が重くなって来たので今は仕事を休んでいます。それでもちょっと目を離した隙に、フラリといなくなっている。暫《しばら》くは途方に暮れてしまいまして」

筧は奥さんを早くに亡くしており、認知症の進んだ彼の面倒を見るのは由朗の奥方しかいないのだという。由朗には妹もいるが、夫の出身地である関西に住んでおり子供も小さいため、あまり当てにすることはできない。

ほとほと困り果てた夫婦は、父親にスマホを持たせることにした。連絡を取り合うため、ばかりではない。何より認知症の進んだ筧は新しい機械の操作がなかなか覚えられず、電話を掛けても繋《つな》がらないことが多い。調子のいい時は出ることもできるのだが、ボーッとしている時には画面にタッチして操作する、なんて芸当は至難の業と化する。結果、呼び出し音が延々と鳴り続けるだけ、の事態と成り果てる。

だからそうではなくスマホを持たせたのは、彼の現在位置を把握するためだった。ＧＰＳ機能がついているから電源さえ入っていれば、フラリといなくなっても今どこにいるのか立ち処《どころ》に突き止めることができる。どこにいるのかさえ分かれば、心配の度も激減するし対処も素早くできるようになる。

調べるのは現在位置、だけではなかった。どこをどう通ってその場所に至ったのか。採ったルートをトレースすることもできる。何時何分にどこどこを通り、どこどこを経由したのか後から辿《たど》るのも可能なのだ。

「徘徊というのもただ、いい加減に彷徨《うろつ》いているだけじゃない。本人なりに何かやりたいことがあって、どこかへ向かおうとしているんだ、というじゃないですか」由朗は言った。「だからそうやって辿ったルートのデータを蓄積し、分析すれば父がどこへ行こうとしているのか突き止めることもできるんじゃないか。スマホを持たせるようにしたのは、そういう狙いもあったんです」

やってみたところ、面白いことが判明したという。

「家を出てから最初は、移動ルートはいつも同じ。環7に出て南下し、高円寺陸橋から青梅街道に入る。新宿に出る。そこまでは毎回、同じようなんです。しかも通過時刻を見てみれば、移動はとても早い。バスに乗っているのは間違いありません」

つまり今日、冒頭に私が尾行したのと同じコースというわけだ。

遠方で警察に保護されるケースが大半だったため徒歩ではなく、交通機関を使っていたのは初めから予想はついていた、と由朗は語った。それに都バスに乗っていたと知って、納得できるものがあった、と。実は筧は定年退職するまで、ずっと東京都の交通局に勤めていたというのである。

「それも本庁舎に勤務する事務方ではない。都バスの現場、一筋の人生でした。人一倍、仕事熱心で成績も優秀。何度か表彰まで受けたくらいでした」

「ははぁ」

見渡すと筧家の応接間には、額に入れた表彰状が飾られていた。彼の仕事人生の誇りが、この一枚に集約されているのだろう。もっとも本人は今、自室のテレビで大好きな巨人戦を見ているためその表情を見ることはできないが。

「それだけ仕事に打ち込んだ人生だったのですね」私は言った。「ならば現場を去っても当時への思い入れが強く、半ば無意識の内にバスに飛び乗ってしまうのも無理のないところなのかも知れませんね」

「ええ、ええ。そこはそう思います」由朗は頷いた。「ただ、ですね。解せないのは何故いつも新宿なのか、ということなのです。確かに我が家から都バスに乗るなら、環7を走るあの路線しかない。それに父は渋谷営業所にも勤務経験があったため、新宿に出るのは別に不自然でもないのですが。でも常に、というのはちょっと不可解なのですよ。と、言うのも父は、北営業所にいたこともあるのですから」

西新宿にある都バスの新宿車庫は、渋谷営業所の新宿支所に当たる。だから渋谷営業所にいたのなら新宿は確かに管轄地域だし、行きたいのも納得できる。ただ一方、北営業所は王子を管轄するのでそちらには全く足を向けない、というのは成程ちょっと不可解だ。「王78」系統のもう一方の終点は、他ならぬ王子なのだから。王子駅と赤羽駅とを結ぶ「王57」系統という路線もあって、当の北車庫の前を走り抜ける。

「渋谷時代は親しい同僚もいて、とても楽しい思い出だけど」私は仮説を挙げた。「北営業所時代はそうでもなかった、のかも知れませんよ」

「まぁそれはあり得ないではない、と私も思いますが」由朗は応えて言った。「更に分からないのは、そのまた先なんでして」

新宿から先、乗るバスが一定しないのだ、という。

最も多いのは「品97」系統に乗って、品川に出るケースだと彼は語った。今日と同じルートというわけである。ところがその先は、てんでバラバラ。「品98」系統で大田市場に行ってみたり、「田92」系統で田町駅前に行ってみたり。そうしてアットランダムにウロウロしている内、訳が分からなくなって警察に保護される結末に落ち着くというのだった。

「お父さんは交通局時代」話の流れから予測がついたため、訊《き》いた。「そちら方面の営業所には勤務経験はなかったのですね」

「えぇえぇ、そうなんです」由朗は大きく頷いた。「だからどうしてそんなところに行くのか、とんと見当がつかなくて」

「まぁ勤務経験がないからと言って、思い入れがない、と決まったわけでもありませんけどね」

「確かに、それはそうです。しかしこうしょっちゅうとなると、どうしてそんなところに行きたがるのか私にも分からなくて」

何をしたいのかが分からなければ、対策の立てようがない。由朗の言う通りだった。

新宿から向かうのは品川ばかりではなかった。「宿74」か「宿75」系統で、東京女子医科大に行くこともあったそうである。病院なのだから老人がいても不自然ではない。むしろ見慣れた存在だろう。だから誰からも不審がられなかった。診察時間が終わりになっても周囲をいつまでもウロウロしていたため、漸くおかしいと気づいた職員からこちらに連絡が来たのだという。お陰でかなり遅い時刻になっていた。まだスマホを持たせる対処をしていなかった頃の話である。

「掛かりつけの病院だったわけでは無論、ないわけですよね」単なる確認だった。

ええ、とこれも大きく頷いた。「お世話になっている病院はここから歩いて直ぐのところにあります。父は大病を患ったことはないから、大きな病院に行ったこともない。わざわざバスに乗ってまで、縁も所縁《ゆかり》もない女子医大病院なんかに行く理由にどうしても思い当たらないのです」

「宿74」「宿75」系統も、渋谷営業所新宿支所の所管に当たる。だが最早、かつての勤務地との関連づけを想定してもあまり意味をなさそうだった。何と言っても働いたこともない、品川方面に赴くことの方が多いのだから。

「とにかくそういうわけで」由朗は言った。「どこにどうやって行っているかまでは突き止めたのですが、その動機が分からない。だから貴方《あなた》にお願いしたいのです。何回か父の様子を観察してみて、何がしたいのか予測をつけてみて頂けませんか」

夫婦では尾行の真似《まね》はできない。由朗は仕事が忙しいし、奥さんも後をついて行けば早晩、父親に気づかれてしまうだろう。いつもの行動を採ってもらえなければ推理の材料も得られないのだ。だから観察するのは、箟の知らない第三者である必要がある。

実は既に私には、路線バス旅のコーディネイトをするばかりでなくちょっとした謎解きまでやらかす、稀有《けう》な奴《やつ》という捉えられ方が一部で定着してしまっているらしい。私のウェブサイトにはこれまでのツアーの詳細をできるだけ細かく書き込み、模様を公開しているが謎解きに関する記述は自分ではやらない。ただ参加者からのメールも許される限りオープンにし、サイトの宣伝に利用させてもらってはいる。「とっても楽しかった」「またお願いしたい」といった内容の便りが載れば、口コミの評判にも繋がるからだ。

そんな中、楽しい旅だけでなく長年の謎も解いてもらった、というメールを投稿して来る客もいる。先輩の墓をどちらに向けるべきか迷っていた乙川や、いつまでも焼《く》べられないお風呂屋の薪が気になって仕方がなかった藤倉らである。

「胸の支《つか》えが降りた心地《ここち》がする。本当に有難うございました」

お礼が届けばこちらだって悪い気はしない。実際には解いてくれたのは炭野の奥さん、まふる夫人であっても、である。仲介したのは自分であり一役、買ったことだけは間違いないのだから。このためこうしたメールが届くと、「いえ、解いたのは私ではないですがお役に立てたとすれば、嬉《うれ》しい」との返信も添えて、サイト上に公開していた。これが密《ひそ》かに評判になり、ネット上で広まって行ったわけである。

由朗もそうやって私を知ったのだそうだった。路線バスを知り尽くし謎解きもやる第三者。父の観察を任すのにうってつけだと判断し、私に連絡して来た。こうして会うことになった、という次第である。

「しかし、尾行したところで」私は言った。「何か分かるとは限りませんよ」期待させておいて結果的には駄目だった、となれば先方の失望も大きかろう。最初に釘《くぎ》を刺しておくのは、当然だった。

「ええ、それはそう思います」由朗も認めて、答えた。「ただこちらとしては、藁《わら》にもすがるような思いなんでして。とにかくやれるだけやってみよう。それで分からなければ諦めもつきますが、何もせずに放棄する気にはなれない。今はそんな心境なんです」

「そうですか。では」そうまで言われては断る気にはなれない。何とかしてあげたい、との思いは正直なところなのである。「どうなるかは保証の限りではないが、私としてもできるだけのことはやってみましょう」


かくして今日、私は筧の後を尾行《つ》けている。行動を逐一、観察している。これで彼の目的が何なのか、突き止められるとは限らないが。とにかくやれるだけやってみる。由朗に語った通りである。

今回、筧の乗り込んだ「浜95」系統はなかなか面白いルートを辿る。品川駅舎を背にして走り出し、都道316号線（旧「海岸通り」）に出ると左折。八千代《やちよ》橋を渡って左折、藻塩《もしお》橋で大きく右折すると田町駅の東口前に乗り入れる。「田92」系統と同じルートである。

ただしこちらは田町駅前が終点ではない。元の道に戻って更に先へ進み、「芝浦一丁目」のバス停を過ぎるとまた鋭角に大きく右折。都道316号に戻って左折し、首都高速1号線の高架下に出る。後はずっと首都高と一緒に走って日の出埠頭《ひでふとう》や竹《たけ》芝埠頭《しばふとう》の前を抜け、左折してJR浜松町駅前の高架を潜る。第一京浜に出ると右折し、浜松町一丁目の交差点を左に折れて東京メトロ神谷町《かみやちょう》駅の上へ。ぐるりと回り込むようにして、東京タワーの足元に達する。ここが終点である。

鋭角に折れるコースが続いて方向感覚が曖昧になり、自分がどこを走っているのか分からなくなる。時折、田町駅前や埠頭付近を通るお陰で位置感覚を取り戻すが、またもカーブが続くので再び方向が摑《つか》めなくなる。品川から浜松町に向かうのなら真っ直ぐ行けば簡単だと思うのだが、そうは問屋が卸さない。まるで乗客を翻弄しているかのようで、バス好きには堪《たま》らない路線の一つと言えよう。

ただしこれまでと同様、筧にはバス旅の道程を楽しむ気は全くないようだった。これまでとは違ってフロントガラスに視線を据えることはなく、両側の窓を交互に見ているが車窓を眺めているわけではない。それよりもこれはどこを走っているのか。いったいどういう行き方をしているのか摑もうと努めているように映った。いや、それよりも何故、このバスはこんなところを走っているのか。どうして自分はこれに乗っているのか困惑しているようにも見えた。品川に至るまでとは明らかに異なる。彼は自分がどこに向かっているのか把握できていない。大いに戸惑っている。観察している限りでは、そんな風に映った。

終点の東京タワーまで乗り続けることもなかった。「浜松町駅前」のバス停で、筧は降りた。ここは超高層ビル、世界貿易センターの足元である。見上げれば空に突き刺さる摩天楼の姿が望める。

しかし筧はそんな眺めを楽しむ気も毛頭なかった。さっさと道を渡ると、向かいのバス停に赴いた。ここを通るバス路線は今、乗って来た「浜95」系統だけである。向かいのバス停から乗れば元来た道を遡《さかのぼ》り（もっとも行きと帰りとで多少、ルートは異なるが）、品川駅前に戻るだけである。

停留所の時刻表を眺め、そのことを思い知った彼は心底、困惑している様子だった。頻《しき》りに首を傾《かし》げ、キョロキョロと辺りを見渡していた。いったい何が起こっているのか。分かっていない男の姿に他ならなかった。

「あの、もし」見兼ねて、話し掛けた。「大丈夫ですか。どうかなさいましたか」

「あぁ、いえ」視線を合わせようともしなかった。「大丈夫です。何でもありません」

「どこへ行こうとされているのですか。もしあれでしたらバスの路線について、お教えできることもあるかも知れません」

「いえいえ、大丈夫です」視線は合わせないままだった。「私は元、都の交通局におりましたので。バスのことならよく分かってます。どうも、ご親切に」

最後の言葉とは裏腹に、お前の世話にはならない、と突っ撥《ぱ》ねている物腰だった。バスに関しては自分は専門家だ。お前なんかの教えを請うことはない。自尊心が溢《あふ》れていた。

「そうですか。それじゃ」

引き下がるしかなかった。これ以上、話し掛けても彼が気持ちを変えることなどあり得ない。見れば明らかだった。

結局、彼は戻りの「品95」系統に乗り込んだ。話し掛けてしまった以上、続いて乗ることはできない。ついて来る奴がいる、と警戒されれば自然な振る舞いは期待できまい。尾行はここまで、と諦めるしかなかった。


その夜、由朗氏と会った。

筧はあの後、途上の田町駅で降りていた。浜松町駅前で思わず話し掛けてしまったため、尾行は断念せざるを得なかった。由朗家に電話を掛け、経緯を説明すると奥さんがスマホで位置を確認して「義父《ちち》は田町にいるようです」と教えてくれた。夫は仕事で不在だったが奥さんが在宅していたのだ。

そこでJR山手線（さすがに急ぐのでバスにのんびり揺られて行くわけにはいかない）で田町駅に赴き、探しているとちょうど、徘徊老人ではと不審に思った警官が筧に歩み寄ろうとしているところだった。慌てて制止し、状況を説明した。

「息子さんの奥さんが今、こちらに向かっているところです」私は警官に言った。

「だから、お手を煩わせるまでもありません。間もなくこちらに着いて、連れ帰ってもらいますので」

納得して警官は立ち去って行った。

現在位置を正確に報告し続けたため奥さんは、程なくやって来て私に合流した。あそこ、と私が筧を指差すと、何度も頭を下げて義父の方へ歩み寄って行った。

私は筧に見られるわけにはいかない。少し離れた位置で見守っていたため話し声は聞こえなかったが、さして揉《も》めているようには映らなかった。奥さんが話し掛けると筧は笑顔を見せ、素直に手を引かれて駅の方へと導かれて行った。

筧が義理の娘に不信感を抱いていたのなら、あぁはいくまい。「何をしに来たんだ」「俺にはまだやることが残っている」などとゴネて、なかなか同行には応じなかった筈《はず》である。そうではなくあんな風に、素直に帰宅を受け入れたのは信頼関係が築かれている証《あか》し、と思えた。老人の徘徊という難しい問題に直面してはいるが、いい側面もあると知ったことで少なからず気分がよくなった。

だから夜、仕事を終えた由朗とその日の報告を含めて話し合う際、真っ先にこの話題を持ち出した。

「あぁ。私も正直、妻には感謝しているんです」本心からの言葉であることは、表情を見れば分かった。「父に本当によくしてくれて。いつも心から接してくれて。

だから父としても妻に親近感を抱いていて、お陰で素直に従ってくれるんでしょう」

家にいるのが嫌だからどこかへ出て行ってしまう。徘徊老人にはそんな動機ゆえの行動もあり得るだろう。息子の妻が嫌いだから一緒にいたくない。どこの家庭にだって、あってもおかしくないことだと思う。

だがこの家に関する限り、それはないと断じてよさそうだった。徘徊の原因は家庭環境にあり、なんて結論に落ち着くのは、依頼を受けた私としてもできれば願い下げだ。最悪の懸念が払拭され、ホッと胸を撫《な》で下ろす心地だった。もっともでは何故、筧は家を出て行くのか。突き止めなければならない責任感は一層、募るのだが。

「今日は一日、有難うございました」由朗氏はまず、頭を下げることから始めた。続いて本題に入った。「それで、どうでしたか。父の様子は」

「『王78』系統で新宿に出るまでは、何の迷いもない感じでした」辿るルートについてはスマホのお陰で、こちらにも既に分かっているのだ。だから私が伝えなければならないのは、主に移動中の筧の様子について、だった。「新宿に着いてからも逡巡はさしてなかった。『品97』系統で品川に出ました。問題は駅舎のコンコースを抜けて港南口に出てから、です。散々、迷った挙句に『浜95』に乗ったのですが明らかにそれまでとは様子が違ってました。自分がどこに行こうとしているのか。何故こんなところを通っているのか分かっていない、という風に見受けられました」

模様を事細かに説明した。

「ははぁ」由朗も戸惑っているようだった。「やはり品川、か。その辺りに用があるんでしょうか」

「そうですね。品川から浜松町に出て、田町に戻りましたから。あの辺りに目的地がある、というのは想定できるのかも知れませんね」

「でも東京女子医大病院に行くこともあるのですよ」

「そうでしたね。そこはちょっと分からないな。今日の様子を見ただけでは、何とも」

新宿から品川と、女子医大とでは方向がかなり違う。確かに品川の界隈《かいわい》に目的地があるとするのなら、病院に行く理由の説明がつかない。

「まぁ、一日の調査だけで見当がつくと楽観していたわけではありませんから」慰めるように、私は言った。「これからも引き続き様子を観察してみますよ。そうして行く中で何か、見えて来るものもあるかも知れない」もっともどれだけ時間を掛けて尾行したからと言って、何も分からないままという結末も大いにあり得るのも事実だが。

「済みません」頭を下げた。「こんなことで貴方にはお手数を掛けて」

「何の。時間だけは持て余している老人です。人のお役に立てるかも知れないというのなら、労力は惜しむものではありませんよ」それに東京都シルバーパスを使っているのだから、経費は掛からない。

「済みません」由朗氏は繰り返した。更に深く頭を下げた。「本当に助かります」


数日後、またも家からふらりと外出した筧を尾行《つ》けた。彼に姿をはっきり見られたのは、浜松町で話し掛けたあの時だけである。もう忘れてしまっている、と期待していい筈だった。警官が話し掛けようとした時も、義理の娘が迎えに来た時も見られてはいない。

今日も筧は迷うことなく、「王78」系統で新宿に出た。車窓を眺めることなく、じっと前方に視線を据えたままなのも先日と同じだった。

ただ、新宿に出てからが違った。前回も少々迷ってはいたが、今日もちょっと逡巡の様子を見せて降車場とは違うバス乗り場に歩み寄った。「宿75」系統の乗り場だった。

ははぁ。私は胸の中で、小さく喝采した。これは東京女子医大病院に向かう路線である。先日の尾行では観察できなかった、別ルートを辿る筧を見ることができそうだ。

「宿75」は出発すると青梅街道に出、新宿大ガードを潜って東口側に抜ける。日本最大の繁華街、歌舞伎町《かぶきちょう》の目の前を走り抜ける。明治通りに出ると、左折。都営大江戸線東新宿駅の上で職安通りを右折し、抜弁天《ぬけべんてん》まで坂を駆け上がる。同じく大江戸線の若松河田《わかまつかわだ》駅を過ぎたところで右折し、東京女子医大前に達する。普通はここが終点である。

ところがこの便は、数少ない三宅坂《みやけざか》行きだった。女子医大の前を過ぎても走り続け、外苑東通りを右折。靖国《やすくに》通りとの立体交差で左折し、合羽坂《かっぱざか》下から津《つ》の守坂《かみさか》通りに入った。新宿通りに出て、左折。後は通り沿いに四谷駅前などを抜け、半蔵門《はんぞうもん》で皇居前に達し内堀《うちぼり》通りを右折すれば直ぐに終点の「三宅坂」バス停である。

車内の筧は当初、明らかにおかしかった。ガード下から明治通り、職安通りと折れ曲がるたび大きな戸惑いを見せていた。

女子医大前に達しても降りようとの素振りは微塵《みじん》もなかった。先に進むバスに乗り続け、両側の車窓をキョロキョロと覗《のぞ》いていた。何でこんなところを走っているのか。不思議で堪《たま》らないといった風だった。

落ち着きを取り戻したのは新宿通りに達してから、だった。漸く納得したように座席に腰を沈め、リラックスした風でのんびり車窓に目を遣《や》った。ターミナルの「四谷駅前」でも降りる素振りは見せなかった。

ところが「次は終点の三宅坂」と車内アナウンスが流れると再び取り乱し始めた。どうしてこんなところで停《と》まるのか。全く分からない、といった風だった。ただ、納得できないと言っても終点なのだから、降りるしかない。何で俺はこんなところで下車しなければならないのか。理不尽に憤る、といった物腰で彼は車外に降り立った。折り返し帰途に就くバスの姿をじっと見詰め続けた。どうにも得心が行かない、というように首を捻《ひね》っていた。

こんな姿を見せられてはどうしても放ってはおけない。いけない、とは分かっていたが気がつくと、私は彼に近寄っていた。「何かお困りですか」話し掛けてしまった。

「どういうことだ」前回と違い、彼は私を拒否はしなかった。「どうしてこの便は、こんなところで停まる」どうやら先日、浜松町で会っていたことは覚えていないようだった。そもそもあの時、ろくに視線を合わせようともしていなかったわけだし。こちらとしては好都合だった。

私はカバンからタブレット端末を取り出し、立ち上げて画面を見せた。こうしてやった方が何もないより、納得してもらい易いのではないかと思ったのだ。

「ほら。今、乗って来たのはこれ『宿75』系統です」路線図を指し示した。「新宿駅西口と三宅坂を結ぶ路線ですが、ここまで来る本数はとても少ないようですね。大半は東京女子医大で停まってしまうようで。乗り過ごしてしまわれましたか。だったら向かい側のバス停から、戻られた方が」

「いや、病院なんかに用はありません」手を振った。「私が行きたいのは、もっと海の方でして。晴海埠頭行きが、あった筈だが」

「晴海埠頭ですか。それなら」再びタブレットで検索した。「あぁ『四谷駅』が始発の『都03』という系統がありますね。このバス停から乗れます。最終目的地はどこですか。これで検索すれば、乗り換え方も直ぐに分かりますが」

「いや」と再び手を振った。「あちらの方にさえ行ければ、後は分かります」都バスのことなら知悉《ちしつ》している、という自負がそれ以上の介入は許してはくれなさそうだった。これは、前回と同様だ。諦めて引き下がるしかなかった。

さして待つまでもなく、晴海埠頭行きがやって来た。

「お世話になりました。それじゃ」覧は私に頭を下げ、バスに乗り込んだ。後に続くわけにはいかないのは、これまた前回と同様だ。

「しかし何故、四谷から」乗り込む際、呟《つぶや》く声が最後に聞こえた。「新宿から、来ていた筈だが」

バスは走り去って行った。

状況を説明するため、私は筧家に電話を入れた。今日も家にいるのは由朗氏の奥さんだけだ。得難い信頼関係は築けているとは言え、やはり気の毒に感じられてならなかった。彼女は今回はどこまで、義父を迎えに行かなければならないのだろう。


「とうとう、探偵の真似事までやる羽目になりましたよ」

新橋の居酒屋だった。炭野と二人、吞《の》んでいた。由朗氏に今日の尾行の模様を報告し、帰宅している途中で彼から連絡が入ったのだ。用があって外出したのでどこかで落ち合って吞まないか、という。ならば、と新橋で待ち合わせることにした。

帰宅するためバスを途中下車しなければ、そのまま新橋まで辿り着ける。

「認知症ですか。それは大変ですね」生ビールで乾杯して、炭野は言った。「とても他人事とは思えない」

「全くです」

ここは炉端焼きが名物の店で、炭火で焼いた魚介類などのつまみが長い杓文字《しゃもじ》に載せられ、囲炉裏端の客に供される。昔ながらの演出が料理の味を高めているようで、お陰で更に酒が進んでしまう。

「何度か後を尾行《つ》けてみて様子を観察することを繰り返し、全体の模様を把握して奥様の推理をお願いしよう、と勝手に思っていたのですが」これまでの経緯を説明した。「まだ二回だけしかやれていないので、これだけの材料では、ちょっと」

「いや、いくら材料が集まったところで今回は無理かも分かりませんよ」炭野が苦笑を浮かべた。「認知症の人がどこへ行こうとしているのか、なんて。家内だって、とても」

「いえいえ。炭野さんの奥様だったら、大丈夫ですよ」確信があった。これはもう、吉住にも負けていないと言っていい。「見事、解き明かして頂けると信じてます」

藁にもすがる思い、と語っていた由朗氏の様子が浮かんでいた。できれば何とかしてあげたい、と思うのは人情であろう。そうとなれば頼れるのは、まふる夫人しかない。

「しかし相手は、都バスに精通した人なんでしょう」炭野は言った。「そんな人が戸惑うような行き先を、我々なんかが、ね」

「東京都交通局に勤めていた。それがプライドになっているくらいの人ですからね」私も応じて、笑った。「ちょっと助けてあげようと思っても即座に拒否、ですから」

言いながらふと、声が蘇《よみがえ》った。「しかし何故、四谷から」寛が最後にバスに乗り込む時、漏らした言葉。「新宿から、来ていた筈だが」

はっ、とした。慌ててタブレットを取り出した。立ち上げて、「都03」系統に関する情報を検索してみた。結果は、直ぐに出た。

「やっぱりだ」私は炭野に画面を指し示して見せた。「以前は『都03』は新宿と晴海埠頭とを繋いでいた。それが二〇〇〇年に新宿～四谷間が廃止になり、短縮された。筧さんはこのことを言っていたんだ」

「認知症の人は昔のことはよく覚えているが、近年の記憶ほど頭から抜け落ち易いといいますからね」炭野が頷いて、賛同してくれた。「もしかすると今回の件は、その辺に鍵があるのかも知れませんね」

「廃止、あるいはルートが変更になった路線、か」タブレットでの調査を続けた。夢中になり最早、酒やつまみを味わっている余裕はなくなっていた。「しかしそれだけでは、数が多過ぎるな。もっと対象を絞り込まないと」

今日、筧は「行きたいのは海の方だ」と言っていた。晴海埠頭が最終目的地ではなさそうな言い方だった。

考えてみれば筧が最も足を運ぶ先、品川だって海からは近い。今は埋め立てられているが、昔は旧東海道の直ぐ近くまで海岸線が迫っていた、と聞いた覚えがある。

おまけに、そう。筧は品川の駅舎から見て陸側の高輪口から、海側の港南口に行っていたではないか。田町を経由して浜松町、また田町に戻った先日も、線路から見て海の側ばかりを彷徨《うろつ》いていた。由朗も言っていたではないか。「品98」系統で大田市場に行っていたこともある、と。あれもまた海の方、埋立地をずっと走る。「品川から海の方向へ向かっていた路線、か」私の指はタブレットの画面上を走り続けた。「そして今は廃止なり、路線変更なりされているもの、と」

まずはよく利用する「都営バス資料館」というサイトに行ってみた。熱烈なファンが運営する民間サイトのようだが、資料の充実ぶりは際立っている。これを参考にツアーのコーディネイトをしたことは数限りない。

サイトの「路線・営業所」の項目に、「路線改編録」というページがあったので飛んでみた。営業所、路線、停留所の変化を経年ごとに記録したデータのようだが、調べたい路線がどれで、いつ廃止なり改編なりされたのかが分からない。そもそもそれを知りたくて調べているのである。データが詳細すぎて逆に、見つけ出すことは困難そうだった。

同じ「路線・営業所」の「系統別データ」に行ってみた。路線系統ごとの詳細な資料が並んでいた。だがこれまた、探したい路線がどれなのか分からなければ調べようがない。

目次の最後に「営業所・支所」という項目があった。各営業所についてのデータがあったので、「品川営業所」を開いてみた。「車庫の概要」が文章で説明され、

「所管系統」の一覧表が続く。だがどうやらこれは、現在運行中の路線のようだ。「基本データ」「沿革」に続いて「歴代所管一覧」の表があった。かつての路線がどう変遷して現行系統になっているかも網羅されているが、他へ移管になったり廃止になった路線も載っているようだ。「廃止」や「移管」になっている系統には網が掛けられているため、その箇所を中心に目を凝らした。字が小さいので読み辛《づら》い。眼鏡《めがね》を外して目元を揉み、画面を拡大して一覧表に視線を戻した。

「どうです」炭野が覗《のぞ》き込んで来た。あまりに熱中していて、彼が傍《そば》にいることすら忘れていた。それどころかここは、居酒屋なのだ。あまりこんなことばかり続けていては、店側から迷惑がられてしまうかも知れない。「うわっ、これは細かい資料ですな。目で追うだけで、大変そうだ」

「品川から海の方へ行っていた路線で、今は廃止か変更されている系統を探せばいいのです。ただ確かにあんまり時間を掛けていると、お店から『帰ってくれ』と怒られてしまうかな」

「そうですね。長引くようだったら場所を変えた方がいいかも知れない。おや、これは」

炭野が指差したので、私も見てみた。「虹02」とあって運行区間は「品川駅東口～東京テレポート駅」。平成十四年十一月三十日で「廃止」とある。

東京テレポートは東京臨海高速鉄道「りんかい線」の駅である。一九九六年の開業で、都の臨海副都心開発事業計画の愛称である「東京テレポートタウン」から駅名がつけられた。お台場などのある、東京湾の13号埋立地だ。品川からあそこに行っていたのなら、恐らくレインボーブリッジを渡っていたのだろう。

「新宿から晴海埠頭の方にも行こうとしていた、と仰《おつしや》ってましたよね」

「ええ」と炭野に頷いた。確かに方向的には、似ている。正確には晴海埠頭とお台場は別の埋立地だが、途中でちょっと乗り換えれば行くのはさして難しくない。レインボーブリッジを渡らずに陸路でお台場を目指すなら、埋立地を伝いながらぐるりと回り込むしかないのだ。「ここですね、きっと。筧さんが行きたがっているのは、お台場かその近くだ」

翌日、夜に筧家を再訪した。分かったかも知れない。メールで既に伝えていたため、由朗氏も仕事をいつもより早目に切り上げ、帰宅していた。

「海がキーワード、かと思うんですよ」新橋の居酒屋で炭野と二人、推理を巡らせた経緯をざっと説明した。「そうしたらこれまでの行動と符合する。では何故、都バスの路線を熟知している筈のお父さんが、途中で迷ってしまうのか。それはきっと、近年になって廃止か変更されてしまった路線だからではないか、と思いついたわけです。そうして」

タブレット端末を立ち上げ、「虹02」系統のデータを呼び出した。あの後、じっくり調べたため同系統についての知識は既に頭に叩《たた》き込まれていた。

元々「虹」のつく「01」と「02」の系統は一九九三年、レインボーブリッジの開通と同時に運行を開始した路線だった。東京湾に出来上がった新たな観光名所に、見物客がどっと押し寄せることを見越して企画されたわけだ。「虹01」は田町駅東口を、「02」は東京駅南口を起点とし、レインボーブリッジの足元である芝浦埠頭までを結んでいた。そこからは橋を歩いて渡るなり、同じく新たに開通した新交通システム「ゆりかもめ」を利用するなりして対岸を目指すよう促していたのだろう。

ところがブームが過ぎ去ると両路線の運命は明暗が分かれた。「01」の方は起点を浜松町に換え、橋を渡って東京ビッグサイトまで向かうようルートを延長。レインボーブリッジを通勤の足とするサラリーマンの需要も取り込んだのに対して「02」の方は成績が振るわず、一九九五年に廃止とされてしまった。運行、僅か一年五ヶ月という短命路線だった。

ところが思わぬところで「虹02」は復活を遂げる。先述の「りんかい線」は、東側の新木場駅〜東京テレポート駅間は早く開通していたものの西側の大井町方面への延伸が、遅れていた。そこでその間、代替交通手段として新たなバス路線が敷かれたのである。二〇〇〇年のことだった。品川駅東口からレインボーブリッジを渡り、東京テレポートまでを結ぶというかつてとは全く違ったルートであるにも拘《かか》わらず、「虹02」の名が冠されたのだった。

ただし代替措置なのだから「りんかい線」が予定通りに運行を開始すれば、お役ご免となる。新生「虹02」系統も二〇〇二年に消滅し、二度も「廃止」となった路線としてファンの記憶の中だけに留《とど》まることとなった。

ちなみにもう一方の「01」の方も、二〇一三年に廃止され今ではレインボーブリッジを走る都バスはなくなっている。

「レインボーブリッジ！」由朗氏は手を叩いた。「そうか。そうだったのか、あの時の。確か僕はまだ、十歳だった」

説明してくれた。

当時まだ小学四年生だった由朗少年は、バスに夢中だった。父親が働いている、ということもあったのかも知れない。どこへ行くにしてもなるべく路線バスを好み、乗れない時も車庫に佇《たたず》み発車して行く姿を飽きずに眺めていた、という。

「当時、我が家は今と違って若林《わかばやし》の辺りに住んでいたんです」由朗は言った。「あそこには、小田急《おだきゅう》バスの車庫がありますからね。まぁ親父《おやじ》の勤務する都バスではありませんが。あそこに、暇さえあれば通っているような子供でした」

ところが父親の筧は仕事が忙しく、子供をなかなか遊びに連れて行ってあげることができない。そこである時、提案した。今度、品川からレインボーブリッジを渡る路線バスが開通したんだ。それに乗って、お台場まで遊びに行ってみないか。

「バスに乗るだけ、だったら喜ぶのは僕だけだったでしょう。でもお台場まで行くとなれば、妹も喜んでついて来る。お袋も来ることになって、ちょっとした家族旅行みたいな感じになってくれたんです」

ルールは一つだけ。交通手段は都バスのみを使うこと。今では新代田で折り返している「宿91」系統も、以前は環7沿いに駒沢陸橋まで伸びていた。若林からなら、これに乗ることもできたわけである。

つまり今、筧が辿っている品川までのルートと異なるのは、高円寺陸橋まで。環7を豊玉から南下するか、若林から北上するかの違いだけで青梅街道に入れば後は新宿、更に品川へ、と同じコースだったのだ。

そして品川からはいよいよ「虹02」系統へ。海の上を走ってお台場に達した。一日、遊び疲れて同じルートを遡って帰った。

「あれは確かに、楽しかったなぁ。親父が忙しくて、家族みんなでどこかに行くということ自体、珍しかったですからね。滅多にない機会だったんです。そうか。親父、あの日のことが忘れられなくて」最後の方は少し、涙ぐんでいた。

筧としても忘れられない思い出だったのだろう。妻を亡くした今となっては、そのまま再現しようにもできはしない。

ただ、同じルートを辿ることはできる筈。認知症で霞《かす》んだ頭で、よし行ってやろうと家を出る。最初に乗るバス停は違うが、これは引っ越したのだから仕方がない。青梅街道まで出れば後は、以前と同じだ。

ところがいざ、行ってみると戸惑う。品川から先、お台場に向かう路線が見当たらないのだ。廃止された、という記憶は頭から消え失《う》せている。あの日の思い出が鮮明であればあるだけ、逆にそうなってしまうのかも知れない。

品川から向かう路線が見つからないのなら、「虹01」に乗るまでのことだ。そこで、浜松町に行ってみる。ところがこの系統もまた、廃止になっている。筧は混乱したことだろう。あれ、そう言えば「虹01」は元々、田町から出ていたんだっけな。じゃぁあっちに行ってみるか。だが当然、それもない。かくしてどうやって目的を果たせばいいか見当もつかず、彷徨《さまよ》うこととなってしまう。

品川から行けなかったのなら、新宿から晴海埠頭行きに乗って途中で乗り換えたっていい。ところがこの路線もまた、新宿〜四谷間が短縮されている。何とか皇居方面に向かおうとするが、東京女子医大で停まってみたり、漸く先へ進めても三宅坂で降ろされたり。

つまり筧は徘徊していたわけではない。行き先は確固として定まっているのだが、その方法が分からなかっただけだったのだ。都バスのことなら熟知している。自信がこの場合は、逆に働いた。昔の記憶が詳細な分、後に廃止などの変更が加えられているとそれに対処ができなくなってしまう。

「それで、ね」小さく鼻を啜《すす》り続ける由朗氏に、提案した。「今も説明しましたように、レインボーブリッジを走る都バスはもうない。でも、こんなのがあるんです。どうです。こんなツアーを、企画してみては」


「上手くいきましたよ」先日と同じ、新橋の炉端焼き店だった。炭野と待ち合わせ、乾杯した。「やはりあの時の、我々の推理は的を射ていたんです」

筧が行こうとしている先はお台場で間違いなかった。かつて家族全員で行った、思い出深いところだったらしい、と説明してからタブレットの画面を見せた。由朗氏から送られて来た、ツアーの写真がいくつも載せられていた。私は同行するわけにはいかなかったので、事後に報告の代わりにこうして送って来てくれたのだ。

あの時、私が提案したのはこういうことだった。

レインボーブリッジを渡る都バス路線は、もうない。説明した通りである。ただし今も、それを受け継いでいる路線は存在する。タクシー事業なども営む国際自動車グループの、ケイエム観光バスの運行する「お台場レインボーバス」だ。品川を起点に路線によっては田町駅前も経ながら、お台場に向かう。レインボーブリッジも勿論《もちろん》、通る。これを利用して思い出深いかつての家族旅行を、再現してみられては。

由朗氏は一も二もなく、賛同してくれた。せっかくだから妹の家族も呼び出して、大々的にやってみますか。

かくして思い出を辿るツアーが実施された。妹も賛成してくれて、夫と小さい子供を連れて関西から出て来た。

全部で六人という、路線バスツアーにしては〝大人数〟である。ゾロゾロと筧家を出ると「王78」系統で新宿に、「品97」系統で品川に達する。ここまではいつも、筧の使うルートである。

品川に至って由朗は筧に話し掛ける。

「ここからはあの時と、全く同じというわけにはいかないよ。『虹02』系統はもう廃止になってしまったんだ。『01』もなくなったから、都バスはもう使えない。民間のバスを利用するしかないんだ」

「『虹01』も『02』も廃止になってしまったのか。そうか」

「仕方ないよね。だからこれからケイエム観光バスの『お台場レインボーバス』に乗る。あの時のまんま再現、というわけにはいかないけれど、構わないよね」

「それは、いいさ。廃止されてしまったのなら、そうするしかない」

こうして家族全員でお台場に着いた。一日、楽しんで帰って来た。

「お陰様で忘れられない一日になりました」由朗氏がメールに書いて来た。行く先々で撮った写真を見れば、その通りだったんだろうなと分かった。「貴方にお願いして、よかった。親父も始終、楽しそうでした。あんなに喜んでいる親父を見たのは久しぶりです。妹も感謝しております。本当に有難うございました」

写真に写った筧の表情は文字通り、輝いていた。子供と並んで中央に写ったり、孫を抱っこして頬擦りしたり。目を細め口元を緩めて、心の底から幸せそうだった。

バス停で話し掛けた時の彼は、憮然《ぶぜん》としていた。行こうとした先にどうしても行けない。いったいどうなっているのか。訳が分からず戸惑い、怒りすら覗かせていた。だから笑顔など浮かぶわけがない。何とか助けてあげようとした私に対しても、ぶっきらぼうに対処するだけだった。

写真の表情は、雲泥の差だった。突き抜けるような笑顔だった。

「いいことをしましたね」写真を見て、炭野も微笑《ほほえ》んだ。「こんな表情を見ていると、こちらまで幸せのお裾分けを頂いたような気分にさせてくれる」

「貴方とここで、考えを巡らすことができた賜物《たまもの》です」

「いえいえ。変更された路線を探すべきだ、と思いついたのは貴方です。私は何もしていませんよ」

「いえいえ。炭野さんと話していたお陰で、そのことがふっと頭に浮かんだのです。貴方がいなかったら、とてもとても」

「それにしても今回ばかりは、妻抜きで解決ができましたね」

「本当です。それはちょっと、誇りに思ってもいいのかも」

そこで再び、写真の筧の表情に目を遣った。人がこんなに幸せそうにしている。そのことについて、自分も少しは役に立つことができた。家族の幸福な時間を創出できた。思うと、胸が熱くなった。

「よかった」涙が溢れて来た。「よかった、本当に」

あっいけない、と思ったが、遅かった。涙が後から後から湧いて来て、止まらなくなった。

「す、済みません。あ、あぁ、いけない、いけない。お恥ずかしい」

ここは居酒屋ではないか。酒と料理を楽しむところではないか。泣きに来る場所ではない。店からしても迷惑、以外の何物でもなかろう。先日だって酒をそっちのけで、推理と調べ物に熱中してしまったわけだし。こんなことを続けてはいよいよ、もう来ないでくれと言われてしまい兼ねない。

分かっていた、頭では。止《や》めるべきだと分かっていた。

でも身体《からだ》が言うことを聞いてくれなかった。涙は堰《せき》を切ったように流れ続け、頬を伝って顎まで垂れた。どうにも止めようがなかった。

「済みません、済みません」

「須賀田《すかだ》さん」そんな私に炭野が声を掛けて来た。直ぐ横にいるのに、どこか遠くから響いて来るように感じられた。「ちょっといいですか、差し出がましいようですが」

終章

「実は家内が、前々から心配しているのです」差し出がましいようですが、と断ってから炭野は続けた。「須賀田さん、何か重いものを心に抱えているように思えてならない。下ろすことができるのなら、力になってあげたい、と」

「奥様が、そんなことを」ほっ、と一息ついた。「私の言動の不自然さに、奥様ならとうに気づいておられると自分でも分かってました」何とか口が利けるまでに回復した。涙を拭って、私は言った。「それは、そう。炭野さん、貴方《あなた》も、ね。観察眼の鋭い方だ。私の嘘《うそ》くらいとうにお見通しなのに違いない、と。もっとも自分でも、お世辞にも上手《うま》い嘘ではないと認めてましたが」

「最初にお会いした時」炭野は言った。「貴方は東京都の交通局に長年、勤めていたと自己紹介された。だから路線バス旅のコーディネイトなんて真似《まね》を思いついたのかも知れない、と」

ええ、と頷《うなず》いた。

「だが以降の貴方を見ていると、どうにも不自然に映った。例えば以前、うちで食事会をした際のこと。社員旅行で熊本に行ったことがあると言い出されたので、郡司が『交通局の社員旅行だったのか』と突っ込むと明らかに困惑しておられた。別に行ったからと言って、おかしな話でもないのに。あまりその話題には立ち入って欲しくなさそうに見受けられた。お陰で郡司からは、路線バスを乗り継いでフィッシング詐欺をやらかす〝バスフィッシャー〟ではないか、などとあらぬ疑いまで掛けられる始末です」

ええ、と再び頷いた。「最初に下手《へた》な嘘をつくと、上塗りを続けなければならなくなる。どうしても無理が生じる。その典型でしょうね。皆さんに不自然に映ったのも、当然でしょう」

「今回、調べることになった筧さんはそれこそ、叩《たた》き上げの交通局の人という。でも彼に対するそうした感慨も、貴方の口から出て来ることはなかった」

「その通りですね」認めるしかなかった。「表彰状をもらうくらいの有名人なら、私も知っている人だと一言なければおかしい筈《はず》でした。何と言っても同年代なのですし」

「またこれも最初にお会いした時ですが」炭野は続けた。「ご自身のホームページについて『自分にはとてもそんなものを作る技術などないので、娘に頼んで作ってもらっている』と仰《おっしゃ》ってた」

厳密には「ホームページ」ではなく、「ウェブサイト」などと呼ぶべきだが今はそんなことはどうでもいい。指摘するような局面でもない。「そうでしたね」

「でも、以降、貴方の口から娘さんの話題が出て来たことなど一度もない。これだけ頻繁にホームページを作り替えておられるんだから、本当にその通りなら娘さんとしょっちゅう接している筈なのに」

「そうですね」これも認めるしかなかった。「これまた下手な嘘をついたら、自分の首を締めるしかなくなる典型なのかも」

「貴方はコンピュータの扱いに長《た》けている。見ていて、しみじみ思います。少なくとも、私らの世代にしては、特に。別に娘さんなりに頼まなくても、いくらでも自分で作れそうな筈じゃないですか。だからこの話をした時、妻は思ったそうです。『交通局に勤務していた』なんて嘘を咄嗟《とっさ》についてしまったばっかりに、上塗りするためついつい口に出てしまった言い訳なのではないか、と。つまり貴方には、実際に就いていた仕事についてあまり打ち明けたくない事情がある」

「さすがですね」苦笑するだけだった。「全くその通りです」

「それからもう一つ、妻が注目したことがあります。路線バスツアーが無事、終わって客達と記念写真を撮る際、貴方は常に胸にバッヂをつけている。私らとこうして呑《の》む時には、つけていたことはないのに。ツアーコンダクターは自分だ、と示すためのものではない。そうしなければならない程、大人数な時は滅多にないし、そもそもそのためならもっと大きな、目立つものを胸につけている筈でしょう」一息、ついて続けた。「つまりツアーかそうでないか、はあまり関係がない。ではバッヂをつける時とつけない時との差は、何か。それはホームページに載せる写真を、撮るか撮らないかの違い、です」

「いやぁ、さすがです」

「そこで妻は、こう思ったらしいのです。あのバッヂはもしかしたら、誰かに対するメッセージなのではないか。つまり貴方の主催する路線バスツアーは、実はどこかでホームページを見ているかも知れないその誰かに対して、メッセージを伝えることこそが目的なのではないか、と」

「いやぁ、さすがです」繰り返すしかなかった。「不自然だと思われていただけではない。何も彼《か》も見抜かれていたというわけですね」ふーっと長く息を吐いた。ジョッキのホッピーを一口、呑んでから続けた。「奥様の推察通りです。私には娘なんていません。いるのは息子が一人、です。研究の仕事に就いて、アメリカ在住の。妻の葬式の際に一時、帰国しましたがそれだけ。私とはずっと没交渉のようなままです」またも息をついて一拍、空けた。「サイトに載せるツアーの写真と胸のバッヂは、その息子に対するメッセージの積もりなんです」

一度、打ち明け始めるともう止まらなかった。私は身の上話を洗いざらい、炭野の前にぶち撒《ま》けた。

自分は東京都交通局に勤めていたわけでも何でもない。そもそも路線バスになど興味どころか、一片の関心すらなかった。勤務先は我が国では誰でも知っている、大手電機メーカーだった。

「あぁ」炭野は納得したように頷いた。「それで、コンピュータに」

「一九九五年にマイクロソフトのOS、ウィンドウズ95が発売された際に最も力を入れた会社がうちでしたし、ね。私もこれで日本の文化は変わる。インターネットを普及させて国民の生活を変えるのが自分の使命だ、と思い入れました。働き盛りの時でしたし、ね。寝る間も惜しんで仕事に精出《せいだ》したのをよく覚えてますよ」

赤羽橋を自宅としたのも、そのためだった。会社まで歩いて通えるから、ただそれだけである。何かあって交通機関が麻痺《まひ》したとしても、足で駆けつけることができるから。単にそれのみの理由で、居住地を選んだのだった。

「仕事しか見えてない人生でした」私は言った。「家族すら見ていなかった。大切な息子さえ。親密な親子関係を築くなんて、考えてもなかった。実はとっくに断絶していることにすらも、気づいてもいなかったんです」

仕事で自分を顧みないのだから息子だって、父親に親近感を抱くわけがない。打ち解け合う親は、母親だけだった。

高校生になった息子は路線バスに凝り始めた。通学に使い始めたためである。当時は都営大江戸線など走ってはおらず、赤羽橋からどこかへ出るのに便利なのは路線バスだった。乗ってみるとその面白さに目覚め、休みの日には楽しみのためにあちこち回るまでになった。

「息子がそんなことをしている、ということは何となく分かってはいました」私は言った。「時には母親と一緒に、バスに乗ってどこかへ出掛けたりしている、ということもね。でも当時の私にはそんなことどうでもよかった。バスに乗る趣味なんて下らない、としか思えなかった。それを言うなら趣味というもの自体、に対しても、です。何の意味も見出《みいだ》せなかった。私には仕事しかなかったんです」

ところが定年退職し、妻まで失ってハッと気がついた。今となっては自分には何もない、ということに。アメリカの大学に就職した息子は、母親が生きている内は折に触れて帰って来ていたが今はそれもない。自分は独りぼっちで、何もないところに放り出されたに等しい。仕事に専念して家族を蔑《ないがし》ろにした罰が、今になって下ったのだ。自分が失《な》くしたものの大きさに、漸《ようや》く思い至ったが全ては後の祭りだった。

「息子に会いたい。強烈に思いました。でも今更、何ができます。ずっと放ったらかしにしていたくせに。今になって会いたいなんて言い出したところで、誰が受け入れてくれます。何を今更、と笑われるのがオチでしょう。私は以前の自分とは違う。失くしたものの大きさに今頃、気づいた愚かな老人に過ぎないんだ。何とかそのメッセージを息子に伝えられないか。そのためにできることに何かないか、必死で考えたんです」

そうして思いついたのが、路線バスツアーのコーディネイトだった。以前、お前が大好きだった小さなバスの旅を、今は私もやっているよ。お前の趣味がどんなものだったのか今になって分かったんだよ。こんなことを続けてネット上に発信し続けていれば、いつか息子にも届いてくれるのではないか。雲を摑《つか》むような話なのかも知れない。でも思いついたのは、これしかない。だから愚直に続けるだけだった。いつか届いてくれると信じて、やって行くだけだった。

「そうでしたか」

「やってみたら本当に、楽しくなったのも事実です。今ではすっかり、バス旅が趣味になってしまいました。それにお陰でこうして、色々な出会いがありました。親しい友人も出来てくれました。ツアーに感謝してくれる客もいらっしゃって、心からやり甲斐《がい》を感じる。いいことを始めたなぁとしみじみ思っているところです。どうしてもっと早く、こんな楽しみを知ることができなかったんだろう。今、後悔するのは失った時間のことばかりです」

「あの、バッヂの模様は」

「息子が通っていた、高校の記章です。あのマークを見れば息子なら直《す》ぐに分かる。バッヂをつけてこんなツアーを続けている、私の思いを汲《く》み取ってくれる。今は、それを信じるだけです」

「そうでしたか」

「こんなこと、恥ずかしくてなかなか打ち明けられなかった。仕事人間だった反省から、会社のことも話す気になれなかったんでしょう。だから咄嗟に、交通局なんて嘘をついた。息子のことも言えないから、娘なんて言ってしまった。男の子しか産まれなかったのに、ね。全ては私の中にある恥じらいが生んだ嘘です。最初についてしまったから、時を経れば経るだけますます本当のことを切り出し辛《づら》くなってしまった」

　筧の姿に自分を重ね合わせていた。いつか自分もあんな風に、家族で心から楽しむ時間が持てたら。だから本当によかったなぁと感じるのと同時に、羨ましいとの本音も湧いていたのだ。いつか自分も、いつか自分も……。願う内に涙が溢《あふ》れ、止まらなくなってしまった。

「でも」私は言った。「こうして打ち明けることができて、よかった。奥様が指摘されたように私は、心の中に重いものを抱えていた。それがこうして話ができたことで、すーっと解消された心地《ここち》です。身体《からだ》が軽くなったみたいです。打ち明けられて、本当によかった。こんな機会を下さった、貴方に感謝、です」

「そう言って頂ければ、差し出がましいことをした甲斐もあったというものです」

「こんな私ですが、今後とも変わらぬおつき合いを願えますか。炭野さん達と過ごせる時間が、今は私の宝物です。どうぞよろしくお願いします」

「勿論《もちろん》ですとも。これからも一緒に、小さなバス旅を楽しみましょう」

乾杯した。

心が透き通ったようだった。重いものを下ろし、身体が軽くなったのも実感だった。これからは郡司に会っても、今までのような後ろ暗い思いも味わわなくてよさそうだ。


すっかりいい気分で酔って、自宅に帰った。明日はどこへ行こう。そのまた先は、何をしよう。高揚感ばかりが胸にあった。

次は炭野らと、どこへ行こう。まふる夫人のあの料理を、また味わえる機会もあるかも知れない。私はこんなに幸せでいいんだろうか。不思議に思えるくらいだった。これ以上、望むのは贅沢《ぜいたく》というものだ。

帰り着くとデスクの前に座り、コンピュータを立ち上げた。今日はツアーをして来たわけではない。ブログで更新すべき話題もない。でもまぁこれは、習慣のようなものだった。朝、起床した時。昼間、どこかへ出掛ける前。そしてこんな風にどこかから帰って来た時、まずはコンピュータを立ち上げる。あちこちのサイトを覗《のぞ》いた後、自分のウェブページも確認してみる。やっていないと落ち着かない。癖のようなものだった。

と、サイト宛にメールが届いているのに気がついた。

発信者の名前は表示されてはいなかった。が、メールアドレスは見ることができた。

メアドの最後には大抵、国別コードのトップレベルドメインがつく。日本の「.jp」、イギリスの「.uk」などといった、あれだ。このメアドはこの国、あるいは地域のものですよ、と見れば分かるようになっている。

送られて来たアドレスの末尾は「.edu」だった。インターネットの発祥国であるアメリカには、「.us」というドメインもあるが州政府関係者以外はあまり使わない。代わりに連邦政府機関の「.gov」、軍関係機関の「.mil」などが有名である。

そして「.edu」は、アメリカに所在する高等教育機関のスポンサー付きトップレベルドメインだ。アメリカの高等教育機関？　大学？　そんなところに思い当たる知り合いはいない。たった一人の例外を除いて。

指が震えていた。

私は恐る恐るマウスを動かし、届いたメールを開いてみた。

（了）

解説

西上心太（書評家）

バスに乗り街に出て、街を見つけ、人と出会い、人と繋がっていく。

『バスを待つ男』から本書へと続く、〈路線バス〉シリーズはそんな話である。本書の初刊は二〇二〇年で、書き下ろし作品として出版された。本書のことを述べる前に、一作目のおさらいをしておこう。

『バスを待つ男』に登場する〈私〉は、バスに乗ることを目的とする男だ。〈私〉は警視庁捜査一課で長年捜査に従事した元刑事で、警視庁を退職後に勤務した関連法人も数年前に退き、すでに七十歳を迎えた年金生活者である。ローンで買ったマンションに妻と二人暮らし。二人がまだ若いころ、小学校四年生の一人娘を交通事故で亡くしていた。〈私〉は捜査に打ち込むことで悲しみを紛らわすことができた。一方の妻はしばらく放心状態が続いたが、もともと得意だった料理に打ち込むことで立ち直り、週に一度自宅で料理教室を開くまでになった。そこで退職後に居場所を失ったのが無趣味な〈私〉だった。図書館に通ったものの続かない。それを見抜いた妻が出したアイデアがシルバーパスを利用したバスの旅だった。都営の交通機関のすべてに乗車できる年間フリーパスが、東京都在住の七十歳以上の住民であれば二〇五一〇円で取得できるのだ。しかも〈私〉が住む錦糸町は、鉄道と多くのバス路線が行き交う地でもあった。

こうして〈私〉は街に出てバスに乗る。そのたびに街の新たな一面を見出し、人と出会い、バスに乗る楽しさに魅せられていく。

その行き先で〈私〉は不審な行動を取る人物や、不思議な現象に遭遇する。それらの小さな謎を帰宅後に妻に話すと、彼女はたちどころに納得のいく解釈を提示してみせるのだ。大東京を路線バスによって経巡《へめぐ》る小さな旅を追体験できる楽しさ。元刑事だからこそ有する鋭い観察眼と正確な報告に、妻の持つ鋭い分析力と推理力が加わった二人三脚の謎解きの妙。この二つの魅力で読ませる新たなトラベルミステリーが誕生したのだ。

ここからは本書の趣向に触れるので、第一章（少なくとも14ページまで）を読み終えてから、目をお通し下さい。

作者は本書の第一章にある趣向を凝らしている。特に第一作の記憶が新しい読者ほど驚くに違いない。

第一章「バスへ誘う男」の〈私〉は、老婦人をエスコートして東京駅から東急電鉄の等々力駅までのバス旅をする。喫茶店で一服後、老婦人と別れた〈私〉は、同じバスに乗っていた男に話しかけられる。彼もまたバス旅を楽しむ同好の士であった。意気投合した二人は一献傾けることになった。食事はいらないと先方へ連絡する相方の様子を見た〈私〉はこう心の裡で呟くのだ。

「妻を亡くした私にはこのような心遣いは必要ない」

すっかり〈私〉を一作目の語り手である元刑事だと思っていたので、初めて本書を読んだ時に「ええ！　あの名探偵だった奥さん、亡くなってしまったの！」と驚き慌てたことを告白しておく。シャーロック・ホームズをライヘンバッハの滝に転落させたコナン・ドイルのことが頭に過《よぎ》り、作者に対して一瞬憤りを感じたほどだった。

だがよく読むとそうではないことがわかる。〈私〉に話しかけた男の方が、『バスを待つ男』の語り手である元刑事だったのである。思えば本書の〈私〉はタブレット端末を駆使しているし、老婦人との会話の端々からも、元刑事のキャラクターにそぐわないことを感じとれるはずなのだ。だが作者のいたずら心のある企みに、すっかり騙されてしまったのだ。
14ページの「私は、炭野と申します」という自己紹介の台詞によって、炭野が前作の〈私〉であり、本書の〈私〉でないことがわかるのだが、誤読を誘発させるように書かれている。ここで気づかなかった読者はあと数ページ読み進めてから、おやっと思ってこのページに戻ってくるはずだ。

こうして前作の〈私〉に炭野という名前が与えられ、名無しの〈私〉が交代したのである。今度の〈私〉は元東京都交通局職員という、妻を亡くした一人暮らしの男だ。年回りやシルバーパスを駆使したバスの旅を趣味にしているのは炭野と同じだが、大きく違うのが〈路線バスの旅コーディネイター〉を謳い、依頼主のさまざまな要望に応えている点だ。もっぱら口コミが主であったが、旅の様子をアップしたブログも徐々に知られてきている。

炭野のバス旅は原則的に行き当たりばったりだったが、今度の〈私〉は依頼人の要求に応える必要がある。「バスへ誘う男」の依頼人の老婦人が抱えていたのは、かつて夫が会社帰りにたまに乗ったバスの路線が存在しないという疑問だった。〈私〉は都バスと私鉄系のバスの住み分けや、共同運行という一般人には、ましてネット弱者の老人には知ることが難しい知識を生かして老婦人の期待に応えるのだ。

第二章「墓石と本尊」の元足立区職員の男性の依頼は、退職後に疎遠になった足立区内を、なるべく広く隅々まで回りたいという要望である。足立区は二十三区で三番目に大きい区であり、東西を結ぶ鉄道がないため路線バスの数は多い。〈私〉は他の区にはみ出ることをしないという条件を加え、効率的に回れるようなコースを作成してみせる。第三章「さらされ布団」では湾岸地域を結ぶ路線バスの意外な進路に関する蘊蓄《うんちく》が開陳され、第七章「築山と信仰」で紹介される都内の社寺にある富士塚をめぐるコースも興味深い。

周到な事前準備、タブレット端末を使った即座の対応、徒歩の併用など、コーディネイターならではのバス旅の行程に、思わず引き込まれていく。

しかし本書のテーマは人と街との関わりであり、人と人との出会いであることを忘れてはならないだろう。「バスに誘う男」の老婦人の第二の依頼は、亡き夫の生きた証しと遠く離れて住む息子一家とを強く結ぶものであった。

『バスを待つ男』で登場したキャラクターが再登場することも注目点の一つだ。元刑事の炭野はもとより、元同僚の郡司、元不動産屋の吉住といった面々である。彼らは〈私〉だけでなく、〈私〉の依頼人たちとも関わるようになり、バス旅を共にすることで、バス旅老人ネットワークの輪をどんどん広げていくのだ。

またバスに乗るだけではなく、街を歩く楽しみも活写されている。中山道の第一の宿である板橋宿を歩き、その地の神社にある縁切り榎つながりで、炭野や吉住と縁のある若者たちが抱えている問題が浮上する第五章「榎の恩徳」。いつもとは逆に、かつてツアーに参加した客から誘われた〈私〉が、客の趣味である暗渠めぐりにすっかり魅せられてしまう第六章「焼べられぬ薪」など、バス旅と街歩きは相性がいいのである。

もちろん謎解きも用意されていることはいうまでもない。老婦人はなぜ自分がよく知っているバス路線の旅を〈私〉に依頼したのか。故人の遺志に叶う墓石の向きはどちらなのか。雨の日にもかかわらず、なぜベランダに干された布団はいつも取り込まれないのか。

これらの謎はバス旅仲間から炭野のもとに持ち込まれ、まふる夫人（そう、夫人の名前も判明する）が、いつもながら見事に解明するのは一作目同様であるのでご安心を。

物語を読み進めていくと、〈私〉にはバス仲間に言えない秘密があることがわかってくる。この〈私〉が抱える屈託がどのように決着するのかも本書の読みどころである。

バス旅と街歩きによって新たに発見するその土地の魅力。行く先々で出会う〈日常の謎〉。新型コロナウイルスの蔓延により、外出する意欲が萎縮しがちな昨今だが、本書はそんな気分を刷新する一助になる作品ではないだろうか。本書の文庫化とほぼ同時期にシリーズ三作目『バスに集《つど》う人々』も刊行される。こちらも新たな趣向が用意されているので、楽しみにしていただきたい。

さて明日はちょっとバスに乗ってみようかな。

〈参考ウェブサイト〉

〝富士塚一覧表〟東京いいとこ自転車散歩
http://www.hi-ho.ne.jp/t-kitagawa/page023.html

〝東京都の富士塚〟富士山登山情報サイト ROUTE5
http://fujisan60679.web.fc2.com/tokyo.html

都営バス資料館
http://toeibus.com/

二〇二〇年四月　実業之日本社刊

本作品はフィクションです。実在の個人、団体、事件などとは一切関係ありません。（編集部）

実業之日本社文庫　好評既刊

西村 健
バスを待つ男
無趣味の元刑事がみつけた道楽は、都バスの小さな旅。東京各地を巡りながら謎と事件を追う。解決するのは家で待つ麗しき妻！（解説・杉江松恋）
に７１

相場英雄
偽金　フェイクマネー
リストラ男とアラサー女、史上最強の大逆転劇！〈偽金〉を追いかけるふたりの陰で、現代ヤクザが暗躍――。極上エンタメ小説！（解説・田口幹人）
あ９１

相場英雄
復讐の血
新宿歌舞伎町で金融ヤクザが惨殺。総理事務秘書官と警視庁刑事が事件を追う。名物ママの死、金融庁審議官の失踪、幾重にも張られた罠。衝撃のラスト！
あ９２

相場英雄
ファンクション7
新宿の雑踏で無差別テロ勃発。その裏には北朝鮮のテロリストの影が……。北朝鮮、韓国、日本を舞台に、人々の生きざまが錯綜する、社会派サスペンス！
あ９３

五十嵐貴久
マーダーハウス
希望の大学に受かり、豪華なシェアハウスで暮らすことになった理佐の平穏な日々は、同居人の不可解な死で壊れていく。予想外の結末、サイコミステリー。
い３６

実業之日本社文庫　好評既刊

池井戸 潤
不祥事
痛快すぎる女子銀行員・花咲舞が様々なトラブルを解決に導き、腐った銀行を叩き直す！　テレビドラマ「花咲舞が黙ってない」原作。（解説・加藤正俊）
い11 2

池井戸 潤
仇敵
不祥事を追及して職を追われた元エリート銀行員・恋窪商太郎。彼の前に退職のきっかけとなった仇敵が現れた時、人生のリベンジが始まる！（解説・霜月 蒼）
い11 3

大山誠一郎
アリバイ崩し承ります
美谷時計店には「アリバイ崩し承ります」という貼り紙がある。店主の美谷時乃は、7つの事件や謎を解決できるのか!?（解説・乾くるみ）
お8 1

草凪 優
アンダーグラウンド・ガールズ
東京・吉原の高級ソープランドが廃業した。人気の嬢たちはデリヘルを始め、軌道に乗るも、悪党共の手により…。女たちは復讐を誓う。超官能サスペンス！
く6 8

草凪 優
私を抱くと死ぬらしい
売れなくなったモデルの清奈。ある日、彼女を抱いた男が死んだ――。その後も、負の連鎖が止まらない。恐怖とエロスが交錯する、超官能サスペンス！
く6 10

実業之日本社文庫　好評既刊

実業之日本社文庫　好評既刊

今野敏
罪責　潜入捜査〈新装版〉
廃棄物回収業者の責任を追及する教師と、その家族にヤクザが襲いかかる。元刑事が拳ひとつで環境犯罪に立ち向かう熱きシリーズ第4弾！（解説・関口苑生）
こ217

今野敏
臨界　潜入捜査〈新装版〉
原発で起こった死亡事故。所轄省庁や電力会社は、暴力団を使って隠蔽を図る。元刑事が拳ひとつで環境犯罪に立ち向かう熱きシリーズ第5弾！（解説・関口苑生）
こ218

今野敏
終極　潜入捜査〈新装版〉
不法投棄を繰り返す産廃業者は、テロ・ネットワークの中心だった。元マル暴刑事が、拳ひとつで環境犯罪に立ち向かう熱きシリーズ最終弾！（対談・関口苑生）
こ219

知念実希人
仮面病棟
拳銃で撃たれた女を連れて、ピエロ男が病院に籠城。怒濤のドンデン返しの連続。一気読み必至の医療サスペンス、文庫書き下ろし！（解説・法月綸太郎）
ち11

知念実希人
時限病棟
目覚めると、ベッドで点滴を受けていた。なぜこんな場所にいるのか？　ピエロからのミッション、ふたつの死の謎…。『仮面病棟』を凌ぐ衝撃、書き下ろし！
ち12

実業之日本社文庫　好評既刊

貫井徳郎
プリズム
小学校の女性教師が自宅で死体となって発見された。しかし、犯人は捕まらない。誰が犯人なのか。本格ミステリの極北、衝撃の問題作！（解説・千街晶之）
ぬ12

貫井徳郎
追憶のかけら　現代語版
大学講師・松嶋は自殺した作家の未発表手記を入手。自殺の真相を究明しようとするが……。辿り着いた真実とは？　圧巻のミステリ巨編！（解説・野地嘉文）
ぬ13

貫井徳郎
罪と祈り
元警察官の辰司が隅田川で死んだ。当初は事故と思われたが……。貫井徳郎史上、最も切なく悲しい誘拐事件。慟哭のどんでん返しミステリ！（解説・西上心太）
ぬ14

馳 星周
神《カムイ》の涙
アイヌの木彫り作家と孫娘の家に、若い男が訪ねてきた。男には明かせない過去があった。著者が故郷・北海道を舞台に描いた感涙の新家族小説！（解説・唯川恵）
は101

藤田宜永
彼女の恐喝
奨学金を利用し、クラブで働く圭子と、殺人現場から逃げ出した男。ふたりは次第に接近する。驚愕の心理サスペンス。著者、最後の作品。（解説・西上心太）
ふ71

実業之日本社文庫 に72

バスへ誘《いざな》う男《おとこ》

2023年2月15日　初版第1刷発行

著　者　西村《にしむら》 健《けん》

発行者　岩野裕一
発行所　株式会社実業之日本社
〒107-0062　東京都港区南青山5-4-30
emergence aoyama complex 3F
電話［編集］03(6809)0473［販売］03(6809)0495
ホームページ　https://www.j-n.co.jp/
DTP　ラッシュ
印刷所　大日本印刷株式会社
製本所　大日本印刷株式会社

フォーマットデザイン　鈴木正道（Suzuki Design）

ISBN978-4-408-55790-8（第二文芸）